# Killing Club

Ishikawa Tomotake

# キリングクラブ

石川智健

幻冬舎

# キリングクラブ

装丁　bookwall

# 目次

Killing Club


第一章　キリングクラブ……9
第二章　経営者……71
第三章　弁護士……133
第四章　脳外科医……191
第五章　フリーライター……263
第六章　刑事……297
最終章　蛾……337

わたしは蛾《が》に話しかけていた。この前の夕方のことだ。彼は電球に押し入って、われとわが身を焼き焦がそうとしていた。まったくきみたちときたら、どうしてこんな無茶をするんだい、とわたしは訊《き》いた。

それがしきたりなんだ。われわれ蛾にとってはね。

あれが電球ではなく、ろうそくの炎だったら、今ごろきみは見苦しい燃えかすだぞ。分別というものがないのかね。

あるとも、と彼は言った。でもときどき、使うのが嫌になるんだ。型どおりにやるのに飽きて、美に焦がれ、興奮に焦がれる。炎は美しい。わかってはいるんだ。近づきすぎれば命はないと。でも、だからどうした。一瞬幸せを感じて、美ととももに燃え尽きる。そのほうがましだ。生きながらえ、退屈しきって、自分の一生をくるっと丸めて放り出すよりは。人生なんてそんなもの。それよりはほんの一瞬でも、美とひとつになって消え失《う》せるほうが、だらだらと生きながらえるよりましだ。気楽に生きて気楽に逝く。それがわれわれの生きかたさ。人間に似ているんだ。ひと昔前の、お上品になりすぎて楽しめなくなる前の人間に。

わたしが反論する前に、彼は達観して身を投げた。シガーライターのうえに。

わたし自身の望みは彼と違って、幸せは半分。寿命は二倍。

そうはいっても、わたしにも恋い焦がれるものはある。

彼がその身を焼き尽くしたいと願ったのと同じくらいに。

ドン・マーキス『アーチーとメヒタベル』

# プロローグ

男の背中を見ながら道を歩いていた。無口な男。ただ、決して寡黙というわけではない。メジャーで採寸したかのように必要最低限のことしか話さないので、会話をしているように思えないのだ。目の前を進む男の言葉には情緒というものがなく、記号に近い。それが原因かは分からないが、声もどこかテキストを読む自動音声のようだった。

男と行動を共にすることになったのは、ついこの前。厳密に言えば昨日からだ。

私は、殺人現場で不審者を目撃している。

そして、目の前の男は、その殺人犯を捜す役目を負っていた。

改めて、男のことを考える。

その気になれば、誰からも愛される人間になることができるだろう。皮膚の動かし方を学んで笑顔を有効に使い、相手の機微を察し、それに合わせた声を出す。それだけでいい。

いや、口角を僅かに上げるだけでも、相手は笑顔と受け取るだろう。たとえ、瞳が憎悪に燃えていたとしても、普通の人間は気づかない。

表情を作るなんて簡単なことだ。

ただ、ロボットらしくあれとプログラミングされたロボットのような男の表情も悪くない。

それはそれで魅力的だ。
隠されると余計に知りたくなり、結果として興奮が増すのと似たような感覚。
藍子《あいこ》は、男に親近感を覚えた。その結果、行動を共にすることになった。

# 第一章

# キリングクラブ

# 1

「ねぇ、いい仕事があるんだけど」

猫のように目を細めた千沙《ちさ》が唐突に話題を変えた。先ほどまで、目の前のケーキの美味しさを稚拙な単語を多用して表現していた甲高い声とは違い、今の言葉はまるで悪戯《いたずら》を思いついた子供のような声色だった。

千沙は、垂れ下がった髪を耳にかける。それ自体が光を発しているのではないかと思ってしまうほど綺麗《きれい》な髪。毛の一本一本までに気を配れる財力が窺《うかが》い知れる。普段から、笑顔が溢《あふ》れている空間に身を置いているのだろう。笑みも自然だ。雑誌を見て笑顔を練習する必要のない環境。白い壁の大きな家に住んでいるイメージが、容易に想像できる。片や、藍子はコンクリートむき出しの箱のような冷たい家で育ち、全身に暗い色が染み込んでしまっていた。だから、黒い服が落ち着く。

千沙の要望に付き合い、三十分ほど店の前で並んでから、ようやくありついた小難しい名前のケーキ。たしかに見た目は良かったが、それほど美味しくはなく、家でパワーバーを食べているほうがましに思えるような代物。これに八百円は暴利だ。そう思いつつ、藍子は聞き返した。

「いい仕事って？」

「絶対内緒にしてね」

思わせぶりな間。藍子は、苛立ちが顔に表れる前に素早く口を動かした。

「内緒？」

「そう。そして、これを聞いたら、絶対に私に従って」

無茶を言うなという反論を飲み込み、頷《うなず》く。

「実はね」千沙は周囲を気にするように視線を漂わせた後、再び藍子を見た。

「千代田《ちよだ》区に、ちょっとしたクラブがあるんだけどさ」

「……千代田区？」

「そう」

「クラブって、踊るほうの？」

「違うって」

笑いながら否定した千沙は、会員制の集会場のような場所だと説明する。

社交界みたいなものかと想像しつつ、藍子は首を傾《かし》げた。中央《ちゅうおう》区銀座《ぎんざ》ならまだしも、千代田区は、お堅い省庁や皇居を思い浮かべてしまうエリアだ。クラブという単語は合わない気がした。

「ちょっとした秘密クラブみたいなものなんだけどね。そこでさ、給仕のアルバイトがあるんだけど、やってみない？　ちょうど、欠員が出たみたいなんだ」

給仕か。

内心落胆する。割のいいアルバイトではなさそうだし、面白味にも欠ける。

「あ、でも、時給はいいいんだよ」

藍子の心の機微を察したのか、もろに感情が顔に出てしまったのかは分からないが、千沙は早口で付け加え、指を二本立てる。

長い指を捉えた藍子は、わずかに口を歪《ゆが》めた。

時給二千円は、そこそこ割のいい仕事かもしれないが、自分は給仕という柄ではない。

「二万円だよ」

勝ち誇った表情で千沙は言う。二千円と勘違いしたことを笑っているような調子だった。

「……二万？　一日で？」

「ううん。時給二万円」

その言葉に、藍子は目を丸くした。給仕という言葉が想像どおりのものならば、たしかに割の良い仕事だ。いや、割が良すぎる。

警戒心と好奇心が、主導権を争ってせめぎ合う。

「千沙もやってるの？」

「私はね、その店でホステスをやってるの。給仕がホステスになることもできるけど。でも、それは稀《まれ》かも」

一瞬、躊躇《ちゅうちょ》するような沈黙を作る。

「一応、ホステスは給仕よりも少しだけ時給が良いんだよ」

千沙は手を上げ、親指と人差し指の間に僅かな空間を作った。この隙間に、いったい何枚の万札が入るのだろうか。

社交的で明るい千沙と、その対極に位置する藍子。ホステスというのは要するに、金を引き出すために、笑みを張り付け嬌声《きょうせい》を発する職業。自分にはできないだろう。そう思えば、たしかに自分は給仕向きだ。淡々と料理や飲み物を運び、すぐに立ち去る。コミュニケーションも不要。楽だ。

改めて見ても、藍子と千沙は真逆の存在だった。パステルカラーの服に身を包む千沙。対して藍子は、他の色と交わることのない黒い服を好んで着ている。ただし、ブラックファッションでもゴスでもない。向こう側が見えるくらい大きなピアスを耳に開けてもいないし、舌や下にピアスを付けてもいない。ただ黒い服を選び、それを着ている。黒が落ち着くのだ。

無邪気で、屈託のない笑みを浮かべる千沙だったが、怪しい仕事に違いない。それなら、迷う必要はなかった。

「それ、やってみるよ」

「ほんと？　よかったぁ。藍子なら絶対に大丈夫だよ」

千沙は掌を合わせて大袈裟《おおげさ》に喜ぶ。ふと、ねずみ講かなという考えが脳裏を過《よぎ》ったが、そのときは強引に脱出しよう。無駄に二十九年も生きてはいない。いろいろな世界を垣間見《かいまみ》たし、危険も掻《か》い潜《くぐ》ってきた。ある程度のことなら処理できる。コントロールも可能だ。

改めて千沙を見る。かなり羽振りが良さそうだった。身につけているものは高級品で、表情にも自信が漲《みなぎ》っている。この若さにしては、不相応な金のかけ方だった。

実家が金持ちか、パトロンでもいるのか。はたまた高級娼婦でもやっているのかと想像していたが、どれも違ったようだ。いや、ホステスとしてのサービス内容によっては、娼婦の可能性は残っている。

千代田区の秘密クラブで給仕をして、時給二万円か。一日五時間働けば十万円。二日でサラリーマンの月給になる。

当然、危ない仕事に違いない。だからこそ、藍子はやろうと思った。

フリーライターの性《さが》というやつだろうか。

もう少し仕事内容を詳しく聞こうと質問したものの、千沙はそれ以上の情報を開示したくないといって拒否した。

仕方ないので、条件面の話を深掘りすることにする。

週二回以上の勤務で、時間は十九時から二十五時まで。交通費は出ないが、時給二万円ならタクシーで帰っても全然問題ない。

思った。

藍子は、稼業の収入と、クラブでの収入を頭の中で足す。ずいぶんと生活が良くなるなと思った。

藍子はフリーライターをしていたが、それでは十分な稼ぎを得られないため、カメラマンもやっていた。ファインダーを向ける対象は芸能人や政治家、著名人の不倫や不祥事。要するにパパラッチだ。知られたくないことを写真や動画に収め、それを金に換える。褒められた商売ではないが、メディアに流れれば、視聴者はそれらを娯楽として眺め、好き勝手に憤慨し、薄っぺらな正義感を満足させる。

ただ、証拠を押さえるのは根気のいる作業だ。また、チームで尾行することができないため、かなり気を張るし、体力も必要だ。それでも、追跡能力には自信があったし、実績も十分だった。

苦労して撮った写真は、契約を結んでいる出版社に持ち込むこともあるが、数としては多くなかった。海外のセレブの写真は高値で売買されるためパパラッチも盛んだが、日本の芸能人レベルでは、十分な収入にはならない。

そこで、藍子が得意とするのは、直接取引だ。撮られた本人たちに、データを買い取ってもらう。強請《ゆす》りと取られかねない行為だし、実際に強請りといわれれば強請りなのだが、あくまでこちらはビジネスだという態度で接すれば、相手も応じることがほとんどだった。もちろん、ビジネスなのだから契約書を取り交わすし、金を貰《もら》った時点で、すべてのデータを渡す。これなら、出版社が気おくれするようなネタも金になる。二世タレントの不祥事は親を交渉相手にすれば、桁が変わることも珍しくない。

もっとも高値で買ってくれる人間に売るのは当然だ。

ただ、ネタがない期間は無収入で、貯金を切り崩す生活をしていた。そして、その貯金残高も心許《こころもと》なくなってきていた。今は仕事も一段落していて、次のネタ集めをしているところだった。渡りに船とはこのことだろう。

藍子は給仕のアルバイトを引き受けることにした。明日の十八時半に東京駅《とうきょうえき》で待っていれば、案内人が迎えにくると説明される。

頷いた藍子は、ティーカップの底に残っていた紅茶を飲み干した。

翌日の十八時二十五分。

千沙との約束どおりに東京駅の丸の内中央口を出て、駅舎で待つ。平日のビジネス街らしく、サラリーマンやOLらしき女性の姿が多い。十一月のわりには肌寒いので、薄手のコートを着ている人も散見された。

藍子は黒いレザージャケットのポケットに両手を突っ込み、天井を見上げる。金属の柱がドームを支えるようにして広がっており、車輪のような八角形が、こちらを睨《にら》んでいた。八角形の角には、それぞれ羽を広げた白い鷲《わし》の彫刻が張り付いていた。

ポケットから手を引っこ抜いて腕時計を確認する。

十八時半。そう認識したと同時に、背後から声が聞こえてきた。

「佳山《かやま》藍子さん、ですね」

振り返ると、髪を短く刈り上げた男が立っていた。

この人間が、千沙の言っていた案内人か。

いまどきダブルのスーツを着ているが、妙に似合っていた。年齢不詳。三十代にも七十代にも見える。明治時代に馬車で鹿鳴館《ろくめいかん》に行く途中に死んだ人間が、東京駅で地縛霊《じばくれい》となり、こうして目の前に現れた。この説明がぴたりと当てはまるような男だ。

「お待たせいたしました。こちらへ」

男はそう言い、返事を待たずに歩き出す。異様な感じがしたものの、黙って後をついていくことにした。

駅前のロータリー。暗くなった空を照らす明かりが、ビル群や行き交う車から放たれている。白、赤、青、緑、黄色。さまざまな色の光が主張し合ってごちゃごちゃとしていた。

「こちらです」

男が歩きながら言う。その先には、客待ちのタクシーを威嚇するように、黒塗りのレクサスが停めてあった。男の雰囲気から、センチュリーでも運転してきたのかと思ったが、レクサスでも、給仕をする予定の人間を迎えにくる車としては出来過ぎている。

男は後部座席のドアを開け、そのままの格好で待つ。眉を吊《つ》り上げた藍子は、これも黙って従い車に乗り込んだ。初めて乗る車種だったが、シートの弾力がちょうどいい。ゆっくりと車が発進した。外界から隔絶された空間に、雑音が届くことはない。低い駆動音のみが支配する世界。

車内に視線を走らせる。危険は察知できない。つまり、安全ということだ。今のところ、自分の尺度で測れる範囲の出来事しか起きていない。

アームレストにはディスプレイが埋め込まれていた。操作してみると、どうやらマッサージ機能が付いているようだ。〝アッパーボディ〟を選択すると、空気の袋が膨らんだり萎《しぼ》んだりするような感触が背中を這《は》う。

それほど気持ち良くはないなと思いつつ、頭に浮かんだ疑問を運転席の男に投げつける。

「どうして、私が分かったんですか」

その問いに対して男は、質問をゆっくりと咀嚼《そしやく》するような間を置いてから、事前に聞いていた特徴が全身黒ずくめだったからだと答えた。

藍子は下を向いて自分の服装を確認する。上着もスキニーパンツも黒。なんなら下着だって黒を身につけていた。短髪にしている髪は一度も染めたことがなく、真っ黒。たしかに、特徴と言えば特徴だ。

「隣にある、それを開けてください」

バックミラー越しに後ろを見ながら男が告げた。藍子の座る座席の横には、銀色のアタッシュケースがある。先ほどから気になっていたが、あえて指摘しなかったものだ。今置かれている状況からして、たとえ中に拳銃が入っていても不思議ではないし、覚醒剤でも驚かない。給仕という名の運び屋。時給二万円なら、そっちのほうが納得できる。千沙に騙《だま》されたかと思いつつアタッシュケースを開けると、黒いアイマスクが入っていた。これには拍子抜けした。

「これ以上、私を黒くするつもり？」

手に取りつつ言う。シルクの、しっとりとした肌触りが心地良い。これなら渋谷《しぶや》のスクランブル交差点の真ん中でも上質な眠りを提供してくれそうだ。

「今後、働いていただくうちは、家から現地まで、私が送迎します。そして、車に乗っている間は、アイマスクを着用していただきます。つまり……」

「つまり、私にルートを知られたくないから、アイマスクをしろってことね」

自動音声のような口調で説明する男の声を遮り、藍子が言った。

「そのとおりです」男は前方を見ながら頷く。

「当クラブは秘匿を重んじておりますので」

「だからって毎回送迎なんて、ずいぶんと羽振りが良いのね」

昨日千沙が交通費は出ないと言っていたのは送迎付きだからということか。たしかに、交通費はいらない。

妙な話だ。行く場所を秘匿するなら、もっと有効な方法があるはずだ。それに、給仕は一人ではないだろう。全員にこんな対応をしていたら、金がかかって仕方ない。大型バスで輸送したほうが効率が良い。

全員にこの対応をする明確な目的があるのか。それとも、藍子は特別に用意された給仕枠で、だからこそ、こんなにも大袈裟な対応をされているのだろうか。

考えたところで意味がないと思い、ため息を吐《つ》く。

ふと、湧いた疑問。

「どうして、今日は丸の内まで来させたわけ？」

一拍の間。

「働く皆さまには、最初は必ず丸の内に来ていただいております」

「どうして？」

「理由はありません。それがしきたりなのです」

答えになっていないが、これが本当に答えなのかもしれない。

「ともかく、こんな高級車で送迎するくらい経費をかけてでも、場所が分かったら都合が悪いってことね」

無言の肯定の後、男はバックミラー越しに視線を向けてくる。

「働く方に対しては、千代田区のどこか、とだけ開示させていただいております。また、信用のおける方に対しては、送迎を取りやめ、直接来ていただくこともあります。絶対に他言しない信頼を勝ち取った方にだけお伝えしている入り口から来ていただきます」

「……信頼されない人が送迎付きで、信頼されたら自分で来いと？」

可笑《おか》しな話だ。信頼されないほうが楽ではないか。

「あの場所に、自らの意志で行けるという名誉があります」

男の言い方に、少しだけ宗教臭さを感じた。無視して窓の外を見る。先ほどから、当てもなく走らせている気がする。同意が得られるまで、目的地に行くつもりはないのだろう。

「これでいいでしょ？」

アイマスクをした藍子が言う。三秒ほど間隔を置いてから、結構です、という答えが返ってきた。そして、アイマスクをしている間は、会話をしてはいけないという決まりだと付け加える。

藍子はゆっくりと深呼吸を繰り返す。

視覚を奪われた代わりに、やけに聴覚が敏感になったように感じる。わずかに聞こえるエンジン音。アスファルトの上でタイヤが軋《きし》む音。男の運転が上手いのか、それとも車の性能なのか、揺れがほとんどない。辛うじて右折や左折を認識できるが、過敏になったところで、場所を特定できる情報は収集できそうになかった。

どう考えても、藍子が置かれている状況は奇妙だ。

やはり、千沙に騙されたのではないかという思いに駆られる。千沙とは、スポーツジムに通ううちに、たまたま話すようになっただけの関係だ。付き合いは三カ月ほどで、二人とも偶然二十九歳というだけの共通点しかない。言ってみれば他人だ。性格も対照的とは言わないまでも、合致しているわけでもない。どちらかの愛想が尽きたら終わってしまうような脆弱《ぜいじゃく》な関係。

アイマスクを外したら、男たちに囲まれているかもしれないという不安が脳裏を過る。可能性がゼロとは言い切れないので、危険を察知した時点で逃げ出そう。フリーライターの仕事を通じて培った危険察知能力と危機回避能力があれば、だいたいのことは乗り切れる自信があった。

下腹部が疼《うず》く。これから開示されるであろう事柄を楽しみにする余裕はまだある。

十分くらい経っただろうか。身体がやや前に傾いた。坂を下っているのだろう。そう思ったと同時に、背凭《せもた》れに押し戻された。車が停車したことは間違いないが、その後、妙な振動がして、臀部《でんぶ》がもぞもぞとした。わずかな機械音。エレベーターで降りているような感覚。

これから、なにが起こるのだろうか。

下降が止まる。

「どうぞ、アイマスクを取っていただいて結構です」

男の声に従ってアイマスクを取る。すぐに後部座席のドアが開いた。

「降りてください」

言われたとおりにする。自分の足で立つと、軽い眩暈《めまい》を覚えた。自分が本当に立っているのか、はたまた浮いているのか分からず混乱した。

その原因は、部屋全体が白色で塗られていたからだ。床も天井も、壁も白い。

白い世界。

そこに、別の男がいた。車の外に立っている。真っ白な服を着た男は服の上からでも分かるほどの屈強な肉体の持ち主だった。運転席を一瞥《いちべつ》する。先ほどまで運転していた男は、まるで人形になってしまったかのように身動き一つしなかった。糸をすべて切られた操り人形。肉体を置いて、魂だけ抜き取られたようだ。

藍子は目を細めた。白が目に刺さる。真っ白すぎて、部屋の大きさを認識できない。音はない。静寂が過ぎるためか、鼓膜を指で押さえられているような圧力を感じた。

縫いつけたように一文字に唇を結んだ白い服の男は、値踏みするような視線を向けたあと、なんの感想も言わずに歩き出す。

ついて来いということだろうか。

藍子は一瞬躊躇したが、後を追う。

一定の歩調で進む男。腰のあたりに、拳銃を挿し込んでいるような膨らみ。ここは、本当に日本だろうかと思っていると、男が唐突に立ち止まる。そして、白く塗られた取っ手を握って引いた。

扉が現れる。

そう表現するしかないほどに、壁と扉の境目が認識できなかった。

扉の向こう側は、薄暗い廊下が延びていた。白が反転して黒になる。まるでオセロゲームだ。

男は、進めと告げる。どうやら、白い服の男が案内するのは、ここまでのようだ。

扉をくぐって歩きつつ、なんとなくこの世界のルールを理解した気になる。

皆、役割に徹し、役割以上のことはしない。

運転をするだけの男。先ほどの白い服の男はどんな役割を担っているのだろうかと考え、そして、白い部屋で来訪者を選別しているのだろうと見当をつける。要するに、セキュリティーだ。

白い部屋には、出口や入り口がほかにもあるのかもしれないと想像し、探索してみたいという衝動に駆られる。

薄暗い廊下の先に、また別の男が立っていた。

やはり、ここは徹底的に役割分担をしているのだという確信を得る。それにしても、たかが給仕に対応するのに、これほどの手間をかけるなんて、ずいぶんと気取ったクラブなんだなと思う。

待ち受けていた男と目が合った。小太りの男の瞳は、子犬のように円《つぶ》らだった。言外に、早く来いと言っているような気がしたので、歩調を速める。

男の立っている場所は、暗い廊下が終わる境目だった。

「お前が、新しい給仕か」

目の前まで行くと、小太りの男は偉そうに上体を反らし、上を見上げながら言った。藍子の身長は百七十センチメートル。それを勘案すると、男は二十センチメートルほど低い。藍子は厚底のブーツを履いているので、より身長差が際立つ。

男は、顔つきも含めて、ナポレオン・ボナパルトを彷彿《ほうふつ》させた。今にも、〝じっくり考えろ。しかし、行動する時が来たなら考えるのをやめて、進め〟とか馬鹿らしいことを言い出しそうだし、一日三時間しか寝なくて大丈夫だと虚勢を張りそうにも見えた。

「なにか楽しいことでもあるのか」

笑みがこぼれていたらしい。無理やりに引き締める。

「ありませんよ。閣下」

奇妙な表情を浮かべた男は、ふんと鼻を鳴らす。

「どんな奴が来るかと思ったら、ただの木偶《でく》の坊だな。デカい女は嫌いなんだ。見ていて美しくない」

男はそう言い、餌でも食《は》んでいるように二重顎を震わせて笑う。藍子は心の中で、この男を白豚と名付けることにした。豚の服装は、白いワイシャツに黒いベスト。スラックスも黒で、ついでに言うならば、蝶《ちょう》ネクタイも黒。着ている奴の体型は酷《ひど》いが、それでも様になっている。生地や縫製がいいのだろう。

「それじゃあ、さっそく仕事をしてもらう」

そう言った白豚は、自分をチーフと名乗った。藍子は、ピッグではないのかと落胆する。

「……チーフですね」

そんな柄には見えないが、素直に目の前の白豚をチーフと呼ぶようにする。

「お前、名前は？」

「給仕です」

役職には役職で答える。すると、チーフは舌打ちした。

「違う。本名」

「あぁ、佳山藍子です」

チーフは、名前に途轍《とてつ》もない秘密が隠されているかのように復唱する。

「じゃあ、ここでは藍子とだけ名乗るんだ。それ以上の情報も、それ以下の情報も自分からは喋《しゃべ》らない。でも、聞かれたら必ず答える。一を聞かれたら一答える。十を聞かれたら十を答える。十一も答える必要はないし、九では言葉足らず。過不足なし。分かったか？」

チーフはそう断言した後、さっそく仕事の指導をすると告げる。

「指導って、なんでしょうか」

チーフは呆《あき》れ顔になった。

「……給仕としてここに来たこと、覚えているか？」

藍子は頷く。

「それなら、その給仕としての仕事についての指導しかないだろ」

チーフは声に苛立ちを滲ませる。

大袈裟だなと思う。給仕など、注文を取って運ぶだけだろう。

心の内を見透かしたらしいチーフは、大きなため息を吐いた。

「まぁ、指導と言っても、トレイを持って、酒を運ぶだけだから、サルでもできる内容だ。見たところ藍子はギリギリで人間のようだが、教養はなさそうだ。だから、トレイの持ち方から教える。その教えに素直に従ってもらう。それが、藍子のためにもなる」

断定的に言ったチーフは顔を膨らませ、ついて来い、と身体《からだ》をキュッと反転させて歩き出す。

薄暗い廊下が続き、やがて、突き当たりに至る。

「この先が、更衣室」

赤い扉を顎で指したチーフは、アンダースローでなにかを放ってくる。シャリシャリという音と共に飛んできたものをキャッチした藍子は、握った手を開く。

〝25〟と書かれたネームタグに、鍵がつけられていた。白いバンドもついている。

「そこの番号が貼られたロッカーを使え。給仕の制服が入っているから、それに着替える。着替える前に必ずシャワーを浴びること。香水といった香りを発するものをつけるのは禁止。整髪料をつけている場合は、無香料のものを使え」

「制服って、どんなものですか」

「質問が多い」

窘《たしな》めるような声。

不満を覚える。事前情報なしで、こんな異空間に連れてこられた割には質問が少ないほうだと思っていた藍子は、少し心外だった。

チーフは、肉がついて丸くなった肩をすくめた。

「ここは見てのとおり、普通の店じゃない。それは分かるな」

同意を示すために頷く。

「藍子も、誰かの紹介ってことで、ここで働けるようになったんだろうが、紹介だけで働けるほどセキュリティーが甘いわけじゃない。ここに来る前に十分な調査をした上で、こうして受け入れられたんだ。つまり、現時点では合格というわけだ。制服がどんなものかなんて馬鹿なことを聞いて、不興を買うことは避けるんだ」

チーフは腕を組み、鼻から息を吐く。

「……十分な調査って言っても、この仕事を紹介されたの、昨日なんですけど」

「事前に調査して、ゴーサインが出てから誘ったということだな」

チーフはうんざりしたような顔になった。

「そういうものですか」

気のない返事をする。つまり、昨日千沙に紹介された時点で、チーフが言う十分な調査を経ていたというわけか。

「更衣室に入って奥にシャワー室があるから、まずはそこで身体の汚れを落とす。それから制服を着て、着替え終わったら、シャワー室の横にある扉の先で待っていろ」

なんでシャワーを浴びなければならないのか質問しようとしたが、チーフが手で遮ってくる。

「シャワーを浴びる理由は、清潔にすること。それ以外にはない」

「綺麗な身体に、バターは塗らなくていいんですか」

「……バター？」チーフは怪訝《けげん》な表情を浮かべる。

「ともかく、さっさと準備しろ。ちなみに、携帯電話は置いておけ。もちろん、録音機器類も持ち込み禁止」

そう言い残して去ろうとするので、藍子は呼び止める。

「あっちの、隣の青い扉はなんですか」

赤い扉の右側を指差しながら訊ねる。

「男子更衣室。入りたいなら入って構わない」

片眉を上げたチーフは、手を振ってから去っていく。

藍子は、肩からずれ落ちそうになったショルダーバッグをかけ直し、赤い扉を開けて中に入る。

ずらりとロッカーが並んでいた。数は二百ほどあるだろうか。やけに広い。四面の壁のうち、一面が鏡張りになっている。天井付近に大量に付けられた照明が眩《まぶ》しい。ほかに人の姿はない。防音なのか、一切の音がなかった。がらんどう、という言葉は適当ではないが、この空間を説明する言葉として妙にしっくりきた。

ロッカーの数からして、女性だけでも従業員は三桁いることになる。こんな人数を飲み込める空間が千代田区にあるのかと疑問に思いつつ、数字の書かれたプレートに目をやり、〝25〟のロッカーを探し当てる。シャワー室のすぐ傍《そば》だった。

フリフリの装飾でデコレーションされた制服が入っていないことを祈りつつ、ロッカーを開ける。ハンガーに黒いベストとスラックス、それと白いワイシャツが掛けられていた。パンプスもある。見た感じ、自分の足のサイズにぴったりのようだ。これも、十分な調査をした結果なのだろうか。

棚には白いバスタオルと、ハンドタオル。ご丁寧に未使用の石鹸《せっけん》まで置かれている。赤い岩塩のような色だった。上方の棚板の上には木箱があり、それを開けると、蝶ネクタイが入っていた。

普通の制服にひと安心した藍子は、履いていたブーツをロッカーに入れ、レザージャケット、半袖のTシャツ、スキニーパンツの順に脱いでいった。最後に下着を取ってからバスセットを手に持ち、鍵を閉めてシャワー室に向かう。バンドのついた鍵だったので、左腕に通しておいた。

白いタイルが張られたシャワー室に入ると、間仕切りが左右に連なっていた。下に十センチほどの隙間があるので、誰かがいればすぐに分かる。しかし、誰もいない。音のないシャワー室というのは、なんだか気味が悪い。

素足でタイルを踏みしめつつ、周囲を見渡す。監視カメラの類はないようだ。いや、あったとしても、隠しカメラだったら見つけることが困難だろうし、裸体くらい撮影されても目くじらを立てたりはしない。

身体を一回転させた後、手前から三番目、右側の個室に入った。

銀色のシャワーヘッドからお湯を出し、身体を濡《ぬ》らす。個室内が湯気で満たされた。顎を上げる。視線が電球にぶつかった。その電球の隣のタイルに、妙なデザインが施されていた。最初、蝶かと思ったが、よく見ると蛾だった。

蛾が、電球の周りを羽ばたいているように見える。精巧に作られた蛾。

「悪趣味」

呟《つぶや》いた藍子は赤い石鹼を取り、それで身体を丹念に洗ってからお湯で流す。

バスタオルで水滴を拭い、シャワー室を出た。そして、用意されていた制服を着る。ぞっとするほど身体にフィットしていた。

巨大な姿見で全身を確認した後、説明されたとおりにシャワー室の隣の扉を開けて出た。

薄暗い廊下を進み、先にある扉を開ける。

目の前に現れたのは、意外にも厨房《ちゅうぼう》だった。ホテルのような巨大な厨房。実際にホテルの厨房をこの目で見たことはなかったが、ともかく大人数の料理を作るのに十分な設備を入れることのできる巨大な空間だった。

シェフコートを着た人々が、忙《せわ》しく立ち働いている。大鍋を覗《のぞ》き込む女性。巨大なフライパンでなにかを炒《いた》めている初老の男性。大量の皿に料理を盛りつける若者。見えるだけでも、三十人ほどの姿があった。

肉や魚を切り、煮たり焼いたりしている。焦げる匂い。血の匂い。そこに広がるすべてが、食欲を誘う。

「どうした、早く来るんだ」

チーフの苛立った声。いつの間にか、近くに立っていた。厨房に行くには、更衣室を通らないルートもあるのか。構造がまったく分からない。

「木偶の坊。動きが鈍い」

罵声を浴びせられる。ただ、声が高いので怒られている気がしない。ソプラノパートを任せられるような声域の持ち主で、威厳というものをまるで感じさせなかった。樽《たる》のような身体から出るにしては、愛嬌が過ぎる声色。

厨房の奥にある扉を開き、中に入る。

そこは、中央に机があるだけの小さな部屋だった。

「身支度は終わったな」

全身をチェックするような視線を向けてきたチーフは、鼻をスンスンと鳴らしながら藍子の身体を嗅いでいく。やはり、人間の皮をどこかで調達してきた白豚だと思ったが、顔には出さなかった。

「似合っていますか」

「さっきは野蛮な動物を見ているようだったが、少しだけ人間に近くなった」チーフがニタリと笑い、続ける。

「さっそくだが、仕事内容を説明する。藍子は、トレンチを持って、ゲストに飲み物だけを運んでもらう」

だけ、に力を込めて言う。

「食べ物は？」

藍子が疑問を口にする。

「飲み物を運ぶことだけに専念すればいい」

チーフは怒ったように言い、机の上に置かれた丸いトレンチを渡してきた。そして、指三本で支えて持つことや、手首を外に向けて持つようにと説明をする。藍子はそれを問題なくやってのけた。なぜかチーフは不満げだった。

「念のために言っておくが、藍子が運ぶグラスは、ほかに代えがたいものばかりだからな。絶対に落とさないことだ。それと、万が一にも、ゲストにこぼすことのないように気をつけろよ」

チーフの甲高い声に似合わず、顔は警告を発している。不協和音。

「もちろん、こぼしません。手元が狂わないことが、私の特技ですから」

熱のこもっていない返答に、チーフは不満顔になる。

「下手な失敗はするな。絶対」

念を押す。その瞳に、わずかな恐怖心が浮かんでいるような気がした。注意する人間が怖がっている。不思議だった。

「もし、失敗したらどうなるんですか」

聞かずにはいられなかった。

藍子の問いに、チーフは逡巡《しゅんじゅん》を見せてから口を開く。

「そんなことはあってはならない。いいな」

そう言った後、今の発言を掻き消すように咳払《せきばら》いをした。

「それと、給仕の心得として言っておく。給仕は、なにも見ないし、なにも聞かない。だけど同時に、すべて見なければならないし、すべてを聞かなければならない」

どこかで聞いたことのあるフレーズだなと思いつつ頷く。

チーフは続ける。

「この場所を絶対に口外してはならない。また、ここに来るゲストのことを知ろうとしてはならない。ここでは黒子であり、ここには存在しない。過ちは、すなわち死だと思うことだ。俺の言葉を心に刻んでおけ」

真剣な視線。藍子は目を逸《そ》らさずに頷く。これは、普通のアルバイトではない。ここに来るだけでも、情報を秘匿したいという強い意志を感じる。情報が明らかになることを警戒している。

周囲に漏らされたくない場所。これは、金と危険の饐《す》えた臭いがする。身体の芯が疼いてきた。

「言いつけどおりにします」

失敗はしない。チーフの〝死〟という言葉は眉唾ものだが、少なくとも相当のペナルティーが科せられるのだろう。

「いいだろう。今日は見学だ」

チーフはわずかに表情を和らげてから藍子を伴って厨房に戻り、別の廊下を進む。この場所の構造がどうなっているのか気になりつつ、後に続いていった。

歩数にして十五歩。再び扉がある。車一台が十分通り抜けられるほどの大きさ。素材は黒檀《こくたん》で、細かい装飾が施されている。

「ようこそ、キリングクラブへ」

チーフは意味深長な視線を向けつつ言い、ゆっくりと扉が開かれる。

藍子は、息を呑《の》んだ。そして、全身に鳥肌が立ち、電気が流れたかのように産毛が逆立つのを意識する。

目の前に現れたのは、広大なフロアだった。

明かりの使い方や色使いは、ロンドンのロイヤル・オペラハウスに近いが、広さは二倍以上、いや、もっとあるだろう。

天井が高く、部屋の端が遥か先に見える。煌《きら》びやかな衣服に身を包んだ大勢の人。ドームのような空間。中央の天井には、巨大なシャンデリアがあり、光を乱反射させている。何メートルあるのだろうか。

床には赤い絨毯《じゅうたん》が敷かれており、血の海を想像させた。

不規則で多様な音の中に、音楽が流れているのが鼓膜に届く。

チャイコフスキーの序曲『1812年』。クリアな音。生演奏かとも思ったが、楽団は見えない。どうやら、かなり金をかけた音響設備を備えつけているらしい。

カラフルな衣装を着た人々が空間を満たしている。アプリコット。プラム。オレンジ。ブルーベリー。見ているだけで、食欲をそそる。

唾を飲み込んだ藍子は、想像をはるかに超える状況下に置かれ、ただただ圧倒されていた。

「ここには、さまざまな人がいる。ゲスト、ホステス、給仕、バーテンダー、カジノディーラー。いろいろな人間がここの維持運営に携わっているんだ」チーフは続ける。

「ここで一番偉いのがゲスト。それ以外は、ただの舞台装置。藍子も、俺も」

煌びやかな世界に視線を向けつつ、チーフが言う。

「……キリングクラブというのが、この場所の名前なんですか」

物騒な名前だと思いつつ訊ねる。

「〝力を誇示したいならば、人殺し《キリング》ではなく大儲け《キリング》をすることだ〟」

そう言いつつ、天井付近にある言葉を指差す。鉄を曲げて作られた文字。

〝If you want to prove your strength, make a killing in stead of killing〟

「キリングには、人殺しという意味のほかに、大儲《おおもう》けという意味がある。ここは、後者に長《た》けていて、その中でも選ばれた成功者が集うサロン。世の中を動かす側の人間が、あらゆる甘美を享受し、金を使う。そういう場所だ」

チーフが楽しそうに言う。

聞きたいことがたくさんあった。しかし、今は頭の中のメモ帳に、文字を書きなぐることで精一杯だった。

いや、文字を書く作業も止まってしまう。目の前の光景が脳内で処理できず、呆然《ぼうぜん》となった。


その日は仕事をせずに周囲を巡った後、チーフに先導されて白い部屋へと戻り、目隠しをされ、男の運転する車で自宅まで送ってもらった。車から降りようとする藍子に対して、男は一枚の紙を手渡してくる。そこには、藍子の家族や親族の名前や現住所、職業などといった個人情報が羅列されていた。

すべてを掌握しているという、明確な脅し。

これはどういった意味なのかと藍子がとぼけると、男は、キリングクラブのことは誰にも喋らないことですとだけ返答した。そして、次回は一人で出勤していいということと、口頭で別の入り口の存在を説明される。

説明を終えた男は鍵を渡し、小型の機械で、掌の静脈をスキャンする。

どうやら、藍子は早々に信用を勝ち取ったらしい。

## 2

キリングクラブに勤務して五日目を迎えた。

藍子は、有楽町《ゆうらくちよう》駅から皇居側に向かって歩く。工事中なのか、閉鎖したまま放置されたのか分からない一画に向かった。事前に教えられた高架沿いの、やや奥まった人気《ひとけ》のない場所。突き当たりに位置し、誰も、わざわざここに入ろうとはしないような空間。もちろん、人の姿はない。そこに、錆《さ》びた鉄の扉があった。なんの表示もない。壁と一体化したような扉。

運転手の男から渡された鍵を使い、中に入る。扉が閉まると、自動的に鍵がかかった。

通路を進む。すぐに次の扉に到達する。静脈認証でそれを開けた。

長い階段を降りきり、薄暗い廊下を進んだ。

真っ直ぐな廊下ではない。一本道だったが、曲がり角がいくつもあった。キリングクラブの位置が分からないように攪乱《かくらん》する意図があるのだろう。それか単純に、首都東京の地下に埋まっているさまざまなものを避けるため、このような形になっているのかもしれない。

十分ほど足早に歩いたところで、再び扉が現れる。

そこを抜けると、白い部屋が眼前に広がった。壁も床も天井も真っ白で、空間の大きさを把握することができない。唯一、スキンヘッドの男が座標のように存在しているだけだった。

この男も、全身白いスーツを着て、白い手袋をつけ、白い靴を履いている。顔だけは、肌色を露出しているので、そこだけが浮いているように見えた。初日に車で連れてこられたときにいた男とは別人だった。

黒色の服で身を包んでいる藍子は、ここでは異物だ。

眉毛のない男の顔が、通っていいと告げる。藍子は毎回、白い部屋でこの男と顔を合わせていた。キリングクラブのセキュリティーの役割を担っているのだろうが、ずっとここにいるのか、それとも、控室のようなものがあるのかは不明だった。

「いつも大変ね」

男の横をすり抜けつつ言う。

「そうでもない」

不意の返答。嗄《しやが》れ声が僅かに笑っているように聞こえたが、顔を見ることはできなかった。

白い部屋の出口である、白い扉を抜ける。

すると、茶色いカーペットが敷き詰められた廊下に出た。中堅以下のホテルにあるような、硬くて質の悪いもの。キリングクラブのゲストが立ち入らない場所は、そこまで金をかけていないようだ。

突き当たりに表札がある。右に「M」、左は「L」と書かれてある。

藍子は左に曲がる。扉を開けると、初日と同じ更衣室に到着した。部屋に備えつけられている扉の数は七つ。七つのうちの一つが、今通ってきた廊下に通じている。ほかの六つは不明。もっとも大きい扉は、キリングクラブへと通じるものだ。

服を脱いでシャワーを浴び、石鹸で身体を洗う。視線を上げて、彫刻された蛾が電球の周りを飛んでいる様子を確認する。身体を拭き、給仕の服に着替えてフロアに向かった。

働き始めて一つだけ幻滅したことがあった。

身の危険を感じる瞬間がないということだ。一時間に二万円の時給を支払うわりには普通すぎる仕事だった。飲み物を運び、空になったグラスを下げて、また運ぶ。ただそれだけ。

もちろん、歩くときの姿勢や飲み物を渡すときの所作については、チーフに徹底的に仕込まれたが、それほど難しいことを要求されたわけではなかったし、すぐに順応できた。

チーフの話だと、ここは、成功者の中から選ばれた人間のみが集えるクラブということだった。ゲストは華やかな格好をして、洗練された微笑を浮かべている。多くは男性で、スーツかタキシードを着ていた。女性も少数おり、思い思いのドレスで着飾っている。

四日間、ゲストの様子を観察した。

ホステスと一緒に酒を飲む者。談笑する者。国内では違法となっているバカラ賭博に熱中する者。日本で規制されているハシッシュを嗜《たしな》む者。ただ一人酒を飲む者。お酒もそこそこに〝別室〟にホステスと消えていく者。楽しみ方はさまざまなようだった。

キリングクラブで働く際のルールの一つとして、ほかの従業員と仕事以外の会話をしてはならないというものがあった。チーフには誰とでも話す権限があるようだが、似たような立場の人間同士は、仕事中はもちろんのこと、更衣室で顔を合わせても目礼くらいしかしない。破った場合の罰則があるとは聞いていないし、藍子が千沙と話してもお咎《とが》めはないが、ほかの皆はそれを守っている。喋らないという、ただそれだけのことを破って、こんな美味しい仕事を逃したくはないと誰もが思っているようだった。

不思議に思う。欠員が出たことによって、藍子は採用された。つまり、辞めた人がいるということだ。どうして、欠員が出たのか。こんないい仕事を辞める人間がいるのか。考えても解答が出るはずもない疑問だが、興味をそそられた。

そして、もう一つ気になること。

黒いスーツと、限りなく黒に近い紺色のネクタイをした男が数人、常にフロアを巡回していた。ゆったりとした動作で歩きつつ、周りの様子を見るとはなしに見ている。彼らは皆一様に目を伏せ気味にして、視線を合わせないようにしている。それでいて、神経を研ぎ澄まして周囲の状況を把握しているようだった。トラブル対処の要員だと思うが、この空間では異質な存在だった。

〈藍子、新しいゲストだ〉

左耳につけたイヤホンから、チーフの声がする。チーフは、巨大なモニターがいくつもある部屋にこもり、給仕に指示を与えていた。クラブ内の状況を把握し、的確に給仕を動かしていた。そのお陰か、運営に滞りはない。見かけと違って、チーフはかなり優秀なようだ。

藍子は、目の前のゲストにシャンパングラスを渡し、チーフに返事をしてから厨房に戻ることにした。

厨房は、攻撃を受けている最中の塹壕《ざんごう》のような状態だった。厨房には、さまざまな輸送手段を駆使して世界中の食材が集まっており、一流のシェフが調理してゲストに振る舞われていた。

シェフの間を調理助手と配膳係が行き来している。

空腹を誘う匂いに、生唾を飲み込んだ。今日はいろいろと立て込んでいたために寝坊し、出勤前にパワーバーを一本齧《かじ》っただけだった。厨房の壁は緑色なのだが、それがピスタチオで作られたものだと錯覚するくらいには飢餓感がある。

「ほら、早くこれを運べ」

ベストを着たバーテンダーが苛立った様子で言う。キリングクラブでは、バー・スペースと厨房にバーテンダーを配置しており、酒の提供を絶やさないようにしていた。

〈今手に持っているものを、テーブル16のゲストに渡せ〉再びイヤホンからチーフの声。

〈その石のジョッキは、ドイツビール銘柄のホフブロイのもので、ゲストが大切にしているものだから、間違っても落として割らないよう気をつけろよ〉

「分かりました」

藍子は〝HB〟という印が付いた石ジョッキをトレンチに載せ、フロアへと向かった。談笑しながら歩く人と接触しないように注意しながら、中央付近にあるテーブル16に辿り着く。

「お待たせいたし……」

いつものようにジョッキを手に取ってテーブルに置こうとしたところで、男と目が合った。声が詰まった。

麻のジャケットを羽織っている男は、フリーランスのジャーナリストとして名を馳せる青《あお》柳祐介《やぎゆうすけ》だった。多くのテレビ番組に出演しており、文化人としての地位を確立していた。藍子の本業はフリーライターだったので、たまにインタビュー記事を書いたりもする。青柳には、何度か取材をしたことがあった。自宅へ行ったこともある。年齢は六十歳。その割に、肌に張りがあって若々しい。

顔見知りに会うとは思っていなかった。青柳の顔に気を取られてしまった藍子は、不意のことに手元が狂う。

石のジョッキがテーブルの上で倒れそうになった。すぐに立て直そうとするものの、中に入っていたビールが半分ほど流れ出し、青柳の下半身にかかる。

咄嗟《とっさ》に、左右にいたホステスが身を引き、真顔で藍子を見てくる。その瞳の大部分は驚きだったが、嘲笑と憐憫《れんびん》も混ざっていた。

テーブル16の一角が沈黙に包まれる。

「……これは、面白い余興だねぇ」

最初に声を発したのは、青柳だった。左右のホステスが青柳の濡れたスラックスをおしぼりで拭う。しかし、青柳はやんわりと自分でやると告げ、ジャケットの内ポケットからハンカチを取り出して、濡れた箇所に当てた。顔を伏せているので表情をはっきり見て取れなかったが、笑っているようだった。

「この石のジョッキはね」青柳は落ち着き払った声で言う。

「私が大学を卒業してから二年間、世界を放浪したときに、ドイツの浮浪者から貰ったものなんだ。道端で転がっていた浮浪者を見つけたとき、彼は瀕死だった。おそらく複数の人間に暴行されたのだろうね。頭から汗のような筋を作りつつ顎まで続いている血は乾いていたが、かなりの出血量だった。片方の目が潰れているようにも見えたし、明らかに顔の形が歪《いびつ》だった。もともとの顔ではなく、外部からの力が加わった変形だった。鉄パイプか、そういった類のもので顔面を殴打されたんだろうね。

荒い呼吸をしていた彼は、まだ辛うじて開いている片目で私を見てから、なんと、酒が飲みたいと言ってきたんだ。ドイツ語ではなく、英語だった。私は、彼を助けるつもりはなかったんだけど、彼の前の小銭が入った石のジョッキ……このジョッキのことだが、これがどうしても欲しくなってしまったんだ。彼が金を得る手段であるジョッキは、彼の命綱であり、大袈裟に言えば、命そのものに見えた。

だから、一杯のビールと引き換えに、これを貰えるか聞いたんだ。男は頷いた。私は近くにあったパブで五〇〇ミリリットルの瓶ビールを六十五セントで買ってから、男の元に戻って与えた。男はそれを一口飲んで、呻《うめ》き声をあげたかと思うとこと切れてしまったよ。見たところ、長くは持たないと思っていたが、せっかく買ってきたのだから、もう少し味わってほしかったんだがな。まぁ、一応約束は果たしたので、石のジョッキを貰って、今もこうして大事に使っているんだ。ちなみに、ジョッキの中には、八十六セント入っていたから、私は二十一セントの儲けと石のジョッキを手に入れたというわけだ。出来過ぎた話だが、人の魂は二十一グラムと言われている。奇妙な符合だ。ますます、このジョッキが好きになったよ。

それなのに、よりにもよって、こんなにも大切に思っているジョッキを、君は倒したんだ」

テレビの人気コメンテーターらしい聞き取りやすい口調で言った青柳は、微《かす》かに笑みを浮かべる。

「それだけじゃない。私は、ここにはお洒落《しやれ》をしてくることに決めているんだ。私が着ている服も靴も、奮発して買ったものなんだよ」

視線を向けられた藍子は鳥肌を立てる。その瞳孔には、暗い力が渦巻いていた。湿気っぽくて薄暗い地下室を連想させる瞳。消えゆく炎を見つめる、無感動な目尻。

視界の端でチーフが慌てて向かってくるのが分かる。

刺すような空気を味わいながらも、藍子は、笑みを浮かべた。

自然と口が動く。

「実は、友人と賭けをしていたんです」

「……賭け？」

怪訝な表情を浮かべる青柳に対し、藍子は頷く。

「キリングクラブの中で一番と思える人を濡らしたら、私の勝ちという賭けです。濡らし方は自由。勝てば夕食をご馳走になることになっているんです。最近、近所にデリができたんです。そこのサンドイッチが美味しいって評判で。あ、デリの語源であるデリカテッセって、ドイツ語で〝美味しいもの〟って意味だったと思います。石のジョッキも、ドイツで手に入れたということでしたよね。これは、私も、デリを手に入れられるという符合でしょうか」

相手を困惑させる。困惑は従順を生むもっとも手っ取り早い手段だ。

藍子の言葉を聞いた青柳は意外そうな顔をしていたが、瞬《まばた》きをしたあと、ゆっくりと立ち上がる。そして、わずかに中身の残っている石のジョッキを手で持ち、藍子の頭上でひっくり返してビールを浴びせた。

目を丸くした藍子をよそに、青柳は通りかかった給仕のトレンチからワイングラスを奪い取り、胸元にかける。赤ワインが、ワイシャツを血の色に変えた。

青柳は、唐突に笑い声を上げる。

「実はね、私も、知り合いと賭けをしていたのを思い出したんだ。このクラブで一番面白そうな女を濡らすって」

皮肉るような笑みに対して、あくまで藍子は慇懃《いんぎん》な態度を保つ。

「男はともかく、女を濡らす方法としては、あまりスマートとは言えません」

「言ってろ」

吐き捨てるような声だったが、青柳は愉快そうだった。ひとしきり笑ったあと、口の端を曲げた状態で真顔に戻る。

「面白い女だ。退屈が紛れたよ。少し早いけれど、こう濡れてしまっては、服を脱いで乾かさなければね」

右手首につけているエルメスのブレスレットの位置を調整した青柳は、左側にいたホステスの太股《ふともも》に手を置く。その間も、目はじっと藍子を見続けていた。

「どうぞ、ごゆっくり」

藍子の言葉に再び笑みを浮かべた青柳は、ホステスと共に席を立った。

チーフが頭を深々と下げて謝罪する。それを無視した青柳は、黒服の男にエスコートされて、別室へと消えていった。

チーフに連れられ、キリングクラブでの仕事を切り上げることになった藍子は、シャワーを浴びてから私服に着替えた。そして、チーフの言いつけどおり、決して居心地のいい場所とは言えない取調室のような部屋に押し込められ、一人きりで座って待つことになった。コンクリート壁。中央にテーブルがあり、二脚の椅子が向かい合わせに置かれている。四角い部屋の壁の一面がガラス張りだった。おそらくマジックミラーだろう。ここが警察署なら分からないでもないが、どうしてクラブにこんな部屋があるのか。

これから起こりうることと、逃亡手段を同時に考えていると、扉が開く。

チーフかと思ったが、現れたのは別の男だった。

黒いスーツに、限りなく黒に近い紺色のネクタイ。このまま葬式にも出席できそうだ。フロアで見かける黒服の男たちと同じ格好だった。社会人としてはやや長い髪をしているので若く見えるが、表情の落ち着き具合を勘案すれば、年齢は四十歳手前くらいだろう。

無言のまま、男は藍子の向かいにある椅子に座った。そして、肘掛けに肘を置き、左手を顎の下に当てる。ちょうど、頭を手で支えているような姿になった。

黒よりも黒い瞳孔がこちらを見つめている。その黒を、藍子は美しいと思った。美しいと思うのは、久しぶりのことだ。それは、毒を持つ人間特有の美。毒は毒にしかならない。ただ、危険は魅惑へと変化しやすいものだし、それが興奮にもなる。

「先ほどのことだが」男は、五線譜を手でなぞって音符を確認するような慎重さで言う。

「上手い対応だ。単純さと自信、それと共感が揃《そろ》っている」

「どうも」

妙な褒められ方だと思いつつ、素直に礼を述べた。

男は目を細める。

「あんな言い訳で、助かると思っていたのか」

「……どうでしょう。分かりません」

曖昧な返答をした藍子に対して、男は眉間の皺《しわ》を深くした。

「確信があっての対応ではなかったのか」

「それは」一度言葉を区切った藍子は、再び唇を動かす。

「あの時、あの状況では最善の手段だと思いました」

「最善の手段ね」

吟味するように男は繰り返す。

「どうして、最善だと思ったんだ」

「どうしてでしょうか。感覚なので、分かりません」

「……そうか」

なぜか、男は納得したようだった。

藍子は、嘘《うそ》はついていない。

ビールをこぼし、青柳の下半身にかけてしまったのは取り返しのつかない失態だ。謝って済むものではないのは、青柳の目を見れば明白だった。謝罪は、むしろ火に油を注ぐようなものだろう。

あのときの対応は、咄嗟に出たものだった。熟考した末でのものではない。こういったものは自然と出てくるものなのだ。幼い頃からそうだった。

あの瞬間で、最善の手段を講じた。その確信があったが、根拠があるわけではなかった。面白い余興だという青柳の言葉を聞いて、自然に思い浮かんだだけなので、理路整然とした説明はできない。しかし、あの対応をすれば許されると直感したのだ。

「良い判断だったと思う」男はぽつりと呟く。

「ゲストは怒ってはいない。あんなミスを犯した奴は、本来ならただでは済まない。ゲストが許しても、キリングクラブが許さない。ただ、今回は大目に見ようという決定が出た」

誰が決定したのか。そう問おうとしたが、声には出さなかった。聞いたところで、答えてはくれないだろう。

男の視線を感じる。その瞳に、藍子は身体が火照《ほて》っていく感覚を覚えた。快感に近い。顔も好みだった。湿っていくのが分かる。

「本題に入ろう」男は腕を組んだ。

「お前は、キリングクラブのゲストが、どういった種類の人間かを知っているか」

この部屋はやけに乾燥している。藍子は乾き始めた唇を舌で湿らせた。

「成功者の中から選ばれた人間が集っていると聞きました」

「誰から」

「チーフからです」

「大枠は合っているが、正確ではない」

感情を込めない凪《な》いだような声は、とても聞き取りやすい。耳に心地よく、いつまでも聞いていたいと思う。

「ここは、社会的に成功したサイコパスが集まる場所だ」

男は淀《よど》みなく言う。

「……サイコパス」

昔からよく聞く言葉だった。映画やドラマで見た限りでは、殺人鬼として描かれることが多い。共感能力がなく、冷血で、人の命をなんとも思わない。

男はようやく体勢を変え、両手を組んでテーブルの上に置いた。

「サイコパス、つまり精神病質者のことだが、ゲストは、世間が作り出したイメージとは乖《かい》離《り》した存在だ。お前が考えているようなイメージとも違う。ここにいるのは、成功したサイコパスだ」

藍子は目を細める。言葉は簡便。しかし、なにを言っているのか上手く理解できなかった。

男は続ける。

「サイコパスは悪ではない。彼らは怖いもの知らずで、自信家で、カリスマ性と非情性を持ち合わせて、一点に集中することができる存在だ。彼らは、必ずしも暴力的ではない。むしろ、お前たちが想像するような〝危険地帯《インナーシティ》〟にいるサイコパスは、ほんの一握りなんだ。彼らは派手に殺すから、そこがフォーカスされてしまい、それを認知されてしまっているだけで、成功したサイコパスは、〝危険地帯〟の奴らとは彼岸の存在だ」

男は、藍子の表情を確認するような視線を向けた後、例えば、と続ける。

「サイコパス的な資質は、レコーディングスタジオにあるミキシングコンソールの調整つまみのようなものだと説明している学者がいる。すべてのつまみを最大にすれば、完成したサウンドトラックは使い物にならない。だが、そのサウンドトラックを項目別に評価すれば、いくつかの項目はほかのサウンドトラックよりも優れている。さっき俺が言った、恐怖の欠如、一点集中力、精神的強靭《きょうじん》さといったものを備えた人間なら、非常に優秀な外科医になれる。要するに、レベルの加減ができることが重要なんだ。

ゲストたちは、サイコパスであることを僥倖《ぎょうこう》だと考えている。ミキシングコンソールを上手く調整している彼らは、サイコパスという気質のお陰で成功したと分析している。彼らは、サイコパスの中でも選ばれた上位1％だと自負し、スーパーリッチなサイコパスとして世の中に君臨している。そして、このキリングクラブに集うことで、調整つまみが振り切れないようにチューニングしているんだ。正確な統計ではないが、全サイコパスのうち、成功しているサイコパスが1％で、〝危険地帯〟の奴らも1％だ。残りの98％は、手の届く範囲の人間をコントロールしたり傷つけたりするだけで満足する凡才だ」

説明の内容については理解し始めていた藍子だったが、大きな疑問が依然として頭をもたげている。

それを、吐き出す。

「……どうして私に、そんなことを話すんでしょうか」

ここに来て日が浅い自分に、キリングクラブの秘密を話すのが不思議でならなかった。内情を知らなければ、気づかなかったことだろう。それをわざわざ教えてくる理由が分からなかった。

男は腕を解《ほど》き、十本の指が確かに存在していることを示すように手の甲を上にしてテーブルに置いた。

「お前は、気に入られたんだ」

「誰にですか」

「ここの責任者だ」

「責任者？」

そうだ、と男は頷き、続けて声を発した。

「メヒタベル」

頭の中で反芻《はんすう》する。たしか、英語圏では女性の名前。

男は僅かに笑みを浮かべ、そして、自分のことを辻町《つじまち》と名乗った。まるでメヒタベルという名前を掻き消すかのようにやや声を大きくし、取り繕うように。

辻町。

藍子は自分の記憶に刻み込むために、唇だけを動かす。

辻町はゆっくりと立ち上がった。

「今回、お前は命拾いした。ただ、次回は切り抜けられるか分からない。頼むから、面倒を起こさないでくれ。来週いっぱいまで、キリングクラブで起きた面倒事の対処をするのは、この俺なんだからな」

「……当番制なんですか」

「ああ」

肩をすくめて返事をした辻町は、挨拶の言葉一つもなく部屋を出ていってしまった。

入れ替わりにチーフが現れ、五分ほどねちねちと注意を受けたが、それだけだった。あれほど失敗したら命はないと言われていた割には、叱責以外のお咎めはなく、すぐに解放された。

曲がり角の多い順路を戻り、外界に出る。

刺すような冷たい空気に包まれ、藍子は身震いした。外は、相変わらずの様相だった。雑多で、猥雑《わいざつ》な世界。洗練されていない人間たちが闊歩《かっぽ》している。言われるがままに動くことしかできない者たち。日々をすり減らして生き、愛想笑いをしながら蠢《うごめ》いているだけの存在。

翌日の月曜日。

給仕として、再びキリングクラブに向かった藍子は、飲み物を運ぶ合間に辻町の姿を捜した。しかし、広大なフロアなので特定の人物を見つけることは困難を極めた。一度だけ、目視できる位置で発見できたものの、給仕の仕事に忙殺され、話すことはおろか、目を合わせることすら叶わなかった。

次の日も成果がなく、苛立ちが募る。それでも、給仕としての仕事はこなした。成功したサイコパスが集うクラブ。どの人間からも、金の匂いがする。しかし、給仕をしている限りでは、その片鱗《へんりん》は見て取れなかった。巧妙に隠しているのだろうか。

キリングクラブでの勤務を終え、自宅に帰った藍子は、六時間ほど寝てから、今書いているアメリカの爆弾テロ事件の文章を起こした。それなりに権威のある雑誌の連載記事だった。インタビュー形式のため、質問する側の予備知識がゼロでは話にならない。そのため、いくつかの専門書を買い、ネットで資料を探した。その中で面白かったのが、テロ組織が作成したホームページだ。そこには、自宅のキッチンにあるもので爆弾を作る方法が詳しく記載されていた。また、市販薬で製造する小型爆弾の紹介もある。ポケットに入るサイズ。これがインタビューに役立つとは到底思えなかったが、興味深い内容だった。試しに、今度作ってみようか。

午後。スポーツジムに向かう。

一時間ほどランニングマシンで汗を流し、パンプアップのために筋力トレーニングをこなしてから、休憩を挟み、エアロバイクに乗った。

「こんにちは」

声をかけられ、振り返る。

千沙だった。

青いトレーニングウェアを着た千沙は、隣のエアロバイクのサドルに跨《また》がったが、ペダルを動かそうとはしない。どうやら、話したいだけのようだ。

「この前ね……」

特に興味のない話題が続く。

話を聞き流しながら、別のことを考える。

辻町のような黒服は、キリングクラブに何人くらいいるのだろうか。千沙の横顔を見ながら、そのことを訊ねてみる。

「……黒服？」千沙は天井あたりに視線を向ける。

「ああ、トラブルがあったら対応してくれる人たちのことね。何人いるかは分からないけど、どうして？」

その問いに、藍子は一瞬躊躇する。

「この前、辻町って人と話したんだ」

「辻町？　名前とかは知らないなぁ」

その回答に落胆を覚える。ため息を吐いたと同時に、千沙が再び声を発した。

「でも、あの人たちって、たしか順番に勤務していて、トラブルがあったら、そのときの当番の人がトラブル対応するんでしょ？　キリングクラブでトラブルはほとんどないけどね。あ、それか、またビールをこぼしてみたら？」

千沙が笑みを投げかけてから、時計を見て慌ててスタジオに向かった。どうやら、ヨガのプログラムに出るようだ。

この前失敗したことを知られていたのか。多少、ばつの悪い思いをする。

耳にイヤホンをはめた藍子は、エアロバイクの負荷を重くした。


藍子が、ジャーナリストである青柳祐介の遺体を発見したのは、次の日曜日のことだった。

## 3

渋谷警察署の取調室から解放された藍子は、人混みの中を神泉《しんせん》駅に向かって歩いていた。

三日前に青柳祐介の遺体を発見してから、警察署に足を運んだのは二度目だった。

取り調べをした刑事に聞かれた内容は、前回とほぼ同一のものだった。おそらく、前回話した内容と齟齬《そご》がないかを確認するためなのだろうが、藍子の話に矛盾点はなく、一時間もせずに解放された。

渋谷駅から遠ざかるほど、通行人の量が減っていく。時刻は十九時。自宅にある小型の冷蔵庫の中には、ミネラルウォーターくらいしか入っていないので、適当に外で夕食をすませようと思い、なにを食べようかと考えながら顔を上げた。

足が止まる。会いたかった顔が眼前にあった。

不意打ちだったので、どう反応すればいいのか分からない。

「用がある」

素っ気ない声を出したのは、キリングクラブの辻町だった。喪服を彷彿させる黒いスーツに黒に近い色をした濃紺のネクタイ。この前会ったときと同じ格好だ。

息をするのも忘れて立ちつくしていた藍子は、水面から顔を出したときのように息を大きく吸った。酸素の欠乏した脳が驚き、軽い眩暈がする。

「聞こえなかったのか」辻町は苛立つように眉間に皺を寄せた。

「ついてこい」

一方的に告げた辻町は、路肩に寄せていた車を顎で指す。

アストンマーティンのＶ８ヴァンテージ。どことなく軟骨魚類のエイを想像させるフォルム。藍子は黙って助手席に乗り込んだ。

エンジンをかけると、雄牛が身震いするような振動が伝わってくる。辻町はアクセルを踏むと同時にハンドルを切った。

「渋谷警察署での取り調べはどうだった」

予想外の質問に、反応が一瞬遅れる。辻町は、非難するような視線を向けてくる。

「答えろ。取り調べで聞かれた内容だ」

独り言を口にしているかのような声量。藍子は辻町の横顔を見た。鼻が高く、整った容姿だった。

「青柳さんのことです」

「それは把握している。具体的な内容を聞いているんだ」

命令口調に反感を覚えたが、反発するつもりはなかった。

低い車体から街を見上げ、口を開く。

「三日前の日曜日に青柳さんに呼ばれて自宅に行ったんですけど、第一発見者になった経緯や、そのときの状況、不審な点はないかといったことを聞かれました。不審な男を見たということも話しました」

ハンドルを握る辻町の顔を見る。驚きは微塵《みじん》もない。どうやら、取り調べの内容は知っているようだ。

「青柳祐介が殺された日。あの日は、どうして自宅に呼ばれた」

「取材をしたいと申し出たんです。キリングクラブの一件があったので、もしかしたら受けてくれるかもとダメ元で連絡したら、すぐにOKの返事がきました。青柳さん、最近はあまり取材を受けてくれないので驚きました」

「なんの取材をするつもりだったんだ」

起伏のない声。一切の感情を読み取ることができない。

「青柳さんについての個人的なことではなく、コメントを貰いたかったんです。あの人の名前が付くだけで、記事に価値が生まれますから」

そういうものか、と辻町は呟く。

藍子は、今置かれている状況を不思議に思いつつ、説明を続ける。

青柳から取材了承の連絡を貰った藍子は驚きつつ、気が変わらないうちにとその日の日曜日に約束を取りつけると、青柳にコメントを貰うのに適切な取材記事をいくつかピックアップして、指定された二十時に、渋谷区にある青柳の自宅を訪問したのだ。

十年前に離婚をしていた青柳は、戸建ての豪邸に一人で暮らしていた。過去に一度だけ訪問したことのある藍子は道に迷わず到着し、インターホンを押したのだが、返答がない。電話をかけてみたが繋《つな》がらなかった。一度は帰ろうとしたが、家の電気は点《つ》いており、玄関の扉も開いていた。それで、中に入ることにしたのだ。

「無断で入ったのか」

藍子は頷く。

「青柳さんは高齢でしたから、部屋で倒れているんじゃないかと思ったんです。これで命を助ければ、青柳さんに恩を売ることができますから」

その発言に、辻町は薄い笑みを浮かべる。

「そして、死んだ青柳を見つけたのか」

「はい。赤い飛沫《ひまつ》のようなものが玄関の壁に付着していましたから。酸っぱい臭いで、すぐに赤い飛沫が血だと分かりました。血は、玄関から廊下の奥へと続いていて、それを辿《たど》っていって、リビングで青柳さんを見つけたんです」

「そして、開頭された遺体を発見したんだな」

藍子は頷く。やはり、辻町は事情を把握している。

「玄関に付着していたものが血だと分かった時点で、警察に通報しようとは思わなかったのか」

　至極当然の質問だった。

　藍子は首を横に振る。

「殺人現場の第一発見者になんて、願ってもなかなかなれませんし、それだけでネタになります」

　赤信号で車が停まると、辻町が見定めるような視線を向けてきた。

「なにか、気づいたことは？」

「青柳さんが死んでいて、血が一滴も残っていないんじゃないかってくらいの出血以外には特段ありません」

　辻町がハンドルを強く握ったのか、革を絞る音が聞こえてくる。

「死人を観察する余裕があったんだな」

　その言葉に、藍子は反応しなかった。

　信号が青になり、周囲を威嚇するような唸《うな》り声を上げた車が発進する。

「死亡推定時刻は、お前が遺体を発見したとされる十時間前。指紋も足跡もなし。玄関に取り付けられている防犯カメラの映像に不審者は映っていなかった。二十時に訪ねてきたお前を除いて」

　なぜ、辻町がそんなことを知っているのだろうか。

「どうして……」

「調べたところ」辻町は藍子の声を遮る。

「防犯カメラは、ポーチの上に設置してあった。道路から玄関までのアプローチを行き来する人間を撮影する角度だ。血の痕から、青柳は玄関から入ってきた人間に正面から刺されている。そして、逃げる青柳を追ってもう一度刺した。どれも致命傷ではない。その上で、身体の自由を奪った上で頭蓋骨を切り開いている。普通に考えれば、お前が容疑者だ。インターホンの画像にも、お前の顔がしっかりと映っている」

笑い声が漏れてしまった。

「私が犯人だとでも？　私が映っていたのは、死亡推定時刻の十時間後ですよね？」

「一度侵入して青柳を殺し、それから一度家を出て、十時間後に訪問すればいい。わざと防犯カメラに映るようにな」

「こじつけです。それに、十時間前に、私の姿は映っていなかったんですよね」

藍子の言葉に、辻町は肩をすくめる。

「この防犯カメラに映らずに玄関に辿り着くことは可能だ。庭の塀を乗り越えて敷地に侵入して、玄関に行けばいい。要するに、この防犯カメラはアプローチを通る人間を記録するためのものだ。また、インターホンに顔の画像が残っていなかったのも、考えようによってはあり得ることだ。インターホンが壊れていると言いながら玄関扉を叩《たた》いたり、青柳が玄関の鍵を開け放しにしていたのかもしれない。傷を残さないピッキング方法も存在する。要するに、普通の家に本気で侵入しようと思えば、証拠を残さずにやることは可能なんだ」

「私は殺していません」

「ちなみに、死亡推定時刻は、お前がインターホンに映っている時間も含まれている。推定は、あくまで推定だ。今回の遺体は判断材料が少なかったらしくてな。誤差が生じるということだ」

「私が訪問する前に、犯人が青柳さんの家に侵入して殺害し、その後、私が訪問したんですよ。もう一度言いますけど、私は殺していません」

藍子が言う。辻町の息を吐く音が聞こえた。

「分かっている。だから、もうお前は渋谷署に呼ばれることはない。そして、今後は、俺と一緒に犯人を捜すことになった」

「どうして急に……」

「第一に、俺がキリングクラブのトラブル対処要員であり、運悪く当番だったからだ。第二に、刑事だからだ。この二つが、俺が犯人を追う理由だ。お前が俺と組む理由も二つ。お前が第一発見者だということ。それと、青柳の家から出てくる不審人物を見たと取調官に証言しているからだ」

そして最後に、と続ける。

「青柳は絶命していた。ただ、死因は刺し傷ではない。青柳は生きたまま開頭され、扁桃体《へんとうたい》を取り出されていた。警察は、猟奇殺人犯の仕業と考えているようだが、俺の意見は違う。扁桃体は、感情を掌《つかさど》る部位だ。それを選んで切除したということは、青柳がサイコパスだと知っていた可能性がある。一般的に、サイコパスは扁桃体の活動が低いことが明らかになっている。扁桃体は、道徳的な判断を助ける領域だ。恐怖心がなく、非情な判断を下せる人物を、世間ではサイコパスと定義している」

「……それって、考えすぎじゃないですか。ただの扁桃体オタクってこともあると思いますけど。脂っこいコレステロールみたいなものを蒐集《しゅうしゅう》することが好きな人間とか」

藍子の指摘に、辻町は口元を歪める。

「考えすぎかどうかは、真実が明らかになれば分かることだ。ともかく、キリングクラブの安全性は、完璧でなければならない。キリングクラブは完璧が売りであり、完璧でなくなれば存在意義を失う。ゆえに、青柳をサイコパスと知り、その上で殺害した人物がいるかもしれないという可能性がある時点で、対処し、その可能性を排除もしくは否定しなければならない。しかも、青柳の遺体には、人を殺せば天国へ通じる門が開くと盲信しているような狂乱かつ強烈な感情の発露と、頭を箱の蓋のように開けて、扁桃体のみを綺麗に取り出す冷静さを持ち合わせている。これは、〝危険地帯〟にいるサイコパスの仕業かもしれない。

キリングクラブにいる自制心のあるサイコパスにとって、普通の人間は路傍の石ころと同じだ。無害で無価値。ただ、彼らが唯一敵と見なしている存在は、テッド・バンディやジョン・ウェイン・ゲイシーのような奴らだ」

テッド・バンディとジョン・ウェイン・ゲイシー。藍子は、声を出さず、唇だけ動かす。高知能を備えた猟奇殺人者たち。

「現時点で、キリングクラブの人間を狙った犯行かは分からない。ただ、キリングクラブの人間が意図的に狙われたわけではなく、まったくの偶然だと断言できない以上、俺が動くのは当然のことだ」

そう言うと、ジャケットの内ポケットに手を突っ込み、三枚の写真を投げてよこす。

「もし、キリングクラブの人間を狙っているのなら、キリングクラブの存在を知っている人間に限られると考えるのが妥当だ。そこに写っている三人が容疑者だ」

容疑者?

藍子は三人の男の写真を見ながら、首を傾げる。もう容疑者を絞り込んだというのか。

「後ろに名前と経歴を書いておいた」

たしかに、写真の後ろにマジックで文字が書かれてあった。

高瀬《たかせ》和彦《かずひこ》。コインブラザーズ社長。二十七歳。

中里真吾《なかざとしんご》。中里法律事務所の弁護士。三十三歳。

國生明《こくしょうあきら》。慶専《けいせん》大学病院。准教授。四十歳。

「高瀬は、青柳と仲が悪かった。中里は、青柳に恨みを持っている。そして國生は、脳外科医で開頭手術の知識がある上、青柳と仲が良かった。キリングクラブ内で会うだけの仲の良さだったらしいが」

「……仲が良い？」

「ああ。友人だからって、殺さないとは限らないだろ」

つまらなそうに言った辻町は、言葉の穂を継ぐ。

「お前が目撃したという人影は、この三人の中にいるか」

問われた藍子は、三枚の写真を凝視する。

「……これだけだと、なんとも言えないです」

「キリングクラブにこの三人はいる。本物をよく観察しろ。そして、不審人物との共通点があったらすぐに知らせるんだ」

「どうして、この三人が容疑者なんでしょうか」

どうも釈然としなかった。

「三人の選定は、キリングクラブの決定だ。俺はそれを確かめる行為者《アクター》に選ばれた。この三人が選ばれた理由は俺には分からないが、キリングクラブが選んだことは、絶対だ」

人は必ず死んで朽ちるという真理と同等の重みで言い終えた辻町は口を閉じた。沈黙が訪れる。

藍子が住むマンションに到着した車が、ぶるりと身震いして停まった。

# 第二章

# 経営者

# 1

知力は暴力に屈する。

世の中がどんな綺麗ごとをほざこうと、暴力を持たない知力は無力であり、反対に、知を持たない暴力が相手を圧倒することは間々ある。いや、かなり高い確率と言ったほうが適切だ。

暴力しか持たぬ者は、知力を持つ他者を従えればいい。知力しかない者が暴力を持つ他者を従えたところで、結局は上手くいかない。

中心に暴力があり、知力は暴力を有効に活用する装置に他ならない。

悲しいことだが、文明国家にあって、暴力のみに依《よ》ることは難しい。だからと言って、知力一辺倒では強者にはなれない。暴力は巧妙に隠され、ときに露出する。正義というパッケージに入れられ、上手く使われている。

ただ、唯一、無条件でこの世界を完全に支配できるものがある。

知力でも暴力でもない。

それは、金《マネー》だ。円、元、ドル、ユーロ、フラン、ポンド……。紙切れが人を従わせ、頭を押さえつけ、ときには焼き殺す。知力も暴力も平伏させるもの。

金こそが力。

だからこそ、人は金を欲しがる。金を稼ぐ方法はそれぞれだが、大半の人間は堅実という無価値の美意識に拘束されつつ、せっせと汗を流す。少ない金を手に入れるため、時間を削る。命を消耗する。

——小銭を稼いで生きながらえて、それで満足したような顔を張り付けている奴ら。それはそれでいい。ただ、心の底から軽蔑する。蟻《あり》たちの、儚《はかな》き人生。踏みつぶしたくなる。反面、労《ねぎら》いたいという気持ちもあった。小さな存在で満足している下層民。君らのような養分がいなければ、作物は育たない。せいぜい、小さな幸せにしがみつきながら、搾取され続けて死んでいってくれ。作物の収穫は、選ばれた人間がする。

高瀬和彦は、吸っていた煙草を灰皿に押し付け、次の煙草に火をつけて立て続けに吸う。

七階にある社長室の一面はガラス張りで、東京の夜景を見ることができる。そして、もう一面のガラス張りからは、執務フロアを見下ろすことができた。数珠《じゅず》繋ぎのように並べられたパソコンやモニター。その前に人が座り、機械の一部になったかのようにキーボードを叩き、画面を凝視している。

コインブラザーズ。

高瀬にとって、この会社が金を産む母体だった。

大学に入ってすぐ、会社を複数作った。そして、シリアルアントレプレナーとしていくつかのメディアに出て、その知名度を使って会社を大きくした後、すべての会社をそこそこの金額で売却することに成功した。その資金を使って大学卒業前にコインブラザーズという会社を作り、規模の拡大を続けている。この会社が、高瀬の渇きを癒してくれると確信していたので、それまで育ててきた会社を未練なく売却できたのだ。

この会社を興して三年。営業利益率は90%に迫っていた。港区に建てた五十億円のビルは、他を圧倒する大きさとは言えないが、満足のいく体裁は整っている。

コインブラザーズは、仮想通貨の取引所だ。仮想通貨とは、電子的に転送され格納される通貨だ。簡単に言えば、紙幣のような物理通貨ではなく、デジタルの通貨。ゆえに、手で触れられず、データでしか見ることができない。ここは、そのデータを売り買いする取引所を運営している。取引所の手数料は0円だが、スプレッドという売買差益で利益を出している。100円で買ってからすぐに売っても、90円にしかならない。この差額10円がスプレッドだ。これがそのまま会社の利益になる。手数料は0円と謳《うた》っているが、この売買差益が実質上の手数料となっている。データを右から左に流すだけで儲けられる仕組みは、まさに濡れ手で粟《あわ》だった。ゴールドラッシュで儲けたのは、実際に穴を掘った人間ではなく、掘る手段であるスコップを売った人間という話と同じ原理だ。

ただ、数ある取引所の中でコインブラザーズが急成長しているのは、独自通貨であるループコインが当たっているからだった。

ビットコインをはじめとする多くの仮想通貨は、恐怖・不安・疑念の英語の頭文字を取ってFUDと言われている。乱高下する価格が魅力ではあり、投機家たちはそれを好むが、急激な変動に疲れを覚えている投資家たちもいる。それらを取り込むため、ループコインは価格が変動しないように設計されている。原理は単純だ。ループコインは、日本円の価値と同等だ。そのため、ループコインを一単位発行する際には、コインブラザーズは100円の現金を担保にしている。ループコイン一枚が100円ということだ。他の通貨に連動させるペッグ通貨は価格変動による利ザヤを稼げない。ただ、ループコインを利用すれば、銀行間の送金手数料は要らないし、即時海外送金も可能だ。顧客の半数は、海外送金が必要な出稼ぎ労働者だったが、それ以外にも購入する人間は多い。ループコインの売りは、法定通貨と連動していることだ。円高ドル安のときに、ループコインをドルにすれば、僅かだが利ザヤを稼ぐこともできる。ローリスクローリターン。凡人にお似合いのコインなのだ。

また、コインブラザーズで仮想通貨の購入をするためには、一度ループコインを購入して、そのループコインを使ってしか買うことができない。どうしてそんな面倒なことをするかというと、これは、代表的な仮想通貨の購入に法的規制を敷いている政府があるからだ。それらの国では、自国の通貨で仮想通貨を購入することができない。そのため、規制のかかっていないループコインを買ってから、規制のかかった仮想通貨を購入することで、法の目を掻い潜ることができる。

そもそも、ループコインと日本円は同価値だ。円をループコインに換えたところで問題はないという認識を利用者に植え付けていた。

高瀬が煙草を吸い終えたところで、扉をノックする音がする。

現れたのは、秘書の秋野《あきの》だった。

「よろしいでしょうか」

秘書という言葉に、好き勝手な欲望や幻想を肉付けしたような優れた容姿を持つ秋野は長身で、身体のラインを見せつけるような細身のスーツを着ていた。タイツを穿《は》いた足が、スカートの中から伸びている。足が長いので、スカートが短く見える。セミロングの髪は緩めのパーマがかけられており、僅かに茶色かった。

「ジェイ・インベストメントの松井《まつい》様から、アポイントの連絡がありました」

その言葉を聞いて、高瀬は椅子の背凭れから背中を離す。松井は、大手ネット証券会社の社長だった。

秋野は、アポイントの候補日を口頭で伝えてくる。その中で、高瀬はもっとも早い日を選んだ。

「場所は、いつものところということです」

頷いた高瀬は、キーボードを叩いてモニターにスケジュールを表示し、該当日に〝ＫＣ〟と打ち込んだ。

「ほかに、なにかあるのか」

黙って立っている秋野を見る。

「……いえ。失礼します」

秋野は、寂しそうな顔をして部屋から出ていった。姿が消えたことを確認してから、三本目の煙草を吸おうと火をつけたが、一口吸っただけで灰皿に押し付けた。

秘書である秋野を雇ったのは半年前。雇って一カ月後には肉体関係を持ったが、飽きがきていた。最低限の調整能力があれば、秘書など誰でもいい。暇つぶしに雇った秋野だったが、つまらない女だった。

クビにして、別の人間を雇おうかと一瞬思ったが、止めておく。秘書を替える必要は、もうない。

一人きりになった空間を眺める。

部屋の中心には、チェコのヨーゼフ・ホフマンがデザインした長方形のクーブスソファが四つ置かれている。正方形の皮革の塊を組み立てて作ったような椅子。デザインが好きというわけではなく、デザイナーのホフマンがチェコ出身だからという理由で、この部屋に置いていた。チェコという国自体に興味はない。ただ、チェコで起きた〝リディツェ村の虐殺〟に強く惹かれていた。

リディツェ村の虐殺は、第二次大戦中に起きたことで、ナチス幹部であるラインハルト・

ハイドリヒの暗殺事件に対する報復として、村の成人男性は全員殺され、女と子供は強制収容所に送られた。そして、約五百人いた村は更地にされて消滅した。ナチスによる虐殺は珍しいことではない。高瀬の心を摑《つか》んだのは、幼少期に見た処刑映像だった。父親は大学教授で、家には歴史に関する多種多様な資料が揃っていた。その中から、映像を記録したテープを偶然発見したのだ。

映像は白黒フィルムで撮られたものだったが、高瀬は、その映像に人の肌の色や赤い血、細胞が吹き飛ぶ肉の臙脂《えんじ》色をはっきりと見て取ることができた。

リディツェ村の村民全員が保安警察部隊によって一カ所に集められ、その中から十五歳以上の男が納屋に閉じ込められた。数にして二百人。彼らは十人ずつ外に出され、順番に銃殺されていった。このときの光景が撮影されていて、後にニュルンベルク裁判で証拠として提出されている。この映像を父親が持っており、幼少期に、こっそり見たのだ。人が玩具のように引きずられ、撃たれていくのは面白かった。まさに、玩具だった。人の死というのは、こんなに軽いものなのかと子供心に思い、教訓となった。それは今でも変わっていない。

高瀬は再び、執務フロアに目をやった。

女性従業員の一人の足元を見る。モカシンの靴を履いていた。それが、妙に腹立たしく思えた。

## 2

時計を見ると、ちょうど十八時だった。

ガラス部分を親指で拭う。パテック・フィリップの創業一七五周年記念モデルである〝グランドマスター・チャイム5175モデル〟。ループコインの発行数が三千万枚を突破したのを記念して買ったものだ。時価で、三億円ほどした。

「お待たせ」

部屋の扉を開けて現れた松井は、ゆっくりとした動きで歩き、ソファーに腰かける。背は低いが肩幅が広く、まるで闘牛のような肉付きだった。五十歳を超えているのに、まったく衰えを感じさせない。

キリングクラブには、多くの個室がある。ホステスと楽しむための個室。ゲストとの交流を深めるための個室。一人で酒を呑むこともある。目的に合わせて、快適さを追求した造り。なにより、その個室で起きたことが外に漏れることは一切ないことが、ここの価値を高めていた。キリングクラブでの出来事は、すべて秘匿され、誰にも覚《さと》られることはない。

高瀬が今いるのは、会議室のような造りをした部屋だ。応接セットは見たことのない形。おそらくオーダーメイドのものだろう。

「呼び出して申しわけないね」

松井は朗らかな声を出す。経済紙などでは冷徹な鉄仮面と評されている松井の表情は柔らかい。それは高瀬も同じだった。キリングクラブにいる時間は、心が落ち着き、あらゆる衝動のボルテージを下げることができた。

単純に、外の世界がつまらなかった。ほぼすべての人間が、蛆虫《うじむし》のように取るに足らない存在で、飽き飽きしてしまうのだ。

そこかしこに蛆虫がいる世界を想像してもらえれば共感を得られるだろう。周囲に蛆虫が這っている世界を快適に生きていける人間などいない。普通に生活するのも苦痛で、呼吸すらままならない。蛆虫を踏みつぶし、目の前から消し去りたいと思わないほうがどうかしている。ただ、それが許されていないのが嘆かわしい。

「事業は順調みたいだね」

松井は、手に持っているロックグラスをテーブルに置く。琥珀《こはく》色の液体が揺れた。バカラのプレステージ。アールデコ様式のデザイン文様は二十四金を擦り込んで焼き付けてあった。〝名声〟という名に恥じない出来栄えだ。

「ええ。荒稼ぎしています」

高瀬は頷く。

現在、ループコインの発行数から換算すると、実に一千五百億円の日本円が担保されていることになる。

顧客がループコインを売買する際の利ザヤはないので、ループコイン自体の売買での儲けはない。主な収入は、ループコインを使って、ほかの仮想通貨を購入する際の利ザヤだった。

コインブラザーズの四半期での利益は二百億円。香港を拠点とする世界最大規模のバイナンス取引所の利益とほぼ同等だった。ループコインは、客寄せパンダの役割としても十分に機能している。

「良いことだ。コインブラザーズは仮想通貨市場で、特に有望な会社の一つだ。システム構築を担っている優秀な人材も抱え込んでいる。私の会社は、金を動かすだけしか能のない人間ばかりだから、羨ましいよ」

松井は琥珀色の液体を喉に流し込んだ。松井が経営するジェイ・インベストメント株式会社は、ネット証券で着実な利益を得ているほか、有望なベンチャー企業に投資をしたり、買収して子会社にすることで稼いでもいる。松井は剛腕として知られ、会社も急成長していた。

「それで、計画は、このまま進めていいんだね？」

松井の目に、獲物を狩るような光が宿る。

高瀬は迷いなく頷く。

「もちろんです。問題なく進めます」

その言葉に笑みを浮かべたものの、満足そうではなかった。

「ピースの一つが消えたのが痛いだろう。リカバリーはできるのか」

「もちろんですよ」

そう言った高瀬は、薄い笑みを浮かべた。

松井の言う消えたピースというのは、死んだ青柳のことだ。

まったく問題なかった。代わりなど、いくらでもいる。

その後、高瀬と松井は計画の流れを入念に詰めていく。

血がたぎる。

史上最大額の強盗を、これから実行するのだ。これほどの暇つぶしは、そうそうないことだ。

3

翌日はキリングクラブに行くつもりだったが、予定を変更して〝アリーナ〟に行くことにした。

池袋駅西口にある歓楽街を抜け、ホテル街の先で車を降りた高瀬は、だいたいの戻り時間を運転手に告げてから、廃工場の敷地に入った。ここは、暴力団の地上げにあって立ち退きがあったものの、資金を出していたマンション業者が倒産。この土地に複数の暴力団が絡んでいたことから事態がややこしくなり、手を付けられないまま放置されていた場所だった。そこを、〝アリーナ〟の主催者であるキリングクラブが買い上げ、中国マフィアに運営させていた。

工場の中に入り、階段を降りる。降り切った先に、鉄製の頑強な扉が現れた。

扉の隣には、クルーカットの男が椅子に座っていたが、高瀬の顔を見てすぐに立ち上がった。

「今日もやっているか」

「もちろんです、サー」

「リストは？」

高瀬の言葉に、男は折りたたまれた紙を差し出してくる。

中を確認する。今日は、三組とも中国マフィア同士か。最近は、この組み合わせがほとんどだ。日本人が出ることは、滅多にない。

「日本のヤクザは、身体を張ることよりも経済活動に忙しいみたいです、サー」

高瀬の心中を察したのか、男が皮肉な笑みを浮かべて言う。中国系アメリカ人の男は、兵役を経験し、〝アリーナ〟に何度か出場して好成績を収めていたが、右目を失ってから勝てなくなり、選手生命を終えた。最終試合を見ていたが、四肢が無事に動いているのが不思議なくらいだった。黒社会ご用達の闇医者の腕がいいのだろう。

「もう始まっているのか」

「始まっています、サー。一試合目で散らかしたモノの清掃に手間取ったので、二試合目は予定より遅れているようです」

そう言いつつ、鉄製の扉を開ける。義眼の瞳に、白熱灯の明かりが反射して光った。

男に誘《いざな》われ、高瀬は歩を進める。

二つ目の扉には、キリングクラブが使う〝ＫＣ〟の紋章。火と蛾のデザインが施されている。その重い扉を開けると、鈍い音が鼓膜に届いた。

煙草とアルコール、そして体臭が充満している部屋の中央には、リングが据えられ、煌々《こうこう》とライトに照らされている。

よく見る四角い格闘技のリングと違い、〝アリーナ〟は、輪《リング》の名にふさわしく金網で囲まれている円形だった。コーナーに逃げ込むことのできない作りになっている。

強烈な光に照らされて戦っている二人の男。皮膚はオイルと血で濡れていた。グローブをつけていない拳が、相手の生命を削り取っていた。ステロイドで盛り上がった筋肉が躍動している。

リング下には、周辺を取り囲むようにソファーが置かれていて、二十人ほどの観戦者が座っていた。

空いているソファーに案内され、腰かける。やがて、冷えた青島《チンタオ》ビールがグラスと一緒に運ばれてきた。それを見て、〝アリーナ〟の雇われ運営者が替わったことを思い出す。前は、珠江《しゆこう》ビールだった。

グラスにビールを注ぎ、口をつけながらリングに立つ二人の男を見る。

興行としての格闘技ではないことが一目で分かる形相で、互いに殴り合い、蹴り合っている。殺し合いといっても過言ではない。現に、リング上で人生を終える人間も少なくなかった。

これを見たら、アルティメット・ファイティング・チャンピオンシップも茶番に思える。〝アリーナ〟こそが、なんでもあり《バーリ・トゥード》だ。アナボリックステロイドといった筋肉増強剤はもちろん、あらゆる禁止薬物を摂取して試合に臨んでいいことになっていた。よく使われるのは、精神刺激薬だ。メタンフェタミン。コカイン。デザイナードラッグもある。これらを使うのは二流だが、これを使って一流に勝つこともある。当然、リングの上で勝っても、リングの下でドラッグに負ける奴らもいる。

ただ、そんなことは観客には関係ない。面白ければいいのだ。残酷なら、なおいい。

暴力で相手の命を奪おうと必死になっている姿は、やはり美しいと思う。コーティングされていない、純粋な衝動。拳が骨に接触する鈍くて低い音。呻き声、喚《わめ》き声。死への恐怖。生への執着。アドレナリンやクリスタル・メスで麻痺した精神。剝《む》き出しになった闘争心。統制された社会では簡単に見ることのできない光景が、目の前で繰り広げられていた。

暴力を見に、高瀬はここに足を運んでいた。

暴力への衝動。それを抑え込むために、さまざまな暇つぶしをしている。ここで観戦するのも、その一つだった。

肩で息をするリング上の二人は、獣の目をしていた。それを見て、全身が疼く。相手が死ぬほどの暴力を振るう。強烈な破壊衝動。高瀬の身体の中にも、たしかにその衝動と憧憬があった。それが日に日に増していくような感覚がある。刺激が欲しい。身体の中に蠢くものを抑え込む、強烈な刺激を味わいたい。

二人の姿を見て、そろそろ終盤だなと思う。

上海マフィアと福建マフィアとの対戦。最近では、このパターンが多い。稀に日本の暴力団からも出るが、日本に生まれただけで柔《やわ》な人間に育ってしまうのか、なかなか芽が出る者は現れなかった。

ここ〝アリーナ〟で戦い、勝てばファイトマネーが入る。一般的な会社勤めをする人間の二年分くらいか。しかし、命を落とす可能性もあるので、割に合った金額とは言えない。それでも死に物狂いで〝アリーナ〟で戦うのは、その先にある栄光を摑むためだった。

ラスベガスには、一般の人間が出入りすることのできない特別な興行があり、そこに辿り着くために、こうして裏社会が仕切るリングに上がる必要があった。いわば、ここは予選会場だ。

日本の〝アリーナ〟よりも、アメリカの〝アリーナ〟のほうが命を賭けるに値する。予選会場と区別するために、アメリカのを〝バトルフィールド〟と呼ぶ者もいる。アメリカは別格。これは、会員数や、会員一人当たりが稼いでいる金額が桁違いなので仕方ないことだった。五千万ドル以上の資産を持つ人間は世界に十万人弱いる。その45％がアメリカにいる。彼らの作ったリングはド派手だった。その切符を手にするために、ここで勝ち上がる。そうすればスポンサーがつき、アメリカで暴れて大金をもぎ取ることも可能だった。スポンサーは、もちろんキリングクラブの会員だ。ここでいい素材を見つけて、買い取って育成させる。肉を食べさせ、メタンフェタミンを打つ。恐怖心があれば、薬でそれを麻痺させる。そして、アメリカの〝アリーナ〟で戦わせる。感覚的には馬主に近い。

裏の興行は、表の興行で世界チャンピオンになるよりも、ずっと実入りがいい。キリングクラブの人間は、暇つぶしに金を惜しまない。掛け金も、表のベガスやマカオの比ではなかった。

アジア人は身体が小さいため、どうしても不利になる。しかし、俊敏さを駆使して勝ち上がるファイターがここ最近増えてきており、アジア人はオッズが高いこともあって人気が高くなっていた。

ファイターはここで戦い、スポンサーをつけて、大きな裏のショーに出ることが目的だった。そのためには、なるべく派手に勝つ必要がある。ここでは、戦闘力だけではなく、興行的な要素を持ち合わせていることも必須条件だった。

過去に三度、高瀬もファイターを買ったが、どれもアメリカ行きのチケットを手に入れられずに死んだ。

この仕組みの元締めは、キリングクラブだった。

キリングクラブ。

選ばれた人間のみが集える場所。あらゆる享楽を与え、暇つぶしをさせてくれる。キリングクラブは、日本だけにあるわけではない。ただ、何カ国に存在しているかは不明だった。〝アリーナ〟のような予選会場がいくつあるのかも把握できないが、先進国には揃っているようだ。

申しわけ程度に歓声が上がった。

浅黒い肌の男が、顎鬚《あごひげ》を生やした男に跨り、拳を振り下ろしている。

暴力が続く。骨と骨がぶつかり合う鈍い音。身体の中の空気が噴出する音。生命が削れる音。

顎鬚の男が動かなくなる。

感嘆の声。

髭の男が動かなくなった時点で、試合が終了した。赤い泡を噴いている。生と死の境目を彷徨《さまよ》っていた。リングに立って勝利に酔いしれている男は、周囲の歓心を買おうと、倒れている男の口めがけて拳を振り下ろした。その拳が口に入り、魚を地面に叩きつけたような音がした。殺し屋は、狙撃するときに頭ではなく、口の辺りを狙うという。脳を粉砕するほうが確実だが、頭蓋骨は硬い。そのため、脳と身体を繋ぐ口から首を破壊する。即死ではないかもしれないが、そのほうが確実に殺せる。

リングに立って勝利の雄たけびを上げる男は、もともと殺し屋だったのかもしれないなと思う。

倒れている男の死が確定する。そこでゴングが鳴った。

美しさに欠ける。暇つぶしとしても、落第点だ。

あまり良いショーとは言えないなと思いつつ、高瀬は二本目の青島ビールを注文した。

## 4

三日ぶりの、キリングクラブだった。

高瀬は、胸のあたりを手で払う。

キートンのスーツは羽のように軽く、伸縮性もあるため着心地が良かった。

マイバッハGLSを運転する。千代田区にあるパレスホテル東京を過ぎ、十分ほど走らせてから坂を下りる。誰も気に留めないような外観の古びたオフィスビルの地下駐車場へと続く道。ここが、キリングクラブの入り口の一つだった。

地下駐車場。その奥に、もう一段下に降りる通路があった。道は柵で閉ざされているが、キリングクラブから渡された白いカードに反応し、自動で開く仕組みになっていた。

坂を下ると、再び駐車場が現れた。そこに車を停めて降りる。監視カメラの視線を感じつつ、キリングクラブの入り口に至った。

地下へと延びる階段を降りると、鉄製の扉に出迎えられる。〝アリーナ〟のそれに近いが、頑丈さは比べものにならないだろう。

看板もなければ、扉と認識しなければ行き止まりと見間違えてしまいそうなほど存在感がなかった。

パスケースの中から白いカードを取り出し、蛾の模様の描かれた位置にかざす。二秒ほどして、金属音がして解錠される。

金庫の中に入る気分になってしまうほどの分厚い扉を抜けると、エレベーターが一基あった。それに乗り、一つしかないボタンを押す。

振動もなく地下へと降りていき、すぐに停まった。扉が開き、薄暗い廊下が眼前に現れる。その先に、再び扉があった。

厳重に次ぐ厳重。ときどき、この用心さに辟易することがある。

中に入ると、真っ白な部屋。

壁も床も天井も白い。いつもどおり、真っ白なスーツを着たスキンヘッドの男が立っていた。

「高瀬様。お待ちしておりました。どうぞ、こちらです」

男は、耳鳴りがするほどの無音を掻き消した。

「ごゆっくり、お楽しみください」

そう言い、近くにある扉を開けてお辞儀をし、見送る。

高瀬は軽く手を挙げて、扉を抜けた。

一直線の廊下だ。床はレッドカーペット。左右の壁にはランプが等間隔に取り付けられている。すべてのランプに蛾の装飾が施されていた。

廊下を進むと、今度は木製の扉が現れた。

ようやく、到着した。

その先に足を踏み入れる。

世界が一変した。

部屋というよりも、巨大な地下ドームのような印象だった。中央に、巨大なシャンデリアが吊るされていた。

目映《まばゆ》いばかりの輝きに満たされた空間。華やかな表情と服で着飾った人が行き来し、談笑したりギャンブルに興じたりと、思い思いの楽しみを享受していた。

キリングクラブは、さまざまなエンターテイメントを供給してくれた。そして、ここには、自分を本心から楽しませてくれる人間がいる。そう思うだけで、自然と笑みがこぼれた。

「高瀬様。お待ちしておりました」入り口に控えていた男が頭を下げる。黒いスーツを着た男は、隙のない笑みを浮かべていた。

「席をご用意しております。どうぞ」

先導する男についていきながら、予約もしていないのに、毎回席が用意されているのを不思議に思う。いったい、どの時点から自分は監視されているのか。ここのシステムや運営方法が謎だった。興味は尽きない。

キリングクラブは地下にある。これは間違いない。しかし、どうしてこのような巨大な地下空間がこんな都心にあるのか分からないし、どういった経緯で、ここにキリングクラブができたのかも不明だ。

ここの責任者は〝メヒタベル〟と呼ばれているらしいが、一度も会ったことがない。国籍も性別も不明。一つだけ分かることは、責任者が属する組織は、強大な力を持っているということだ。企業や反社会的勢力などといった規模のものではなく、もっと大きなもの。

ただ、これも推測に過ぎなかった。キリングクラブの全貌を摑むことはおろか、取っ掛かりすら見つからない。

「こちらです」

目の前を歩く男が立ち止まり、半円形のソファーに誘う。

そこに、千沙がいた。青いロングドレスはレース部分が多く、肌が露《あらわ》になっている。それにもかかわらず下品に感じないのは、装飾品の力かもしれない。ピアスにネックレス、髪飾り、指輪。細部に至るまで完璧な装いだった。どのくらい金がかかっているのか見当もつかなかった。

千沙に年齢を聞いたことはなかったが、肌の張り具合から、三十歳未満だろう。美人の部類だが、キリングクラブのホステスの中で突出しているわけではない。どちらかというと、下から数えたほうが早そうだ。しかし、波長が合うので気に入っていた。

給仕が現れ、ウィスキーの入ったロックグラスとフルーツが運ばれてくる。

「こんばんは」

「元気にしていたか」

隣に腰かけた高瀬は、大きく息を吐く。セキュリティーの関係上、仕方のないことかもしれないが、キリングクラブに到着するまでに、かなりの歩数を歩くことになる。そのせいで、脹脛《ふくらはぎ》が軽く張っていた。運動不足なのは明らかだった。

「調子は悪くないわ」

千沙の返事に、いつもと違うニュアンスが含まれていた。

「……なんだ、面白いことでも思い浮かんだのか」

瞳を覗き込む。そこに、嬉々《きき》とした表情が見て取れた。

「どうかしら」

口元に手を当てて、目を細める。その瞳には、狂喜の光が僅かに含まれているようだった。いったい、なにを思いついたのだろうか。

「まぁいい」

詰問しても、どうせ口を割らないと思った。

どのホステスがつくかは、来てみないと分からない。ここには指名制はなく、そのときどきでホステスは替わる。何人在籍しているのかも、なにを基準にあてがわれているのかも不明だ。名刺も渡されない。

ただ、最近は千沙がつくことが多い気がした。

高瀬は、煙草に火をつけて吸い、ゆっくりと煙を吐き出した。

「……千沙は、犯罪者に惹かれるか」

自分でも唐突だなと思ってしまうほど、なんの考えもなしに口から発せられた問い。どうしてこの質問をしたのかは自分でも分からなかった。ただ、千沙の答えを聞いてみたくなった。

千沙は興味深そうな表情をして、両膝をこちらに向けてきた。

「犯罪の種類によるわ」

「殺人だ。しかも、凶悪犯で、世間から非難を浴びているようなもの。メディアや世間の奴らが、身勝手な正義感を振りかざしたくなるような対象」

千沙は、高瀬の言葉を吟味するように沈黙した後、口だけで笑う。

「普通の殺し方をする殺人者には、興味ないわね」

「……そうか」

ロックグラスを手に取り、口に含む。やはり、ダルモアの六十二年物はいい。

「普通の殺し方ってのは、どんなものだ？　刺殺とか絞殺か？」

興味本位で聞いてみると、千沙は僅かに首を傾げた。

「いくらセンセーショナルな殺し方をしても、結局は普通よ」

「……内臓をすべて引きずり出して、月曜日に捨てる予定だった生ゴミをパンパンに身体の中に詰め込んでいる遺体を前にしても、普通だと言えるのか」

「そうね」千沙は頷く。

「高瀬さんが言った殺し方が本当にあったと仮定して」千沙は、そこで一拍置く。

「犯人は、自分が持っている価値基準に則《のっと》って行動し、それが正しいと考えて内臓の代わりに生ゴミを入れたんだと思う。それが理にかなっていると確信しているんでしょうね。日頃から生ゴミはお腹の中に入れておくのが自然だと思っているのかもしれないわ」

すべてを見通しているような自信に満ちた声を発した千沙は、左手を高瀬の膝に置いてくる。

「己の欲望を満たすためっていう、純粋な好奇心による殺人も普通ね」

「……それじゃあ、普通じゃない殺人ってのは存在しないな」

千沙の目が、三日月のような形に細められる。

「たぶん私は、工場で段ボールに商品を梱包《こんぽう》するくらい無感動に行われる殺人が、異常な殺人だと思う。快楽を満たしたり、憤怒を解消する殺人というのは、たとえ無差別殺人だとしても、動機がある。自分中心のエゴがある。そのエゴがある限り、殺人は陳腐なものになるし、反対に、エゴのない殺人は、それ自体が芸術的ともいえる」

面白いことを言うなと高瀬は思ったが、顔には出さなかった。

「青柳を殺した奴は、どっちだと思う？　普通の殺人犯か、芸術的センスを持つ人間か」

「それは、分からないわ」

千沙は、濡れた唇を動かす。それ自体が生き物のようで、情欲を掻き立てられる。

「高瀬さんは、青柳さんが死んで清々《せいせい》した？」

露骨な言葉。それを聞いた高瀬は、非常に愉快な気分になる。

「いがみ合っていたのは事実だけど、清々はしないね。あぁ、死んだんだって思っただけ」

本心だった。頻繁に口論していたのは周知の事実だったが、互いに退屈を紛らわせるためだという自覚があった。要するに、言葉遊びだ。

「でも、利害関係があったから、それは残念だよ」

その言葉を聞いた千沙は、詳しく聞きたそうな顔をしたが、結局質問せず、高瀬も続きは喋らなかった。

史上最大額の強盗をするために、青柳には拡声器としての役割を担ってもらうつもりだった。

今回の計画では、拡声器は必要不可欠のピースだ。青柳が死んだことで、別の人間を探す羽目になった。

太股と肩を刺されたあとで縛られた青柳は、生きたまま脳を開頭されていた。どうやら、抵抗する力を削ぐために、毒を口に入れられた痕跡もあるらしい。開頭方法や、扁桃体の切除の仕方は手慣れていたと聞いた。多少、粗雑な部分もあったようだが、素人っぽさを演出したプロの手によるものと解釈することもできる。

高瀬は周囲を見渡し、ここにいるゲストや従業員に、疑念の視線を送った。

扁桃体が切除されていたということは、青柳が世の中で言われているサイコパスだということを犯人が知っており、明確なメッセージを発しているような気がしてならなかった。

感情の整理を掌る扁桃体に異常のあるサルは、恐怖を正常に感じることができず、猛毒のコブラを摑もうとするなどの危険行為をするらしい。

単に、扁桃体の切除だけだったのなら、世にも珍しい扁桃体コレクターの仕業という毛ほどの可能性がある。ただ、青柳は扁桃体を生きたまま切除されていた。ここに、判然たるメッセージがあるように感じた。

三十三人もの少年を犯した挙句に拷問して殺害したジョン・ウェイン・ゲイシーが一九九四年に薬物注射によって死刑を執行された後、ヘレン・モリソン博士は、シカゴ病院で検死を手伝ってから、小さなガラス瓶のなかで揺れているゲイシーの脳をビューイックの助手席に載せて帰宅し、外傷、腫瘍、病変などを調べ、普通の人間との差異を見つけようとした。

結果は、一般人の脳と違うところは、なに一つなかったという。

そこから導き出された答えは、死んだ脳は生きた脳と比較するには状態が変化しすぎており、生きているときとは機能などがまったく異なるということだった。蛍光灯に異常があったとしても、ライトをオンにした状態でないと異常だと分からないのと一緒だ。死んだ脳では、サイコパスの特徴を見極めることはできない。

犯人は、生きた状態の青柳の脳を開頭し、扁桃体だけを切り取った。青柳をサイコパスだと知っていて、わざわざ生きたまま、サイコパス的部分である扁桃体を取り出し、確認したとも考えられる。深読みしすぎかとも思ったが、直感があった。高瀬にとって、直感というのは、物事を判断する重要な要素だった。

犯人は、青柳をサイコパスだと知っていて殺した。

——そのとおりだ！

直感が叫ぶ。

青柳を殺したのは、個人的な恨みなのか。

――違う！

サイコパスだという確信があって殺したのか。

――やはりそれだ！

その確信の糸を辿っていくと、中身が分からない不確かなプレゼントボックスに辿り着く。

無節操にサイコパスを狙ったのならいい。サイコパスのほとんどすべては、反社会性パーソナリティ障害である。彼らは〝私は正真正銘のサイコパスです〟という名札を付けているわけではないが、注意深く観察すれば一般人と区別できる。犯人は、青柳のことをサイコパスだと偶然気づき、殺害した。

――違う！

直感が否定する。

青柳はサイコパスの中でも、上位1％の選ばれた存在で、社会を掌握する側のサイコパスだ。切れ者の支配者。そう簡単に、サイコパスだと見分けることはできない。

ただ、一つだけ知る方法がある。それは、キリングクラブのゲストということだ。ゲスト、イコール、上位1％のサイコパス。

この可能性は厄介だ。

青柳がゲストだと知る者は、キリングクラブにいる同士か、ここに勤める従業員しかいないはずだ。

キリングクラブ内で生まれた、個人的な恨みを発散しただけなら、それでいい。問題は、犯人が、上位1％のサイコパス自体を狙っている可能性だ。この場合、キリングクラブのゲスト全員が殺害対象だ。

いったい、誰が。

犯人を捜し出す方法。捕らえ方、処罰の仕方。

考えるだけで、心が弾む。

涎《よだれ》が、口内を満たす。

殺人者が紛れ込んだキリングクラブは、より刺激的な場所となった。興奮に、下半身が膨らむ。

「ねぇ。今日は、どうやって退屈を紛らわすの？」

千沙の声で、高瀬は我に返る。

モナ・リザのような微笑《ほほえ》み。妖艶な表情だった。

キリングクラブには、明確なルールは存在しない。おのおのが好きな方法で楽しむ。すべてが自由だ。ここでは、殺人すらも許されるだろう。

「別室だ」

そう言って、千沙の肩を抱く。

微かに、バニラのような甘い香りが鼻腔《びくう》をくすぐった。

## 5

巨大なガラスを通り抜けた日差しが、無駄に大きな部屋に注いでいた。

社長室の中央付近に備えつけられたソファーに座る高瀬は、東都経済新聞の記事の見出しを見つめた。

〝コインブラザーズ　本当に発行量に見合った円を保有？〟

記事では、コインブラザーズがループコインを一枚発行するごとに100円を担保しているという仕組みを説明した後に、現在のループコインの発行枚数から換算し、一千五百億円分が流通しているが、本当に一千五百億円をコインブラザーズが保有しているのかと疑問を呈していた。

この報道に対し、朝からメディアや顧客からの問い合わせが殺到している。

午前中は、経理や広報の担当者がひっきりなしに出入りして指示を仰いできたが、高瀬の答えは一つだった。

まったく問題ない。

事実、問題ないのだ。

コインブラザーズの設立地は、イギリス領ヴァージン諸島。ここは、実効税率がゼロで、タックスヘイブンといわれる租税回避地だ。そのため、税金の支払いから逃れており、資産の運用状況が秘匿されていた。また、捜査の手が及ぶことはなく、会社の経営状態を掴むことは不可能に近い。

力を持たない馬鹿どもがいくら騒ごうとも、関係のないことだ。

ただ、世間で飛び交っている疑念を、そのまま放置するつもりはなかった。

高瀬は、メディアからの問い合わせに対して、電話取材で回答をした。

「報道は真実ではない。近いうちに、必ず一千五百億円を保有していることを証明する」

受話器を置く。

テープレコーダーを再生したかのように、一言一句変えなかった。

コーヒーマグに手を伸ばしたところで、扉をノックする音。

姿を現したのは、経理責任者の北芝俊《きたしばしゅん》だった。

背の低い北芝は、なるべく人と目を合わせないように顔を伏せ気味にしている。猫背で、余計に身体が小さく見える。

「状況はどうだ」

「それが……」

青白い顔を僅かに震わせた北芝は、赤くて腫れぼったい唇を動かした。ついさっきまでチリソースがたっぷり入ったタコスを食べて、口を拭わずにやってきたようだ。

「朝刊には掲載されていませんが、アルファコインの件について言及しているメディアがありました」

北芝は手に持っていた紙を手渡してくる。見ると、インターネットの記事をコピーしたものだった。掲載元は、東都経済新聞と書かれてある。

内容は、最大の認知度を誇るアルファコインが下落した途端、ループコインで大量にアルファコインが買われ、結果としてアルファコインの暴騰に一役買っているというものだった。記事では、ループコインがアルファコインの価格操作をしており、暴騰時にアルファコインを日本円に換えて利益を得ているのではないかと疑問を投げかけていた。

「東都経済新聞の経済部のデスクである久保田《くぼた》という男が、この記事を書いたみたいです」

「そうか」高瀬は、記事が印刷された紙を放った。

「この記事、どう思う？」

その問いに、北芝は下唇を嚙《か》む。背中を誰かに抓《つね》られたかのように、北芝の青白い顔が苦痛に歪んだ。

「……どうすればいいでしょうか」

「どうするもこうするも、事実だからな」

高瀬は表情一つ変えなかった。

「アルファコインの価格が下落するタイミングで、新規のループコインを大量に発行し、それで価格を押し上げ、一般投資家などが買い始めて暴騰したタイミングで売って日本円にする。これのどこが違法なんだ。金の力で価格を操作しているだけじゃないか。この国は、富むべき人間が支配層にいていいと謳っている資本主義国家ではないのか？」

仮想通貨は、まだ法整備が整っているとはいえない。だからこそ、金を持つ人間が価格を自由に操れる。金を注ぎこんで価格を上げることは違法ではない。そして、投資が集中し、買いが買いを呼ぶ状態の中で売り抜けることも禁止されていない。要するに、なんら後ろめたいことはないのだ。

「ですが……」

語尾を萎ませる。今にも不安で押し潰されそうだった。

「なにか、気になることでもあるのか」

高瀬の質問に、北芝は煮え切らない様子だった。

「俺は忙しいんだ。今後の対応は、追って連絡する」

苛立ちを前面に出した口調で言い、追い払う。

一人になった空間で、高瀬は考える。

北芝は、どこまで勘付いているのか。

## 6

ループコインの信用性と、それを発行するコインブラザーズの胡散臭《うさん》さについて言及する記事は、日に日に多くなってきていた。テレビ番組に取り上げられるほどではないものの、新聞や雑誌、インターネットにはさまざまな憶測が流れていた。そのせいか、コインブラザーズで働く従業員たちも不安そうな面持ちをしている。平然としているのは、高瀬一人だけだった。

アルファコインの価格操作の記事が出ること自体は、まったく問題ない。対応が必要なのは、ループコインの供給量と、それに見合った日本円を保有しているのかという指摘のほうだった。東都経済新聞が発行するビジネス雑誌にも、ループコインについての特集が載っており、ここでも久保田が、コインブラザーズの資金に疑問を呈していた。もし、日本円の額に応じた枚数を発行していることが虚偽だった場合、コインブラザーズは日本円と同価値と謳っているループコインを好き勝手に発行し、投資家たちに売りつけているということになる。これはまさに、日本円を自由に刷っていることと同じだと指摘していた。また、監査法人を頻繁に変え、なにかと問題があるといって、今もなお監査法人が正式に入っていないことも疑惑に拍車をかけると付け足していた。

一昨日、今回の報道を重く見た金融庁から連絡があり、査察に入りたいと申し出があった。確認事項は一点。

ループコインの発行根拠となる日本円が、本当に保管されているのか。

現在のループコインの発行枚数から換算すると、一千五百億円の日本円が担保されていなければならない。

この査察に対し、高瀬はもちろん歓迎すると答えた。

なにも隠す必要はない。

固定電話が鳴って着信を知らせる。ディスプレイを見ると、秘書である秋野からだった。通話ボタンを押す。金融庁の担当者が来社したという内容だった。

社長室に通すように言い、受話器を置いた。


金融庁の担当者は男三人。それぞれ特徴的な体型をしているので、風船と針金と厚底靴と名付けることにした。

ひととおりの挨拶を終え、役職が一番高い風船が口を開いた。

「では、さっそくですが、日本円の確認をさせていただければと思います。資料によりますと、ループコインの発行枚数は十五億枚。一枚が百円のレートで固定化されているとのことですので、一千五百億円分の日本円が必要となります。口座を見せていただけますでしょうか」

「そんなもの、ありませんよ」

あっさりと告げた高瀬の言葉に、風船の口がだらしなく開く。針金も厚底靴も、同じ顔になっていた。

「……ない、というのは、口座にお金がないということでしょうか」

取り乱したのを恥じるように、風船が赤くなる。

「そうです。ありません」

きっぱりと告げた高瀬は、三人の男が狼狽《ろうばい》している様子を見て楽しむ。まさか、こんな対応をされるとは思わなかったのだろう。二の句が継げない状態に陥っていた。

主導権を握る方法の一つは、相手の予想外のことをして狼狽させることだ。狼狽は、思考停止を招く。どんな切れ者でも、狼狽すれば、そこに隙ができる。そこを突けばいいし、人は、隙を見せるだけで自己評価を低くしてしまう生き物だ。

「ただ、口座には金がありませんが、ここにあります」

そう言って、高瀬はテーブルを叩いた。

風船が眉間に皺を寄せ、テーブルを凝視する。針金と厚底靴も同じ表情を浮かべて、同じ目の動きをした。三人が無線通信で連動しているのではないかと疑ってしまうほどだった。

笑いを堪《こら》え切れなかったので、高瀬は口元を手で覆う。

「私は、日本の銀行を信用していません。仕方なく銀行を使うことはありますが、コインブラザーズがループコインを発行する根拠となる日本円は、口座から下ろして、会社に保管しています」

「……ここに、一千五百億円があると？」

「案内しましょう」

高瀬は立ち上がり、社長室を出るよう促した。


廊下を歩きながら、後ろをついてくる三人に話しかける。

「わが社は、カウンターパーティリスクを回避するために、さまざまな対応をしています。破綻対策はもちろん、ハッキングをされないためのセキュリティー強化、不正などが起こらないように、社内には、監視カメラを多数設置しています。外部からの侵入に対しても、さまざまな対策を施しています」

「……そうですか」

針金が、廊下の天井に付けているドーム型の監視カメラを見ながら呟く。

「もちろん、プライバシーを考慮すべき場所には置いていません。トイレや更衣室、休憩所などはフリースペースです」

エレベーターに乗り、地下一階のボタンを押す。このビルは、地下一階、地上七階建てだった。そして、地下一階に巨大な金庫を作っていた。

地下一階に降りると、眼前に鉄扉が現れる。高瀬は扉の横の壁に設置されているボックスに人差し指を置く。

赤いランプが、青に変わった。

「ここには、三重のセキュリティーがかけられています。その一つが、指紋認証です。私の指紋にしか反応しないよう設定しています」

一つ目の扉を抜けると、再び扉が現れる。その扉の隣にも、ボックスが付けられていた。やや高い位置にあるそれの目の前に立った高瀬は、顔を近づける。音が鳴り、扉が開く。

「二つ目は虹彩《こうさい》認証。目の虹彩の登録は、私だけです」

最後の鉄扉は、静脈認証だった。少し離れた場所にある扉は先の二つよりも、かなり頑丈そうな造りだった。ここも、高瀬だけが通れるようになっている。

「この扉の先が、金庫エリアです」

「ここに現金を運ぶのは、誰なんですか」

厚底靴が質問してくる。粘度のある唾液がぬちゃりと鳴る。不愉快だったが、顔には一切出さなかった。

「私と北芝です。もちろん、銀行から運ぶ際には、民間警備会社の警備をつけますが、建物の中から金庫までは、私と北芝だけで運搬します。一万円札の重さは約一グラム。一億円分運んでも、たったの十キログラムです」

「ですが、一千五百億円分ですと、十五トンです」

「一度に運ぶわけじゃありませんから」

呆れ顔を抑えるために、顔面の筋肉を強張らせつつ、認証作業を始める。

「場所も取るでしょう」

「一万円札は七十六ミリ×百六十ミリです。この金庫は、一兆円までの一万円札を保管できる計算です」

七十六ミリ×百六十ミリ。このために、人は目の色を変えて争い、ときには人を殺すのだ。

開錠を知らせるアラームが鳴る。

「どうぞ」

恭しい調子で中に入るよう促す。

三人は、恐る恐るといった調子で足を踏み入れた。

「え……」

風船と針金と厚底靴が同時に声を上げた。

「壮観でしょう。一千五百億円分の札束というのは」

高瀬も金庫の中に入る。

呆然と立っている三人が、高瀬に向き直った。

「……は？」

声が漏れる。

三人の背後にあるはずの札束はなく、金庫は空の箱になっていた。

「……す、すぐに警察を」

高瀬は動揺した声で呟いた。

## 7

社長室の執務デスクに足を乗せた高瀬は、目の前に立っている北芝を見る。身体がふらつき、今にも倒れそうだった。失禁する可能性もある。早く部屋から追い出すべきだろう。

「……社長、本当に大丈夫なのでしょうか」

「大丈夫だよ」

ため息交じりに高瀬は言う。

「大儲けできたんだ。あとは、ほとぼりが冷めるのを待つだけだ」

金融庁の職員を金庫に案内し、金庫の中が空っぽだということが判明して以降、多くの警察官が出入りしたり記者会見したりと慌ただしく、ようやく一息ついたところだった。

あくまで、高瀬たちコインブラザーズは被害者という立場にある。

ただ、この件で莫大な財産を築いたのは高瀬だった。このことは、高瀬本人と、今にも卒倒しそうな様子で立っている北芝のみが知っていることだ。

「俺の計画は完璧だから安心しろよ」

慰めるような声を発するが、目は冷たいままだった。

コインブラザーズがループコインを発行するには、それと同じ価値と謳っている日本円を保有しなければならない。それが、ループコインの信用となる。

真っ赤な嘘だった。

ループコインの発行に円の担保などなく、好き勝手に発行していた。そして、発行したループコインに価値があると思わせて投資家たちに買わせて日本円を吸収し、また、発行した大量のループコインでアルファコインを買って、暴騰したタイミングで日本円に換えていた。これの繰り返しをすることで、コインブラザーズは多額の金を稼いでいた。

ただ、このままコインブラザーズを運営して安定を得ることは、高瀬の望みではなかった。もっと、刺激的なことをしたい。そのために、自ら時限爆弾を仕掛け、もっともいいタイミングで爆破させたのだ。

当初、起爆剤はキリングクラブのゲストである青柳だった。発言力があり、なおかつ世間からの認知度が高かったので適材だった。ただ、青柳が死んだことで、別の人間を探さなくてはならなくなった。東都経済新聞の久保田では力不足だったが、匿名の手紙の内容を上手く理解し、結果としてコインブラザーズを攻撃する急先鋒としての役割を担ってくれていた。今回出た記事の端緒は、高瀬自身がもたらしたものだった。

ループコインの大量発行で日本円を騙し取った高瀬は、順調に計画を進めていた。日本円の担保に疑義が生じ、その疑いが確信に近くなったら、投資家たちは我先にとループコインを日本円に換えようとする。その日本円は、コインブラザーズの資産から出さなければならない。それを回避するために、一芝居打つことにしたのだ。

金庫に保管していた金が、そっくりそのまま何者かに強奪された。

もちろんこれには、金庫の中に一千五百億円が保管されているという証拠が必要である。それは簡単だった。今まで散々、無尽蔵にループコインを発行し、それでアルファコインを買って、価格操作をして高騰したところを日本円に換えていた。これにより、ループコインの発行量以上の利益を得ることができた。

本来なら、日本円を保有してからループコインを発行することになっていた。

実際は、ループコインを発行し、アルファコインで荒稼ぎしてから日本円に換えていた。

いずれにせよ、銀行口座から一千五百億円が引き出されたことは疑いようがなく、コインブラザーズに保管していたと言い張ることができる。

実際には金庫ではなく、タックスヘイブンの隠し口座に移していたことを知るのは、高瀬と北芝だけだった。

ともかく、一千五百億円が銀行から下ろされていると証明できればいいのだ。あとは、強奪されたと言い張ればいい。

コインブラザーズが被害者だという構図を作り、その信憑《しんぴょう》性を高めることにも余念はなかった。

ビルの地下にある、強固な金庫の存在。大切な金を守る三つの頭を持つケルベロス。指紋認証と虹彩認証と静脈認証が突破されたのだと証明しなければならない。

筋道はできている。

指や静脈、目の虹彩をコピーすることは難しい。ただ、判定プログラムを誤魔化す偽陽性を作り出すことは可能だ。一般的な生体認証のセンサーは、80％一致するだけで本人と認識するものだ。

指紋認証は簡単に言えば凸部と凸部の間に流れる電流を測定し、指紋パターンを認識する。そのため、導電性シリコンゴムに指紋を転写して固めれば、指紋認証は突破することができる。捜査をしている警察は、指を置く場所にシリコンゴムの素材が付着していることを把握しているだろう。

目の虹彩の認証突破も簡単だ。虹彩認証は、人間が感知できない赤外線を使って、虹彩のパターンを得ているが、その仕組みは脆弱だ。虹彩赤外線写真を入手し、ある種類のインクトナーを使って、モノクロレーザープリンターで印刷すれば、それで事足りる。生体活動認証技術が使われている虹彩認証の場合は弾かれるが、コインブラザーズのものは基本ユニットで搭載されていないため、認証してしまう。

また、静脈認証も、虹彩認証と原理は同じで、赤外線写真で撮影された静脈のパターンがあればいい。透明度の高い紙に、レーザープリンターでパターンを印刷する。そして、その上からLEDライトで赤外線を補助的に当てる。静脈認証の装置に紙を押し当て、二本の指で押さえれば、大抵の認証はクリアできる。

虹彩と静脈の紙は、状況に応じて、ある場所で警察に発見させるつもりだった。

会社内に設置した監視カメラは、何者かにハッキングされ、一定期間機能していない状態だったことも、警察は把握しているだろう。

絶対的防御の抜け穴を用意することで、疑いをかわす。こんなに頑張ってセキュリティーをかけたのに、世紀の大泥棒に侵入されて盗まれたと言い張る。力のある人間が主張すれば、それは真理となる。

そして、盗まれたことで被害者となったコインブラザーズは、更に金を産む。

顧客への賠償ができないということが判明してから、キリングクラブのゲストである松井が経営するジェイ・インベストメントが買収提案をしてくる。そして、さまざまな理由をこじつけつつ、僅かな賠償金を支払った上で、破格に安い買収額でコインブラザーズは身売りをすることになっていた。たとえ不祥事を起こしたとしても、コインブラザーズの仮想通貨売買のシステムは優秀だ。ジェイ・インベストメントは、安価な金でそれを買い取り、人材をも取り込んで仮想通貨事業に参入する。

高瀬は損害賠償をかわし、コインブラザーズを手放す。

ハイリスク・ハイリターンの計画だったが、上手くいった。

目の前にいる北芝にも甘い汁を吸わせてやっていた。

北芝は今まで真面目一筋の技術屋だったが、女と賭博に入れ込み、多額の借金を抱えていた。すべて、高瀬の差し金だった。そんなこととは露知らず、高瀬の差し伸べた助けの手にすがりついた。女をあてがって入れ込むよう仕組み、賭博で借金まみれにした張本人が高瀬だったにもかかわらず、北芝は泣きながら感謝していた。

結局、十億円ほど北芝に渡すことになったが、安いものだ。高瀬は北芝と一緒に、大金を盗んだのだ。

この計画は、一人で遂行することもできた。秘密を知る者が増えるのは、それだけで危険が増す。

それなのに、共犯者を作った理由はただ一つ。

もし警察が外部の犯行ではなく、内部に犯人がいると疑った場合、北芝一人の犯行にするためだ。

要するに、人柱になってもらう保険としての役割に、十億円かけた。いくら北芝が唆《そそのか》されたと主張しても、証拠はなにもない。片や、北芝は首が回らない状態だという記録が残っている。

一千五百億円については、北芝の隠し口座を経由させる資金汚染をしていた。警察が金の流れを追えば、北芝に行き当たるはずだ。

もちろん、北芝の口座から移された金は、高瀬の口座に入るまでに資金洗浄をしているので、足跡は残っていない。警察は、絶対に高瀬までは辿り着けず、一千五百億円の金は行方不明のまま、北芝が逮捕されるだろう。

使い捨ての存在。不憫《ふびん》だ。

北芝も、自分が使い捨ての駒になっていることに、薄々気づいているようだ。そして、女や借金を作ったのも、高瀬の差し金だと勘付いている節がある。たしかに、仕組んだのは高瀬だ。しかし、その沼に足を踏み入れ、呼吸もままならなくなったのは北芝自身の責任。とんだ逆恨みだ。

弱い人間は、自分の罪を他人の責任にしたがる。

そして、思考不能状態に陥り、自分の頭では考えられなくなる。

だからこそ、こうして社長室まで来て、安全の確認をしたいのだろう。

「大丈夫だ。二人とも、疑われることは絶対ない」

高瀬の言葉を聞いた北芝の瞳に、一瞬だけ殺意が過ったが、高瀬はそれを無視した。

翌日。

高瀬が、目黒《めぐろ》区の自宅で脳が露出した状態の遺体となって発見された。

その僅か一日後、新宿区《しんじゅく》で同様の損傷を受けた遺体も見つかった。

## 8

新宿区にあるタワーマンションの一室にいる藍子は、立った状態で、リビングにあるテーブルに視線を落としていた。目の前には、写真が散乱している。そのすべてに、高瀬和彦の姿が写っていた。いや、かつて高瀬だったもの。今や、ステンレス製の解剖台に置かれた肉、、、、、、、、、、、だ。

写真は、多様なアングルから撮られている。細部の印を探るようなクローズアップから、全体を俯瞰《ふかん》するようなロングショット。胸から腹にかけてY字に切られた身体。肋骨をハサミで切断し、バリッと開かれ、胸腔内が見える状態になっている。腹部の中央にある切開創。

脳。

肝臓。胃腸。

目玉が飛び出るほどに見開いた顔。上半身。下半身。二カ所の刺し傷。傷口の写真は特に多かった。解剖写真もバリエーションに富んでいる。全体的に赤い色をした写真が多いが、生気のない赤だ。

「よく、こんな写真を持ち出せましたね」

藍子は、小腸がアップで写っている写真を手に取りながら呟いた。

「これでも、刑事だからな」

煙草を吹かしている辻町は、一人用のソファーに座り、つまらなそうな視線を向けてくる。

藍子は、部屋の中を見回す。

ここに呼ばれたのは、今回が初めてだった。

洗練された内装やデザイン。しかし、家具の類はほとんどなく、まるで生活の臭いがしなかった。住環境は整っているはずなのに、ここに住むことはイメージできない。ここに人が住んでいるというイメージもできない。映画のセットのような、不思議な部屋だった。

警察官の給料だけでは住めるはずがない場所。どのくらいキリングクラブから給料をもらっているのかと訊ねてみたが、そんなことを知る必要はないと一蹴されただけだった。

辻町は、灰皿に煙草を押し付ける。

「容疑者の一人が殺された。これは、何を意味すると思う？」

「高瀬は、青柳を殺した犯人じゃなかったということです」

藍子が答える。

辻町は、わずかに左眉を上げた。感情は読み取れない。ポーカーをさせたら、きっと強いに違いない。

「殺されたからといって、犯人ではないと断定するほどの判断材料にはならない。例えば、青柳を殺したのが高瀬で、高瀬は別の事件に巻き込まれた可能性だってある」

「それなら、いくらだって答えがあるじゃないですか」

反感を覚えた。

辻町は表情を変えない。

「たしかに、いろいろなことが考えられる。しかし、確実なもののうちの一つは、キリングクラブのゲストが二人も死んだということだ。これが事実であり、意味することのすべてだ」

「その事実が、どうかしたんですか」

問いを投げかけるが、返答は返ってこなかった。

沈黙が部屋を支配する。煙草の煙を吐き出した辻町は、沈黙を吹き飛ばすように声を発した。

「青柳に高瀬。この二人は捕食者であり、支配する側の人間だ。事故死や病死はあったとしても、簡単に他者に殺されるとは考えにくい。キリングクラブは、そう判断している」

キリングクラブが判断？

面白い言い方だなと思いつつ、藍子は口を開く。

「でも、キリングクラブの中に犯人がいれば、話は別ってわけですね」

辻町は頷く。

「捕食者を狩れるのは、捕食者だ。ゲストが二人も殺されたことで、キリングクラブの秩序が乱れている。早急に対処しなければならない。青柳も、高瀬も、ナイフで刺されてから、毒を飲まされて身体の動きを封じられ、開頭されていた。二人を殺したのは同一人物と考えていいだろう」

「薬物って、なにが使われているんですか」

藍子の問いに、辻町は探るような視線を向けてくる。

「ゲルセミウム・エレガンス。マチン科のツル性の常緑低木だ。インドから中国南部にかけて分布しているもので、致死量は体重一キロに対して、0・05ミリグラム。六十キロの人間は、3ミリグラムで死ぬ計算だ。青柳と高瀬は、致死量未満のゲルセミウム・エレガンスを飲まされたと考えられる。中毒症状としては痺《しび》れや眩暈、悪心、嘔吐《おうと》だ。犯人は、毒を有効に使って対象の動きを封じている。ただ、相手に毒を飲ませるのは簡単ではない。しかも、中毒症状が出たからといって、抵抗されないわけではない。犯人は、成人男性か、複数人の犯行だろうな」

分析結果を吐き出したところで、振動音が部屋の中に響く。テーブルの上に置かれているスマートフォンが震えている。ディスプレイには、〝090〟から始まる番号が表示されていた。

立ち上がった辻町は、無表情で通話ボタンを押して耳に当てた。

「どうした」

問いのあと、微かに向こうの声が漏れ聞こえてきた。男か女かの判別はできなかったが、なにやら一方的に話しているようだ。

しばらく返事をせずにいた辻町は、まるで句点を打つように、分かった、と流れを区切って通話を終えた。

「今から、香取《かとり》が来る。情報を持ってくるそうだ」

そう言うと、お前はどうすると目で問いかけてくる。深海魚が獲物を待ち、息をひそめてじっと静止しているときには、おそらくこんな目をしているのだろうかと想像する。

「もし邪魔でなければ、一緒に話を聞きたいです」

「そうか」

顎を引いた辻町は、テーブルの上にある写真を片付け始めた。

その様子を見ながら、一昨日の記憶を呼び起こす。

香取恵太《けいた》は、新宿署の刑事課に所属している。年齢は二十九歳。新宿区で殺された男の捜査をするために帳場が立ち、香取は、そこの捜査員に組み込まれていた。そして、警視庁の捜査一課から新宿署に派遣された辻町とペアを組むことになった。辻町は、表では新宿署の捜査本部の一員として事件を追う立場となり、裏ではキリングクラブの猟犬として犯人を捜している。辻町が都合よく今回の捜査本部に派遣されたのも、なにかしらの力が働いたと疑ってしまう。

一昨日、香取は辻町の元を訪れた。その際に初めて香取に会ったが、幼い顔をしている好青年だった。刑事としての資質が備わっているかは分からないが、頭が良さそうな目をしていた。

すべての写真を封筒にしまった辻町は、一人暮らしには大きすぎる冷蔵庫から五〇〇ミリリットルの炭酸水を取り出し、横目で藍子を見る。

「いるか」

喉は渇いていなかったので、首を横に振る。辻町は飲み口を開けてから、喉仏を鳴らす。一気に半分ほど飲み、ペットボトルをテーブルに置いた。

タモ材を使った天板のダイニングテーブルは、ポルトローナ・フラウのものだ。フェラーリやマセラッティの内装も手掛けているブランドで、かなり値が張る代物だという記憶がある。過去に、家具の記事を雑誌連載していたことがあるので、人よりも詳しいという自負があった。

「辻町さんって、捜査一課の刑事ですよね」

柔らかい仔牛の革を使った椅子に座ってから訊ねる。

「それがどうした」

つまらないものでも見るような視線で、唾棄すべき事実であるかのような声を出す。

「刑事って、もっと忙しいのかと思っていたので、意外だなと」

藍子は淡々と告げる。

見ている限りでは、辻町は時間を拘束されているようには見えなかった。殺人事件が発生していない平時なら分からないでもないが、今は新宿警察署に立った捜査本部で殺人事件の捜査をしているはずだ。本やテレビドラマの影響かもしれないが、刑事という職業は、もっと組織の板挟みになったり、必死に犯人を追っているという印象があった。

「いろいろなタイプの刑事がいる。俺は、比較的時間に余裕がある刑事なんだ」

それ以上の回答をする気がないのか、辻町は視線を外してしまう。

藍子は肩をすくめ、異様なほど大きな窓の前に立った。

時刻は二十一時。

二十階にある部屋から眺める景色は、昼間のように明るかった。

辻町が炭酸水の入ったペットボトルを空にしたところで、インターホンが鳴り、やがて香取が現れた。

少し厚手のジャケットを着た香取は、細身で、スポーツマンらしく髪を短く切っている。

〝爽やか図鑑〟というものがあれば、彼はそこに載ることができるだろう。

「あ、どうも」

藍子にお辞儀をした香取は、ぎこちない笑みを浮かべた。距離感を測りかねている様子だ。

辻町は、藍子のことを情報屋だと説明し、警視庁捜査一課ともなれば、情報屋を引き込んで捜査をすることも間々あると補足した。それ以外の説明はなかったが、その言葉を、香取は信じたようだった。藍子は見た目からして、普通の社会人には見られない。ピアスの穴の数や、全身真っ黒な服装だけでもアンダーグラウンドを歩く人物として相応《ふさわ》しい外見をしていた。

「実は、新宿事件に進展がありまして」

そう言いつつ、遠慮がちに藍子を見る。

「こいつは捜査情報を絶対に漏らさない。俺は情報屋を駆使して事件を解決してきたし、実績も知っているとおりだ。今まで情報が漏れたこともないから、安心して話せ」

辻町の言葉に、香取は動揺を見せつつも、自分を納得させたようだ。

「……ほかの殺人事件との関連はまだ分かっていませんが、新宿事件で、犯人らしき人物を目撃したという人物が現れました」

「信憑性はあるのか」

辻町が問うと、香取は頷く。

「たしかです。当時の状況を克明に覚えていましたし、モンタージュも作成済みです」

鞄《かばん》からファイルを取り出して、テーブルの上に置く。藍子はそれを覗き込む。先ほど散乱していたグロテスクな写真に比べたら、まるで刺激のない似顔絵だった。男で、目が細く、頬が痩せこけている。髪の毛は薄く、額が出っ張ったように膨らんでいた。

こんな人物は知らない。

「四十代から五十代で、青っぽい作業服を着ていたそうです。目撃者は匿名希望ということで、電話のみでの応対でした。モンタージュ作りも、結構苦労したみたいですが、パソコンのメールのやり取りで、どうにか作成できたらしいです」

「その情報提供者は、わざわざご丁寧にメールのやり取りもしてくれたのか。そこまで協力的なのに、なぜ、身元を知らせないんだ」

辻町は眉をひそめる。

「保身のために、姿を現せないと言っていたそうです。目撃したのが明らかになって犯人に狙われるのを危惧しているんでしょうね。警察はすぐに情報を漏らすと言っていたそうです。ちなみに、メールは海外のサーバーを経由していて、辿るのは困難だそうです」

「警察の信用も落ちたものだな」無表情の辻町は続ける。

「新宿事件の被害者は、自宅で殺されていた。それをどうやって目撃するんだ」

「犯行現場近くで、犯行時刻に、血で染まったナイフを持っている人物が歩いているのを見たそうです」

香取の説明に、辻町は釈然としない様子だった。

「……犯行時刻は、だいたい午前三時だろう。そんな状況で、よくここまでしっかりと顔を覚えていたな」

「ちょうど街灯の下で、目が合ったと言っています。目撃者の存在に気づくと、その人物は慌てて走り去ったとのことです。目撃者が言うナイフの形状と、傷口が一致していますし、捜査本部は、虚言ではないと考えています」

「それも、午前三時の街灯の下で、一瞬にして判別したということか」

「……そういうことになります」

声がか細くなる。どうやら、自信が揺らいだらしい。

辻町は手で額を揉《も》んだ。

「傷口や、ナイフの形状に関する情報はオープンにしていなかったよな」

「……もちろんです。目撃者は、男が持っていたものがブッシュナイフだと言っています。なんでも、ナイフに詳しいようで、詳細に形を語ったらしく、その説明が、傷口とピッタリ一致するんです」

「偶然の一致とも考えられるが……その情報提供者は、なにかを知っている。これは間違いないだろうな」

険しい表情を浮かべた辻町は、顎に手を置いて黙り込んでしまった。

藍子は、モンタージュを凝視した。

新宿事件と呼称されている殺人事件の被害者は、川崎《かわさき》市にある葬儀社の事業本部長だった。名前は戸塚秋稔《とつかあきのり》。午前二時半過ぎ。バーを後にした戸塚は、新宿五丁目にある自宅で殺されていた。付近にある防犯カメラをチェックすると、犯行時刻に不審人物が映っていた。しかし、どれも顔が映っておらず、大きめの服を着ていたため、体型も分からなかった。

「都会は物騒だと思っていましたけど、これは、異常事態ですよ」

香取の言葉に、藍子は同意する。

ここ最近の間で、殺人事件が三件発生していた。

渋谷区で殺されたフリージャーナリストの青柳祐介。

目黒区で殺されたコインブラザーズの社長である高瀬和彦。

新宿区で殺されたサラリーマンの戸塚秋稔。

殺人事件が重なったことから、これらを区別するために、渋谷事件、目黒事件、新宿事件と呼称していた。香取の言うとおり、異常事態だろう。東京都内での年間の殺人認知件数は百件を超える。四日に一件以上の殺人事件が発生している計算だった。しかも、ほとんどが身内や顔見知りによる犯行。今回のように、身内以外と考えられる犯行でこのペースは、統計的にも異常だ。

ニュースなどでも、同一人物による犯行という意見が多数を占めている。警察も、その線で捜査していた。

青柳。高瀬。戸塚。三人全員が、出血性ショック死。彼らは、生きたまま開頭された形跡があった。

開頭されている件は報道されていなかったが、それぞれの事件は半月も離れていない。

「……一つだけ妙なのは、戸塚が普通の会社員ということだ」

辻町の呟きに、香取は怪訝な表情を浮かべるが、藍子は、辻町の言葉の意味を理解した。

青柳と高瀬はキリングクラブの人間だったが、戸塚は違う。これは世間では知る由もないこと。

青柳が殺されたとき、キリングクラブは三人の容疑者を割り出した。その容疑者のうちの一人である高瀬が、今回殺された。

1%の成功したサイコパスを狙った殺人。

その中に、不自然に紛れ込んだ戸塚。

キリングクラブや辻町は、さぞ混乱していることだろう。

「モンタージュの人物は、防犯カメラに映っていたのか」

辻町が問うと、香取は苦々しい顔をする。

「いくつかのカメラに怪しい人物が映っていましたが、フードを被っていたので、個人を特定するには至っていません。偶然かどうかは分かりませんが、どれも防犯カメラから顔を背けているんです」

「土地勘があって、しかも防犯カメラの位置を知っている人物か」

目を伏せた辻町は、頭の中にいる複数人の人格同士でブレーンストーミングでもしているかのように、集中した様子だった。

「当面はモンタージュの男を重要参考人として追うことが、捜査本部で決定しました。僕たちも、遊撃班として、こいつを追うことになっています」

香取はモンタージュに指を突き立てた。その動作は、心の底から犯人を憎んでいるようだった。

9

キリングクラブに出勤した藍子は、仕事をしつつ、中里真吾と國生明を観察することに集中した。高瀬は死んだので、キリングクラブが選んだ犯人候補は、この二人に絞られた。

給仕としての仕事内容は、相変わらず飲み物を運ぶだけの単調なものだったが、犯人捜しを任されて以降、仕事量はいつもの半分以下になっていた。チーフには事前に話が通っているらしく、急《せ》き立てられるようなこともなかったし、ほとんど仕事も割り当てられなかった。

ただ、一度だけチーフに呼び止められ、いったい何をしているのかと聞かれたことがあった。内容まで言ってはいけないと思ったので、ちょっとしたゲームに参加しているんですと答えておいた。

青柳祐介を殺した犯人はキリングクラブの中にいると辻町は言っていた。そして、キリングクラブは容疑者を三人提示していた。おそらく、なにかしらの理由があるのだろう。根拠は不明。

観察を続ける。

弁護士の中里真吾は、数人の男性と談笑していた。身なりを整えたスマートな男性の集団の中で、快活な様子で話し込んでいる。近くに行って聞き耳を立てると、暴力を使わずに、いかに相手を打ち負かすことができるかを話し合っているようだった。細面の中里は、見栄えが良い。目にかかるくらいに長い前髪をときどき手で触りながら、常に口元に笑みを浮かべている。人によっては胸やけしそうなほどの甘い笑みには、どことなく他人を小馬鹿にするようなニュアンスが含まれていた。

場所を移動した藍子は、脳外科医の國生明が見える位置に立つ。

國生は、バカラ賭博に興じていた。ブランデーグラスを傍に置き、トランプに視線を注いでいた。四十歳の國生は、慶専大学病院の准教授であり、彫りが深く、中東系の顔立ちをしている。ときおり、隣にいる男と会話を交わす程度で、基本的には静かに過ごしているようだった。

今朝、サイコパスについて書かれた本を読んでみた。その本では、サイコパスと呼ばれる存在を、どのような観点から見るべきか議論していた。

臨床学的観点から、人格障害と見るべきか。あるいは、ゲーム理論の観点から、生殖上有利になる進化戦略と見るか。

馬鹿らしいと思う。

周囲を見渡す。

酒と女と賭け事に囲まれているゲストたちは、終始穏やかな様子だった。

なぜ、ゲストたちはキリングクラブに集い、このように寛いでいるのか。

馴れ合いのようにも見える。ただ、本当にそうなのか。藍子には理解できなかった。

興味は尽きない。

# 第三章
# 弁護士

# 1

裁判官に向かって、左側には検事がおり、右側には被告人席。手前には傍聴人がいる。厳粛な場だったが、少しだけ、競馬場の雰囲気に似ていると常々思っていた。人生を賭けて臨む人間が放つ空気が、両者に類似性を感じさせるのだろう。状況によって、生死すら決めてしまう場。

この空間こそが、弁護士である中里真吾の遊び場だった。

「それでは、次の証人を呼んでください」

裁判長の言葉に、検事である雨宮《あまみや》麻《ま》利《り》絵《え》が立ち上がる。長身のすらりとした体型。パンツスーツ姿は、非常に洗練されて見えた。

「はい。では、警察に通報した吉田《よしだ》龍《りゅう》さんを」

よく通る声だった。検事ではなく、舞台女優になったほうが合っていると中里は思う。

証言台まで歩いてきたのは、一生下流暮らしが似合う冴えない風貌の男だった。ジーンズに、洗濯しすぎて形が崩れた半袖のワイシャツを着ていた。吉田は、地元の中小企業に勤めるサラリーマンで、独身。猫背で、指紋で汚れた眼鏡の奥にある目は細く、居心地が悪そうに身体を揺すっている。

中里は、今までの人生すべてを悔いているような様子の男を観察しつつ、口元を綻ばせる。

この男は、いい獲物だと思う。中里は、歩き方で、その人物が獲物かどうかの判断ができた。

弱い獲物の歩き方には特徴があるのだ。どのような、と問われても答えられないが、たしかにある。

前に、デザイナーの友人が、画像を見た瞬間に、一ピクセルのズレが気になって仕方ないと言っていたが、常人にはその一ピクセルの差は分からない。歩き方で獲物か否かを判断するのも、そういった明言しがたい感覚に依る。

吉田の宣誓が終わり、一拍置いてから検事の雨宮が口を開く。

「あなたと、被害者である双葉《ふたば》麗香《れいか》さんとは、どういったご関係ですか」

「どういったって……」照れたような笑みを浮かべた吉田は、腹部の辺りを右手で擦《さす》る。

「隣人です」

「隣人というのは、同じマンションに住んでいるということですか」

吉田は怪訝な表情を浮かべる。どうしてそんなことを聞くのか不可解に思っているようだった。

「双葉さんが三〇一号室で、僕が三〇二号室です」

「面識はありましたか」

「廊下ですれ違う程度ですね。名前とかも知りませんでしたし」

「どうして、警察に通報したんでしょうか」

知性によって抑制された、聞き取りやすい声。ふと、雨宮が感情を昂《たかぶ》らせつつ悲鳴を上げるところを見てみたいと中里は思った。どうしたら悲鳴を上げるだろうか。どうやったら絶望するだろうか。考えるだけでも愉快になる。

雨宮の質問を受けた吉田は、頬にできた赤い吹き出物を指で触った。

「えーっと、夜中に大きな物音がして飛び起きたんです。それで、断続的に怒鳴り声や金切り声が聞こえてきて、初めは喧嘩《けんか》でもしているのかと思ったんですが、男の、恫喝《どうかつ》するような声が度を越していたので、なにかあったらいけないと思って、警察に通報しました」

「通報したとき、電話でなんと言いましたか」

「もしかしたら、女性が暴行を受けているかもしれないから、見にいってほしい。そう伝えました」

満足したように雨宮は頷く。事前に練習をしたのだろう。男の覚えの悪さに苛立つ雨宮の姿が容易に想像できる。

「吉田さんの通報により駆けつけた警察官二名が、被害者である双葉麗香さんを保護。その場で、被告人を現行犯逮捕しています。当時、双葉麗香さんの全身には殴られた痕や、包丁で受けた切り傷が十カ所以上もありました。状況からして、命の危険を感じるレベルのものです。被告人はその場に居合わせており、監禁して暴行した加害者であることは明らかです」

雨宮の主張を聞きながら、中里は隣を見る。そこには、被告人である久留米《くるめ》篤典《あつのり》がいた。椅子に浅く腰かけ、一応従順そうな表情を装っているものの、悪びれた様子が一切ないのが伝わってくる。

二十五歳。普通ならば働いていてもおかしくないが、親が遺したマンションの家賃収入で生活していた久留米は、キャバクラで酒を飲んだ後、バーに立ち寄り、その後、今回の事件を起こしていた。素行も悪い久留米には、数人の悪友はいたものの、社会的に信用できる友人は一人もいなかった。カスが金を持つとこうなるという、良い例だ。

中里は、左手の薬指に付けているハリーウィンストンのリングを右手で弄びつつ、戦略を立てる。

「被告人側、反対尋問を」

雨宮の口撃《こうげき》が終わり、裁判長が手元に視線を落としたまま言う。

ゆっくりと、中里は立ち上がった。

「反対尋問をさせていただきます。あなたは検察側の証人であり、警察に通報した正義の味方です。善きサマリア人というやつですね。非常にご立派。ただ、私は、あなたの証言の中で、一つだけ疑問を抱きましたので、それを質問させていただきます」

じっと見つめると、吉田は気まずそうに視線を逸らす。中里は覚られぬ程度に口元を緩めた。弱者っていうものは、どうしてこうも分かりやすいのか。

「まず、あなたが住んでいるマンションは三階建てですね」

「はい」

「あなたは、三〇二号室に住み、双葉さんは三〇一号室に住んでいます。そして、二〇一号室が空室になっています。つまり、双葉さんの部屋に面しているのは、あなただけであり、物音がすれば、やはり三〇二号室に住んでいるあなたが一番聞こえやすい。間違いないですね」

「……そうなんじゃないですか」

怪訝な顔を浮かべつつ、吉田は同意する。

「あなたが通報した当時、悲鳴なども聞こえましたか」

「はい」

「そうですか」頷いた中里は、神妙な顔つきになる。

「ちなみに、通報したのが土曜日です。吉田さんは、会社員でしたよね。勤務は平日ですか」

「はい」

「休日は土曜日と日曜日？」

吉田は声を出さずに頷く。

「木曜日や金曜日の夜は、家にいましたか」

点頭。

「何時ごろから、自宅にいたのでしょうか」

その質問に吉田は、視線を泳がせ、鯉《こい》のように口をパクパクと開けたり閉じたりした。

「……分からないです」

「そうですか」中里は口早に続ける。

「私は事前に、吉田さんの会社に問い合わせをして退勤時間を聞いています。木曜日も金曜日も、十九時ちょうどに退社していますね。会社から自宅までは三十分。寄り道をしていない限り、二十時には自宅にいると思います。もし寄り道しているのなら、行き先を教えてください。すぐに事実確認をしますので。木曜日と金曜日は、二十時までには家にいたんですか。それとも、どこか別の場所にいたんですか」

「……たぶん、そのころには家にいました」

絞り出すように言った吉田は、貧乏ゆすりが激しくなった。

「木曜日も金曜日もでしょうか」

「そうだと……思います」

中里は虚空に視線を向ける。

「その点が、少し妙に感じるのですが」注目を集めるに足る間隔を空けて、再び声を発する。

「どうして、三日目に通報したのでしょうか」

吉田の表情が硬くなったのを確認しつつ、中里は口を動かし続ける。

「つまり、被害者である双葉さんの言い分では、三日の間、部屋に監禁されて強姦《ごうかん》されていたということですが、一日目と二日目である木曜日と金曜日も、犯され続けていたと双葉さんは主張しています。しかも、普通の性行為ではなく、筆舌に尽くしがたい暴力的なものです。吉田さん。通報する日以外に、不穏な音は聞かなかったのでしょうか」

「……聞いていません」

中里は、吉田に好奇の視線を送る。

「へぇ、私はてっきり、あなたに覗き趣味があって、木曜日と金曜日は密かに聞き耳を立てていて、情事の際に出る声を楽しんでいたのかと思っていましたよ。自慰行為はしましたか？」

「異議あり！」いきり立った雨宮が立ち上がる。

「不当な言い回しで、証人を陥れようとしています！」

「異議を認めます」

裁判長が、不快な濁声《だみごえ》を発した。

「分かりました。反対尋問を続けます」

素直に応じた中里は、威嚇の笑みを浮かべる。どんなにすました顔をしていようとも、検事の雨宮は力を持つ捕食者だ。法の衣をまとった捕食者によって食い殺された人間は数知れない。ただ、中里は、捕食者すら捕食する者だ。

「話を変えましょう。今の世の中、いろいろな顧客のニーズに応える店があります。趣味は多種多様。それで結構。私が調べたところによると、池袋《いけぶくろ》、新宿、新橋《しんばし》には、覗き趣味を満たせる店があるようです。吉田さんは、そういった店があるのはご存知ですか。特に新橋の店なんかどうです？　あの店は、駅から徒歩で五分くらいでしょうか」

吉田の顔から生気が抜け落ちる。今この瞬間にバストアップ写真を撮ったら、死体と見間違うだろう。

「異議あり！　本件とは関係のない質問です」

「……異議を認めます。弁護人、発言には十分に注意してください」

雨宮のヒステリックな声に、裁判長の呆れたような声。

どいつもこいつも、つまらない奴らだと中里は苛立つ。

「少々横道に逸れました」

そう言いつつ、吉田の顔を覗き込む。ここでナイフを手渡せば、自殺しかねない状態だった。新橋にある覗き趣味の嗜好《しこう》を満たす風俗店に、吉田が通っているのは調べがついていた。

現時点で、その事実を言う必要はないと思っている。裁判の状況に応じて切るカードの一つだ。

自分の敵を擁護する人間は、すべて敵であり、撃破する対象だ。

ともかく、徹底的に、証人の信用性を落とす。それが中里のスタイルだった。

ただ、闇雲に面目を潰すことだけに徹するのは得策ではない。検察側の証人に、こちら側に有利な証言をさせる。それこそがもっとも効果的な手法だった。敵を味方にできれば申し分ない。

「最後に質問です」すぐに切れる糸を手繰り寄せるような慎重な声。

「木曜日と金曜日には、音や声を聞かなかったのですね」

「……はい」

「つまり、被害者とされる女性は、三日間のうちの二日間、一切抵抗せず、物音も立てなかった。これはどういうことでしょうか。考えるまでもありません。被告人は、無理やり強姦したわけではないという可能性が出てきたわけです。合意だった可能性も出てきたわけです。被害者とされる人間は、いなかったということです。では、この裁判は、なんのためにやっているのでしょう」

「異議あり！」

雷のような雨宮の声。

「少なくとも！」止められる前に駆け抜ける。

「被害者が監禁されたとされる三日間のうち、二日間は、警察に通報するような音は出ていなかった。それだけ確認できれば問題ありません。その解釈でよろしいですね！」

雨宮の声を掻き消した中里は、強引に言い切った。

「……はい」

「反対尋問を終わります」

悠然とした態度で、中里は椅子に座る。

証言台に立つ吉田の心中を察する。

彼は今、断頭台の前に立っているような心持ちがしているだろう。

非常に愉快な気分だった。

## 2

裁判の後、予約していたマンダリンオリエンタル東京の中にあるフレンチレストランに行き、妻である早希《さき》と合流した。

予約していたコース料理は、どれも一流の素材が、一流の手によって調理されている。

弁護士として最高の仕事をした後、最高の料理を嗜む。

つまらない人生の暇つぶしとしては、悪くない。

「このお肉、美味しいね」

嬉しそうな笑みを浮かべた早希は、肉を頰張りつつ、満足そうに言った。

「ちゃんと食べて、大きくなれよ」

早希の膨らんだお腹を見ながら言う。

子供を作るつもりはなかったが、図らずもできてしまった。子供の存在が、今後どのような煩わしさを生じさせるかは未知数だったが、産みたいという早希の主張を覆すほどの積極的な理由がなかったので、とりあえず流れに任せている。邪魔ならば、金の力で自分の生活から切り離せばいいことだ。

ベリー・レアの黒毛和牛をナイフで切る。ソースと血が皿の上で混じり合い、茶色い液体に変わっていた。

生命というものを感じられる肉。そして血。口の中にある、かつて生き物だったものを頰張り、取り込む。

「明日は、弁護士会館で講演があって、それから食事会になるから遅くなるよ」

「そうなの……あなたも、身体を大切にしてよ」

心配そうに早希が言う。他人を疑うことを知らない、ただの能天気な馬鹿。嘲笑の対象であるものの、一緒に生活するに堪えられる女だった。早希の実家は、資産家であり、結婚することによって多大な富を自分にもたらしてくれていた。今、弁護士事務所を大きく展開できているのも、その資産あってのものだった。感謝はしているが、軽蔑もしている。生まれた場所に恵まれただけで、そんな自分に満足し、努力をせず、勝ち取ろうともせず、資産という産湯に浸かって生活している間抜け。

「ああ。休めるときは、しっかり休むさ」

「そうしてね。あ、そういえば、子供の名前をいくつか考えたんだけど」

早希は、赤いバーキンのバッグから手帳を取り出して見せる。新しいバッグだ。親にねだったのだろう。

「どれが良いかな。女の子らしい名前にしようかとも思ったんだけど、あまり凝ってるのも良くないと思って」

手帳を受け取り、十個ほど羅列してある名前に目を通す。名前など、ただの記号だ。識別できればそれでいい。シリアルナンバーでも構わない。

「三番目のなんか、良いと思うけど」

「え、どれどれ」

嬉しそうに首を伸ばす早希に、手帳を返す。名前の話が終わると、今度は、子供の習い事についての話を始めた。

中里は相槌《あいづち》を打ちつつ、頭の中では別のことを考えていた。

翌日。

民事訴訟の裁判を終わらせた中里は、弁護士会館で所用を済ませた後、皇居近くにある個人ロッカーでベルベストのオーダースーツに着替えて、歩いてキリングクラブに向かった。陽が沈み、肌寒くなってきた。

清水濠《しみずぼり》を右手にし、内堀通りを歩く。そして、竹橋《たけばし》駅の近くにあるビルに入り、なんの表記もない鉄製の扉を開けた。薄暗い通路を歩き、足元のみが照らされている階段を降りる。やがて、エレベーターが一基現れた。近づくと、勝手に扉が開く。

エレベーターに乗り込み、どんどんと下っていく。

キリングクラブは、車で入る入り口と、徒歩での入り口が異なる。中里は、ほとんどの場合徒歩だった。

不思議な仕組みだと思う。

キリングクラブには、いくつもの出入り口があるという噂《うわさ》だった。しかし、確かめる術《すべ》はない。キリングクラブでの数少ない制約事項の一つに、自分の出入り口を他人に教えてはならない、というものがあった。地下にあるキリングクラブは、広大な空間だ。あまりに広すぎて、どのくらいの人間を収容できるのかも把握できないほどだった。

キリングクラブのゲストが総勢何人いるのかは分からなかったが、出入り口で他のゲストと遭遇することはほとんどなかった。時間調整をしているか、扉が複数あるかのどちらかだろう。

時間調整は、考えられない。基本的に、十七時以降は、いつ行っても良いことになっている。当然、事前連絡も必要ない。そのため、時間を調整することは難しい。では、どうやっているのだろうかと考えると、やはり、いくつもの扉があって、個人で割り振られていると考えるのが妥当だろう。しかし、それでもなお疑問は残る。いったい、いくつ扉を用意すれば、このような状況を作れるのか。

エレベーターを降り、廊下を歩く。そして、目の前の扉を開けると、真っ白い部屋があった。すべてが白く、距離感を把握できない。

「お待ちしておりました。中里様」

部屋で待ち構えていたスキンヘッドの男が言う。服装が白いため、顔だけが浮かんでいるような錯覚に陥る。

「どうぞ、こちらへ」

扉が開かれ、促される。中里はその先に進んだ。

眼前に現れた小さな居間。赤いカーペットが敷かれ、ＫＣという文字の周りを蛾が飛んでいるデザインの紋章が描かれている。それを踏みつけて居間を横切り、木製の重厚な扉を開けると、キリングクラブの世界が広がっていた。

華やかで煌びやか。そして、自分を理解してくれる人で満たされた唯一の世界。

出迎えた黒服の男に挨拶をされた後、慇懃な調子を崩さないままに先導される。案内された先には、村澤涼《むらさわりよう》がいた。気の合う友人の一人だ。

「おう。先にやっているよ」

そう言った村澤は、手に持っているロックグラスを視線の高さまで上げた。

テーブルの上には、マッカラン１９３９のボトルが置かれている。ほかには、ドライフルーツとナッツ類のみだった。

「今日は外で食べてきたんだ。腹が減ってるのなら、なにか頼んでくれ」

村澤の言葉に、中里は首を横に振る。酒を飲むときは、空腹のほうがいい。

給仕から受け取った氷の入ったロックグラスにマッカランを注ぐ。

「再会に」

村澤の呟くような声に応じた中里は、琥珀色の液体を一口飲む。食道から胃にかけて、熱い液体が流れていくのが分かる。

「今日はやけに早いな」

中里の言葉に、村澤はうんざりしたような顔になる。

「取材が、思ったよりも早く終わったんだ。というよりも、切り上げてきた。聞き手が馬鹿だと、救いがたい。まったく、殺したくなるよ」

苛立ちを流し込むように、グラスを傾ける。

「売れっ子は大変だな」

「それは皮肉だな。平民の舌に合わせて作るのに頭を悩ませるんだぞ。最悪だよ。今度、俺のケーキを食ってみろ。馬鹿舌にしか耐えられない出来だ」

「遠慮しておく」

その言葉に、村澤は、賢明だとでも言いたげな表情を浮かべる。

中里は、葉巻に火をつけて口に咥《くわ》え、天井高くに吊るされているシャンデリアに向かって煙を吐いた。

「そういえば、キリングクラブのゲストが二人殺されたが、高瀬とは知り合いだったよな」

「ああ」

マッカランが、口の中で気化する。高瀬から、コインブラザーズの財務書類の監査や証明を頼まれたことがあったが、断っていた。本来は、監査法人に頼むのだが、いろいろと融通がきかなかったようで、中里の法律事務所の力を借りたいというわけだ。しかし、高瀬の危うい感じが気に食わなかったので話は流れた。もう過去のことだ。

高瀬が死に、キリングクラブのゲストである松井のジェイ・インベストメントが、コインブラザーズを買収した。コインブラザーズの保有していた一千五百億円が盗まれたことで世間を騒がせていたが、保有していることも盗まれたことも狂言だと中里は勘付いていた。世間を騙し、国民から大金を盗み取る。高瀬の手腕は見事だと素直に賞賛できる。ただ、死んだら元も子もない。

所詮はその程度の奴だったのだ。

中里は、アーモンドを頬張り、天井から吊るされているシャンデリアを見る。

とても居心地が良かった。

ここ以外に、こんな気分になれる場所はなかった。いや、弁護士になる前に、恋人を殴っていたとき、同じようにリラックスした状態だったが、それは一瞬の快楽だった。

キリングクラブには、世の中でサイコパスと呼ばれている人種が集まる。もちろん、サイコパスなら誰でも招かれるというわけではない。

サイコパスは、高性能の最高級スポーツカーのようなものだと言われていた。そして、このスポーツカーを上手く運転できる精神の持ち主かどうかが、成功者と〝危険地帯〟との分かれ道なのだ。腕利きのベテランドライバーがハンドルを握るのと、酔っ払った二十歳そこそこの若者が運転するのでは、崖から転落する確率は雲泥の差になる。テッド・バンディは崖から落ちたタイプであり、ジム・ジョーンズは精神が妙な角度に振り切れ、銀色の馬に乗って成層圏までぶっ飛んだ奴だ。

社会を支配するサイコパスになるか、自滅するサイコパスになるかは、簡単に言えば、コントロールできるか否かにかかっている。

「そういえば」村澤は肩を揺すって笑う。

「俺の同僚が、サイコパス診断があるって言ってきたんだがな、これが傑作なんだ」

笑い声を滲《にじ》ませた声で、説明を続ける。

ある男が、母親の葬儀で見知らぬ女と会う。男は女に惚《ほ》れて、自分の運命の人だと確信し、たちまち恋に落ちる。しかし、連絡先を聞けなかった。葬儀が終わったあとは捜しようがない。数日後、男は自分の弟を殺す。

それはいったい、なぜ。

答えは、弟が死ねば、再び女が現れるかもしれないから。

「……馬鹿な話だ」中里は吐き捨てるように言う。

「一般人は、サイコパスを勘違いしている。断言してやる。標準的な臨床プロセスを踏んで正真正銘のサイコパスだと診断されたレイプ犯、犯罪者、小児性愛者、武装強盗に同じクイズをやらせて、そんなクソみたいな回答をするサイコパスは一人もいない。絶対にだ」

「そうだろう？」村澤は同調する。

「サイコパスは世の中で言うように、正気じゃないかもしれないが、馬鹿じゃない。そんな阿呆みたいな手段を取るわけがないんだ。まぁ、ゴミが転がっている裏通りで人殺《キリング》しをするような連中の中には、こういった向こう見ずな方法を好んで、あえてする奴もいるかもしれないが、大儲《キリング》けするのが取り柄の俺たちは、もっとスマートな方法を使うよ。普通に、芳名録から割り出すとかでいいじゃないか」

村澤の言葉に中里は同意する。ただ、向こう見ずな方法への共感も多少はあった。

「お前ならどうする？」

中里が訊ねると、村澤は片方の眉を吊り上げた。

「大前提として、運命の人なんてものが存在するなんて考えない。だから、この質問は成立しない」

そう言って笑う。

同感だった。この世で信じられるのは、自分だけだ。そして、それ以外は、自分を成功させ続けるための駒でしかない。もし、その女にもう一度会いたいと強く願うとしたら、それは単純な性欲の解消か、自分のメリットとなる条件を持っているかだ。運命などでは断じてない。

そもそも、キリングクラブにいる理由も、メリットがあるからだ。この空間にいれば、精神が安定する。これは非常に重要なことだ。

ここのゲストになるまで、中里は猿山に取り残されているような心持ちだった。ともかく最悪で、退屈だった。意思疎通のできない猿に囲まれ、世の中を疎んで生きて、ただただ暇つぶしに金儲けをしていた。

人生がつまらなかった。いつそのこと、火の中に飛び込みたいという衝動を強く抱いていた。

ただ、ここに来て、ようやく猿山の中で人と出会えたような、そんな安堵《あんど》感を覚えた。捕食対象ではなく、友人と呼べるものを初めて得ることができた。

目の前の村澤は、有名なパティシエで、都内に何店舗も店を持っている。本人は露出を好まないが、ときどきテレビで見かけることもあった。村澤はエリートサイコパスで、料理という手段で金儲けをしていた。それが、村澤の暇つぶしだった。そして、中里をキリングクラブに紹介してくれた張本人だった。

キリングクラブに入会するための明確な入会規約はなく、ただ一点だけを満たせばいい。成功者であり、サイコパス。これは、全サイコパスの1%しかいない。そして、ここの会員になるためには、同種のサイコパスの紹介があればいいのだ。

サイコパスの能力の一つに、捕食対象を一目で判別できるという特徴があった。そして、その能力で、同種を判別して見つけ出すこともできる。

現状、キリングクラブは少しずつゲストを増やしているようだった。ただ、現在何人いるのかを調べる術はないし、ここの責任者を見たことすらない。

メヒタベル。

そう呼ばれているらしい。

メヒタベル。女の名前だ。ただ、姿を見たことがないので、年齢も、男か女なのかも分からない。

この巨大な地下空間がどんな経緯で作られたのかも、どうやって運営しているのかも想像の範疇《はんちゅう》を超えている。

もちろん、年会費はあった。

入会が許された当初、中里は黒服の男から、一千万円を振り込むように伝えられた。そして、ここに通っているうちに、次はいくら振り込むようにと言伝《ことづて》された。三年の間に、中里は二千万円ほど振り込んでいた。人によって、金額はまちまちのようだ。

二千万円。些末《さまつ》な金額だと思える。ここのゲストでい続けることは、それ以上の価値があった。

人生はつまらない。

脳なしの猿ばかりがヘラヘラと笑って我が物顔で歩いているような世界だ。腐臭と嫌悪感。楽しいはずがない。

だが、ここには人間がいる。知能のある仲間がいる。

理解者に囲まれる。これは、自分が危険地帯に足を踏み込まないための防波堤になっていた。

中里の内側には、常に殺人者の存在があった。油断すれば、その殺人者は強靭な筋力で防波堤を押しのけようとしてくる。彼の気を逸らすために、金儲けをし、セックスをし、他者を支配し、人生に倦《う》まないようにしていた。

当然、それらの行為から得られる楽しみには限界がある。だからこそ、キリングクラブに所属する。身の破滅を回避するために。

理解者。

これほど良い響きはない。

理解者がいることが、殺人衝動を抑えるもっとも有効な手段だった。

## 3

十四時。

東京拘置所で面会の手続きを済ませる。ソファーに座った途端に職員に呼ばれた。面会室までの道のりを歩く。携帯電話などをロッカーに入れ、面会室で待った。やがて、依頼人である久留米篤典が現れ、パイプ椅子に乱暴に座る。

まったく反省の色を示さない久留米は、気だるそうな表情を浮かべていた。

「気分はどうだ」

「……いいわけねぇよ」

苛立ちを露にした顔。心の底から、自分がどうしてここにいるのか分かっていない様子だった。

「今日は、最終的な方針を相談しにきた」中里は事務的な口調で続ける。

「裁判で無罪にするか、執行猶予を勝ち取るか、示談にするかだ」

「執行猶予？　ふざけんな。無罪にしろ」

「無罪にする方策はある」

裁判に絶対はない。結局は、裁判長の胸三寸なのだ。ただ、今回の裁判は、勝ち目のある戦いだと考えていた。

「ただ、私の提案の中では、示談に持ち込むのが確実だ」

久留米は、探るような視線を向けてくる。温《ぬる》く、粘度を感じさせるものだった。

こいつは運が良いと中里は思った。

大金を持っており、その金で、こうして超一流の弁護士を雇ったのだ。金がなければ、こんな男は視界にすら入らないだろう。歯牙にかける価値すらない男だ。

「……示談ってのは、どうなるんだ」

アクリル板に顔を寄せた久留米は、濁った目で凝視してくる。病的で、汚い眼球だ。

中里は足を組んだ。

「簡単だ。まず示談金を積め。それでだめなら、強姦したときの動画を使うんだ。あるんだろ？」

「……なんのことだよ」

目を丸くした久留米は、へらへらと笑う。

「監禁中に撮って、どこかに隠しているんだろ？　それを材料に示談にする。どうした？　撮ったんだろ？　後で自慰行為をするつもりだったんだろ？」

その言葉に、久留米は不快そうに顔を歪める。

このタイプの男は、トロフィーを欲する。久留米には、なんの力もない。ただ親から受け継いだ一等地のマンションと土地から得られる収入で、自堕落に生活しているだけのクズだ。だからこそ、虚勢を張りたがり、相手を圧倒したら、そのシーンを何度も思い返したいはずだ。

強姦は、完全に女を掌握するための、もっとも頭の悪い方法の一つだ。きっと久留米は、そのシーンを何度も思い出したいに違いない。ただ、記憶というものは薄れていくものだ。だからこそ、絶対に動画があるはずだと思っていた。

やがて、久留米は肩を揺すりながら笑い声を上げる。

「……あんたの言うとおりだ。撮影をしたよ。誰にも分からない場所に保管しているけどな」

「いつ、隠した」

その質問に、久留米はもったいぶるように手で口元を押さえた。

久留米は、隣人の通報によって警官が駆けつけて現行犯逮捕された。久留米は外出するとき、被害者である双葉を布団で簀巻《すま》きのような状態にしていた。無理やり睡眠薬やドラッグ紛《まが》いのハーブを大量に飲ませ、猿轡《さるぐつわ》を嚙ませ、逃げる気力を奪っていた。発見された当時、双葉は薬物中毒を起こしていて、もう少し遅ければ命を失っていた可能性がある。

「一度家に戻って、着替えを取りにいったときだよ。血やら汗やらで汚れたからな」

下卑た笑みを浮かべる。嫌悪感はない。ただ、出来損ないだとは思う。

「その動画があれば、示談にできる」

「どうするんだ」

「示談に応じなければ、その動画をインターネットで流す用意があると暗に脅すのと、示談金一千万円でなんとかなる」

久留米は好奇の色を顔に浮かべる。

「そんなの、上手くいくのか」

「当たり前だ」

即答する。動画の存在を匂わせて脅すのだから、最悪の結果を招きかねない示談方法だ。しかし、上手くまとめる自信が中里にはあった。

「一千万か……高けぇな。もっと安くできないのか。相場は三百万くらいだっけか？」

顎を撫《な》でながら呟く。

中里は、手に持っているボールペンのペン先を久留米に向ける。

「金以外にも問題がある。この示談をすることによって、君は暗に、罪を認めたことになる」

一瞬の間。そして咆哮《ほうこう》。

「駄目だ！」

表情を一変させて立ち上がった久留米は、頬を震わせて、アクリル板に額を押しつけた。

「それだけは駄目だ！　ジ・ダ・ンなんか、するかボケェ！」

怒りを露にした久留米を観察する。

取るに足らない自尊心のために、自らの首を絞める。フラットな思考で、最大の利益を追求し、それに沿うように行動すればいいだけなのに、馬鹿どもは感情を優先し、それをしない。

感情と行動を切り離せない人間というのは、見るに堪えない。

「分かった。成功報酬は二千万円。いいな」

アクリル板から離れた久留米は、無表情で頷く。額が赤い。内出血しているようだ。

中里は小さく息を吐く。

「あくまで合意の上での性行為。これで進めて、裁判で勝たせる」ただ、と言葉の穂を継ぐ。

「材料が足らない」

そう言うと、勝つためのネタを持っていないかの相談を始め、ぴったり一時間で面会を終わらせてから、東京拘置所を後にした。

## 4

裁判長に促された中里は、弁護側の証人として一人の男を証言台に立たせた。

「あなたの名前と、ご職業を」

「今江治《いまえおさむ》です。港区《みなと》でバーをやっています」

四十歳を過ぎている今江は、肌に衰えがあるものの、髪の量は多く、顔立ちも整っている。整髪料で髪を後ろに撫でつけ、細身のスーツに身を包んでいた。

「あなたは、双葉さんをご存知ですか」

中里の質問に、今江は頷く。

「私のバーに、よく来られていたので覚えています」

酒焼けしたような擦《かす》れ声だった。

「どのくらいの頻度で来店していましたか」

「一カ月に、二回か三回です」

「誰かと一緒でしたか」

「いえ、いつも一人です。私のバーは、一人で来られる女性は珍しくありませんから」

今江は、口の端に笑みを浮かべる。自分を目当てに来る客も多いと言いたげな顔だった。

「被害者とされている双葉さんを最後に見たのは、今回の事件が起こったとされる日で間違いありませんね」

「はい。常連さんが来られた日は、ノートにチェックしています。その日に頼まれたものや、会話の中で得た情報……たとえば、趣味嗜好などを書き込んでいます」

「どうして、そんなことをされているのでしょうか」

「接客業ですからね。気に入ってもらえるように、個々人の情報を記録していて損はありませんよ」

「企業努力、というやつですね」中里は頷く。

「双葉さんは、お酒を飲まれていましたか」

「いえ、飲んでいません。双葉さん、妊娠していたので」

「お酒を飲まないのに、バーに来たんですか」

今江の頬が一瞬だけ痙攣《けいれん》する。

「私の店は、ノンアルコールカクテルも豊富にあるんです。彼女はそれを飲んでいました」

双葉麗香は妊娠三カ月だった。そして、婚約者が転勤になったため、一カ月前に仕事を辞めている。今回の件が発生した一週間後が、婚約者の転勤先へ引っ越す日だった。

「つまり、素面《しらふ》の状態でしたね」

「少なくとも、私の店ではアルコールを提供していません」

「分かりました。では、バーにいたときの双葉さんの状況を教えてください」

その質問に対し、五秒ほど間を置いてから今江は口を開く。

「午後八時くらいに一人で来られてから、ノンアルコールカクテルを二杯飲んでいました。そのときはカウンターに座っていたのですが、二つ隣の席に、あの方が座っていたんです」

今江は被告人である久留米を見る。

「被告人との面識はありましたか」

「いえ、ありません。初めての来店でした」

「では、被告人と双葉さんに面識はありそうでしたか」

「ないと思います。たまたま、双葉さんが好きな映画の話題を出して、あの人が話に入ってきたんです」

「それから、どうなりましたか」

「かなり盛り上がっていました」

「どのくらいの時間、話していたんでしょう」

「二時間ぐらいだったと思います」

「映画の話を？」

「……どうでしょうか。私は、新しく来店された方の接客をしていましたので、途中から聞いていませんでした」

「その後、どうなりましたか」

「二人で店を出ていきました」

「そうですか。初対面の相手と二時間話しただけで、一緒に店を出たのですね。ちなみに、店から出るときは、身体を触れ合っていましたか」

「異議あり！　不適切な尋問です！」

目を怒らせた雨宮が大声を出す。

「異議を認めます」裁判長は頭を左に傾けた。

「ただいまの質問は記録から削除されます」

中里は、ネクタイの結び目に手で触れる。

検事の異議も、裁判長の判断も想定内だ。いわば布石。

「ともかく、双葉さんと被告人は、二人で店を出た。それは間違いないことですね」

中里は、爽やかな声を心がける。

「はい」

今江は頷く。

目が合った。

中里は舌を少しだけ出して唇を濡らしたあと、胸を張って声を効率的に出す。

「最後の質問です。あなたは、双葉さんと肉体関係がありましたか」

「異議あり！」雨宮が毅然として立ち上がる。

「本件とは関係のない質問……」

「いえ、大いに関係があります」強い口調で遮る。

「この件の回答を得ることは、真実を明らかにすることと同義です。この質問を認めてくだされば、この事件の真相がきっと分かるはずです」

裁判長は渋面を作る。

「……異議は却下します。証人は質問に答えてください」

喉仏を動かした今江は、一度言いよどむ。

「真実を話してください。あなたは、双葉さんと肉体関係がありましたか」

「……過去に、ありました」

すべてが予定通りに進んでいるという心地良さが、胸のあたりにじわりと染み渡る。

「過去とは、いつ頃のことですか。ちなみに、ここで嘘をつくと罰せられる可能性がありますよ」

「……五カ月ほど、前のことです」

「最後の肉体関係ということですね」

中里の問いに、今江はぎこちなく頷く。

「どのくらいの期間続いていましたか」

「……一年くらいだったと思います」

「以上です」

そう言いつつ、傍聴席に目を向ける。

最前列で、憎悪の視線を送ってくる男がいた。

双葉麗香の婚約者である、置鮎謙介《おきあゆけんすけ》。

歯を食いしばっている置鮎は、今にも飛びかかってきそうだった。

怒りに満ちた表情。それを見た中里は、大きな満足感を得た。

5

裁判長の判事室で、中里は、検事である雨宮と対峙《たいじ》していた。

「弁護人から、新しい証拠物件を提出したいという要望がありましてね」

両者の中間に座る裁判長が、そう言いつつ咳をする。煙草の吸い過ぎでＣＯＰＤにでもなったのかと思うような苦しそうな咳だった。

「……いったい、どんな証拠なんでしょうか」

表情を強張らせた雨宮が訊ねる。警戒心丸出しだった。

「今回争われているのは、被告人が双葉麗香さんを強姦したか否かです。そして、検察は強姦を疑い、私は、合意あっての性行為だと考え、被告人もそう主張しています」

「あんなに傷つけておいて合意があったなんて……」

「まだ話をしている最中ですよ」

中里が窘めると、雨宮は顔を歪める。反論したそうに口を開いていたが、声は出さなかった。

「そこで私は、被告人と何度も面談し、合意があったという証拠がないかを尋ねました。被告人はないと言い張りましたが、前回の公判の後、何かを隠していると疑ったので、追及したら、実は、動画を撮影していたと吐いたんです。そのデータを、被告人は隠していました」

「……動画？」

雨宮は大きく目を見開く。

「そうです。しかも、性行為をしているときにハンディカメラで撮影したものです。被告人はそれを隠していたんです。今ここで、ノートパソコンを使って見ることができます。撮影された時間は、三日間の内の中日である金曜日です。どうしますか」

中里の問いに、雨宮が頷く。

すでに再生準備は万端だった。裁判長の座る机の上に置いたノートパソコンの画面が見える位置に、中里と雨宮が移動する。

再生ボタンを押す。

最初は、部屋の映像が画面に映り、すぐに双葉の顔が映る。その顔は笑っていた。

〈えー、これで写すの？〉

甘えたような声。目の焦点が合っておらず、表情も変に弛緩《しかん》している。

〈いいじゃん。顔は映さないし、すぐに消すからさ。こっちのほうが興奮するから〉

久留米の声であることは明らかだった。

なおも双葉は断るが、そのままなし崩しに性行為が始まった。

その様子を見る。そこには、無理やりという雰囲気はまったくない。ただただ二人で性行為を楽しんでいるようにしか映っていなかった。

裸の双葉の下腹部がほんの僅かに膨らんでいるように見える。そこを、久留米はしきりに手で押しながら、突き続ける。

〈ちょっと痛いかも〉

そう言った久留米は、どこかから取り出した安全ピンを、双葉の乳房に押し付ける。

痛いと言いつつ、双葉は抵抗しようとしなかった。

「もう、いいです」

絞り出すような声を発した雨宮は、嫌悪感が浮き彫りになった顔を背ける。

もう少し、雨宮が苦悶《くもん》するのを見たかったので、動画を止めなかった。

「もう消しなさい」

好奇心を押し隠せない様子の裁判長の言葉で、中里はようやく停止ボタンを押した。

粘っこい静寂が部屋を満たす。

先ほどの定位置に戻った雨宮は、恨めしそうに中里を見た。

「これは、新証拠として認められません」

雨宮は断言する。

「どうしてでしょうか」

「この動画では、真実は分かりません。動画に映っていないところで脅しているかもしれませんし、薬物が検出されていますので、この動画を撮影している時点で、正常な判断ができていない可能性が高いです。すべての状況を映しているのなら別ですが」

「残念ながら、この動画しかありませんでした」

嘘だった。どう考えても強姦しているとしか思えないものがほとんどだったが、すでに削除済みだ。

雨宮は、綺麗に手入れされた髪を耳にかける。少しだけ余裕を取り戻したようだった。

「全容が記録されているならまだしも、この動画だけでは真実は分かりません。切り取り、都合のいいように編集された可能性が非常に高いです」

「そうですね」

裁判長も納得したように頷く。いや、動画を見ることができて満足したかのように頷いたと表現したほうが近いなと中里は内心思った。

「残念ですが、仕方ありません」

中里はそう言いつつ、顔がにやけるのを押し隠すのに必死だった。

証拠として採用される必要はなかった。これを裁判長に見せること自体が目的だからだ。判断を下すのは裁判長だ。だから、この動画を見せた時点で、目的は達成していた。

あとは、最後の仕上げに取り掛かるだけだ。

## 6

公判が始まった。

今回の裁判では、検察側の証人として、双葉麗香の元同僚と、当時の上司が出廷した。彼らは、主に双葉が品行方正であることや、婚約者とは高校生の頃から付き合っているという無意味な話をだらだらとするだけに終始し、中里は、途中で眠りそうになってしまった。

通り一遍の反対尋問をして証人尋問を終わらせてから、中里は弁護人請求の証人尋問を要求し、双葉麗香の隣に住む吉田龍を再度尋問したいと告げる。中里は、事前に吉田に声をかけ、傍聴席に座ってもらっていた。召喚を受けたわけではない在廷証人。当初、吉田は行くことを拒んだが、出廷しない場合はどんな結果になるか分かっているだろうなと脅しをかて操った。

「すでに尋問したじゃないですか」

難色を示す裁判長に、中里は真っ直ぐな視線を投げる。

「真実を見極めるために、必須の工程だと思料します」

「最初の尋問のときに、すべてを聞いておくべきでしょう」

「状況が違います」

「……状況とは？」

「被告人と真摯に話した結果、新しい証言などを得ることができました。それを踏まえて、もう一度質問したいのです。三分もかかりません」

短く済ませることを強調する。

裁判長は迷っている様子だったが、やむを得ないと言いたげな顔を作って了承した。

弁護人の主尋問が始まった。

証言台の前には、吉田が立っている。

自分がどうして、再度この場に立っているのか理解できないといった困惑の表情。怯えが見える。中里には、獲物に見えた。

「私がお聞きするのは、一つだけです」聞き取りやすい発音を心がける。

「どうして、木曜日と金曜日ではなく、土曜日に通報したのですか」

「……それは、前にも言いましたけど、悲鳴が聞こえたのがですね、土曜日だったんです」

吉田は、恐る恐るといった調子で返答する。

「木曜日と金曜日には、たしかに双葉麗香さんと被告人が在宅でした。本当に、なにも聞こえなかったのですね」

「……はい」

「あれから、あのマンションの調査をしましたが、ずいぶんと安普請のマンションですね。壁は薄く、隣の部屋でした咳も聞こえてきましたよ。二人が性行為に及んでいた場合、間違いなく聞こえるはずです。本当は聞こえていたんですよね？　声を聞いて、一人で楽しんでいたんじゃないですか？」

「異議あり！　弁護人の憶測であり、相当でない誘導尋問です！」

雨宮が声を張り上げる。

「質問を変えます」中里は動じない。

「叫び声が聞こえたのは、土曜日ですね」

「……は、はい」

返事が震えていた。動揺しているのか、証言台の縁を強く握っている。

「分かりました。私は、あなたの証言は真実だと、信じています」

中里は、これ以上ないくらいに優しい声を出す。検察側の敵性証人を取り込む手はずは整った。

「吉田さんは事実を述べています。だからこそ、被告人の無罪を証明することになるのです」

雨宮の顔を一瞥する。その目は、大きく見開かれていた。意外だったのだろう。

中里は笑いを堪えるため、拳が白くなるまで手を握った。

「吉田さんが声を聞いていないということは、木曜日と金曜日、被告人は双葉麗香さんと一緒に、普通に過ごしていたことになります。もちろん、猿轡を嚙まされ、声を出せない状況だったかもしれませんが、三日目には悲鳴を上げています。三日目だけ、偶然猿轡を外されていた？　考えにくいことです。三日間とも猿轡を嚙まされていたか、もしくは、三日間とも、猿轡などなかったかでしょう。そして、被害者とされる双葉麗香さんは、三日目に悲鳴を上げているので、後者の可能性が高いと考えます。

ところで、双葉麗香さんは三日間強姦されたと言っていますよね。どうして、三日目である土曜日にしか悲鳴を上げなかったんでしょうか。これはつまり、最初は合意のもとに、情事に及んでいたと考えざるを得ません。でも、途中から被告人の行為が激しくなり、それに恐れをなして悲鳴を上げたのでしょう。これこそ、一番筋が通ります。

今さら言うまでもありませんが、裁判を起こした検察側は、合理的な疑いを差し挟む余地なく、犯罪を立証しなければなりません。双葉麗香さんは強姦されたと訴えていますが、第三者の証言を総合的に判断すると、合理的な疑いがあることは明らかです。私は、双葉麗香さんは、性に対して寛容だったのではないかと考えます。どうか、彼女のお腹の中にいる赤ん坊のDNA鑑定をしてみてください。本当に、婚約者との間にできた子供なのでしょうか」

発言を終えた中里は、顎を上げて、天井のライトを見た。

沈黙が法廷内を満たす。

クラシックコンサートの演奏が終わった瞬間に似ている。

静寂を破る声。

「ふざけんなっ！」

神聖な一瞬を穢《けが》された中里は、声の方向がした傍聴席を睨みつける。

男が、柵を乗り越えてこちらに突進してきた。双葉麗香の婚約者だ。何かを喚いているが、言葉になっていない。

寸前で、警備員に取り押さえられる。男の目には、殺意が宿っていた。

二人の警備員の制止を振りほどこうとするが、最終的に床にうつ伏せにされて身体の動きを封じられる。

その様子を、中里は見下ろした。思わず笑みがこぼれ落ちてしまった。

後日。判決が言い渡された。

被告人は無罪。

理由として裁判長は、最終的に行為が過激になったものの、合意の上で性行為に及んだ可能性が否定できず、合理的な疑いを差し挟む余地があるということだった。

## 7

東京地方裁判所の地下にある食堂でコーヒーを飲みつつ、読みかけの文庫本のページをめくる。

ふと、対面に誰かが立っている気配がして視線を上げた。

検事の雨宮だった。スーツを戦闘服とでも思っているのだろう。皺ひとつない、完璧な装いだ。腕を組み、こちらを睨みつけている。勝気な表情のなかに、苛立ちが見て取れた。

「どうしたんですか」

見上げつつ訊ねる。下から見ても、端整な顔立ちは変わらない。見事な造形だ。やはり検事にしておくには惜しい人材だと思う。

「前から、あなたのやり方は気に食わないと思っていたんです」

瞳が潤んでいるように思う。感情が昂ると涙腺が緩むタイプか。

「どこらへんが気に食わないんでしょうか」

そう訊ねつつ、椅子に座るように勧める。雨宮は一瞬逡巡した様子を見せたものの、仁王立ちの状態を維持した。

中里と雨宮が法廷で戦ったのは、幸か不幸か、これで二度目だった。

前回は、つまらない詐欺事件だったが、検察側が呼んだ証人の信用性を失墜させるため、悉《ことごと》く非難した。中には泣き崩れた証人もいたが、裁判に勝つことが自分の仕事であり、証人がどうなろうと知ったことではない。

前回も、今回も勝った。雨宮は優秀だという噂だったが、中里からしてみれば、まだまだ甘い。己の利益の最大化のために、すべてを利用するという覚悟が足りない。

「……あなたは、人を人とも思わないんですか」

雨宮は、口惜しそうに唇を曲げながら訊ねた。

当然だ。他人の気持ちは分かる。感受性は豊かなほうだ。だからといって、寄り添う必要はない。

心の内でそう思いつつ、別のことを言う。

「わざわざ、そんなことを言いに？」文庫本を閉じた中里は、背凭れに寄り掛かる。

「私の弁護の方法がどうであれ、あなたには関係ありません。私は、依頼人を守る義務がある。それだけです」

「勝てば、それでいいんですか」

「そのとおりです」

そう答えた中里は、腕時計に視線をやる。

「失礼。これから、久留米君と祝勝会をすることになっているんです」

立ち上がった中里は、コーヒーカップを返却し、食堂を出る。

今回の裁判でも、徹底的に相手を攻撃することによって勝利を手にした。

噂によれば、強姦されたと訴えた双葉麗香は、久留米の無罪判決が下り、検察側が控訴を検討している途中に自殺したらしい。

どうでもいい情報だ。

## 8

品川《しながわ》区の戸建ての住宅で、人が倒れているという110番通報があった。駆けつけた警察官により、身元がすぐに判明する。

中里真吾。

自宅の玄関先で何者かに刺し殺され、開頭されていた。当日、妻である早希は実家に泊まっていた。

発見者は、朝刊を配っていた新聞配達員だった。半分開けられた玄関扉から血が流れていることに気づき、扉を開けると、脳みそを剝き出しにした中里が廊下の奥で倒れていたという。

司法解剖の結果、多量のアルコールと、毒物であるゲルセミウム・エレガンスが検出された。死因は出血性ショック死。生きたまま開頭されていた。

警察の捜査により、久留米篤典と居酒屋で酒を飲み、帰宅したところを狙われたようだった。なお、久留米にはアリバイがあり、目撃者はいなかった。

容疑者として、直近の裁判の判決を苦に自殺した女性の婚約者だった置鮎謙介が浮上したが、ほかにも中里を恨んでいる人間は数多く、決定的な証拠がない中、捜査は難航した。

## 9

藍子は、前を歩く二つの背中を見ていた。

少し癖のある髪の辻町と、短く刈り込んだ香取。年齢は一回り以上離れているだろう。香取の身長は、辻町よりも低い。やや上を向いて喋る香取の横顔には、辻町に対する憧憬が見て取れた。

「いったい、なにが起こっているんでしょうかね」

香取は今日五度目の質問を投げかけた。この事件を追っている捜査員たちが共通して持っている疑問でもあるだろう。

「殺人事件がいくつも起こっているとしか言えない」

素っ気ない返事をした辻町に不満を覚えたのか、香取は振り返ってきた。

「本当に、怖い世の中になりましたね」

どう返事をしたらいいのか分からなかった藍子は、とりあえず同意しておいた。

今日一日、三人で犯行現場を見て回ったが、成果は得られていなかった。警視庁捜査一課の辻町と、新宿署刑事課の香取がペアを組んで行動するのは当然として、藍子も一緒にいるのは、辻町の情報屋という説明を香取が簡単に信じたからだ。

お人好しだなと藍子は思いつつ、駅に向かう。

最初に渋谷警察署に設置された捜査本部は特捜本部に格上げになり、目黒区、新宿区、そして今回、中里真吾の遺体が発見された品川区管内を管轄する警察署にも特捜本部が設置され、横の連携を取りつつ事件の捜査を進めている。

先に起こった三件と、今回の事件を合わせた四件の殺人事件は、発生の間隔が短いことと、頭を開頭されて扁桃体を取り出されていることから、特捜本部内では同一犯による犯行という見方で一致していた。

容疑者は何人か浮上しているものの、決定的な手がかりが欠けている状況で、捜査員たちも苛立っているらしかった。

「物騒ですよねぇ。こんなに立て続けに殺人が起こるなんて。しかも、明らかに猟奇殺人」

ぼやくように言った香取は、藍子と並んで歩く。

「日本での、一年間の行方不明者の数って知ってます？」

「八万人くらいですよね」

香取は目を見開き、意外そうな顔をした。

「……よく知っていますね」

前に、失踪者の記事を書いたことがあると言おうとしたが、香取の前ではあくまで情報屋だということを思い出す。

香取は、血色のいい唇を動かす。

「八万人というのは間違いないんですけど、これは行方不明者届が受理された件数で、ほとんどが家出なんです。その中で犯罪に巻き込まれたのは1％未満と言われています」

「でも、毎年、数百人から数千人が、理由も分からずに姿を消して見つかっていないんですよね」

香取は、目を皿のように丸くする。

「藍子さんは博学ですねぇ。さすが情報屋です」

腕を組んで感心するような声を出したところで、携帯電話の電子音が聞こえてくる。香取は慌ててポケットから携帯電話を取り出して耳に当てた。

ぼそぼそと話す香取から視線を外した藍子は、辻町を見る。

一定のペースで歩く後ろ姿。細身のわりに肩幅が広く、姿勢が良い。武道か格闘技をやっているのだろう。

キリングクラブのトラブル対処要員であると同時に、警視庁捜査一課の刑事でもある。それだけでも不思議なのだが、警察組織の一員であって、そうではないような立場にいられるのはどうしてだろうか。刑事との両立など、時間的に不可能のような気がした。

「すみません。ちょっと本部に呼ばれたので帰ります」

「なにか進展があれば教えてくれ」

「もちろんですよ」

立ち止まった辻町の言葉に、香取が応じる。そして、頭を下げてから、一人で先に駅に向かっていった。

「辻町さんは、行かなくていいんですか」

小さくなった背中を見ながら藍子が問う。

「俺は、こういったスタイルで捜査をして、実績を出している」

「警察組織って、そんなに融通が利くんですか」

「一課長の遥か上の人間から、これでいいと言われているから問題ない」

つまらなそうに言った辻町は、再び歩き始める。

遥か上。

それがどれほどの地位かは想像できないが、それなりの権限を持っている人間に違いない。

特別扱いの理由は、キリングクラブにあるのだろうか。

興味はあったが、答えてくれないだろうなと思う。

二人は電車に乗って、新宿駅で降りる。スーツを着たサラリーマンや、キャリーバッグを持つ大勢の旅行者を掻き分けつつ、駅を出た。そして、辻町のマンションへと辿り着く。

立地も外観も申し分ないマンションだ。

辻町は真っ直ぐに冷蔵庫へと向かい、ペットボトルの炭酸水を取り出してから、一つを藍子に手渡した。

二人で飲みつつ、リビングに移動する。テーブルの上に写真が置いてあり、四つのグループに分けられていた。

ジャーナリストの青柳祐介、会社社長の高瀬和彦。弁護士の中里真吾。脳外科医の國生明。

バストアップの写真がそれぞれ一枚ずつと、遺体となった写真が複数。どれも生々しいものだった。

「容疑者三人のうち、二人が死んだ」

辻町が淡々と言う。

「つまり、容疑者は一人に絞られたということですね」

唯一、遺体の写真がない男がいた。

脳外科医の國生明。血の通っていない、無機質な表情をしている。國生が持つ目を見ていると、自分が被験者になったような心地がしてくる。

「容疑者の選定は、キリングクラブが決めたことだ。國生で間違いないだろうな」

「新宿事件は、どう解釈するんですか」

藍子の問いに、辻町は奇妙な顔になった。笑っているようでもあり、ただ顔を歪めただけのようにも見える。

「戸塚は、キリングクラブの人間ではない。つまり、考える必要はない」

サラリーマンの戸塚秋稔。テーブルの上に写真が置かれていなかった。別の事件と考えているのだろうか。

同じ殺され方なのに。

「殺された中里真吾は、品川区の自宅で殺されていたんですよね。鈍器はネイルハンマーで、頭蓋骨が割れていたって聞きました。そして、ほかの三人と同じく、毒物を飲まされた上で、扁桃体を綺麗に切除されていました。三人は同じ人間に殺されたんです。いえ、戸塚だって、似たような手口で襲撃された上に、扁桃体を切除されているので、四人を殺したのは同一犯じゃないんですか」

その言葉に、辻町は答えない。

藍子は問う。

「同一人物の犯行じゃないって言いたいんですか」

「まだ分からない。ただ、犯人は脳外科医の國生明だ。それを確かめる必要がある」

「尾行すれば、なにか分かるかもしれませんよ」

藍子の提案に、辻町は首を横に振る。

「ゲストに対して、その行為は禁止されている。俺は、一切私生活に干渉してはいけないことになっている」

即答した辻町に対して、藍子は疑問を抱く。

「それなら、どうやって國生が犯人かどうかを探るんですか」

「確実に國生が犯人である証拠を摑むしかない」

「尾行もせずに？」

「そうだ」

「アリバイは確かめたんですか」

「それも禁忌に触れる」

「じゃあ、どうやって」

「犯行現場に残されているものを徹底的に調べて、遺体に残っている証拠から國生が犯人であると決定する。後は、周囲の目撃証言。客観的証拠を積み重ねる」

藍子は内心呆れる。辻町のことだから、もっと派手な方法を取るのかと思っていた。そもそも、犯行現場に証拠は残っていない。目撃証言もない。どうしようもないではないか。

「それなら私は、なにをすればいいんですか」

その質問には答えず辻町は背を向けて、別室へと姿を消してしまった。なにをしているのかと思っていると、すぐに戻ってくる。手に、封筒を持っていた。

「この中には、特捜本部で挙がった被疑者の写真が百人ほど入っている」

「……百人」

「殺人の件数が多いから、本当はもっといるが、俺が選別した。念のため、この中に、青柳祐介の家に行ったときに目撃したとされる人物がいないかを確認してくれ。犯人は國生で間違いないが、共犯者がいるかもしれない」

封筒の中身を取り出す。老若男女。さまざまな顔の人間が映っている。

「……一つ、聞きたいんですけど」

一枚ずつ確認しながら言う。

「なんだ」

「辻町さんは、本当に國生が犯人で間違いないと思っているんですか。キ、リ、ン、グ、ク、ラ、ブ、に、い、る、ほかの人間を疑ってはいないんですか」

沈黙が生まれる。息苦しくなるような、重い沈黙。

藍子の視線が、辻町の姿を捉える。

「キリングクラブに、脳外科医は何人いるんでしょうか」

辻町は顔を上げる。

「どうして、そんなことを聞く」

真意を見定めるような目。いや、場合によってはこの場で消されそうな静かな凄味《すごみ》が瞳に宿っていた。

「だって、今回殺された四人の遺体には、脳外科手術の素養が見られたんですよね。いくらキリングクラブが容疑者を選定したとはいえ、國生を犯人と断定するのも危険かと思ったんです。あれは、素人には絶対できないって見解でしたよね。だったら、ほかの脳外科医も……」

「粗さも見られるがな」

「プロなら、素人のように見せかけることができるって言っていたじゃないですか」

辻町は薄い唇の端を指で掻いた後、口を開いた。

「人数は言えないが、複数人いる。ただ、キリングクラブが指定したのは、國生だ」

「つまり、キリングクラブには脳外科医が複数人いて、犯人ではないと断言はできないけれど、キリングクラブが選んだという理由だけで、國生が犯人ということになっているんですね」

無言。

藍子は、それを同意と受け取った。

## 10

キリングクラブに出勤した藍子は、来ているかどうかも分からない國生を捜すために歩き回った。あまりにも広大な地下フロアに、人が蠢いている。縦横無尽に歩く彼らを避けるのは苦労する。

煌びやかな衣装に身を包んだ人々が酒を飲み、談笑し、賭けに興じ、セックスを求めている。どこを見ても金の臭いがする。

いつもの風景だったが、一つだけ違うことがある。

キリングクラブのゲスト三人が殺されたという事実。

クラブ内では、それが話題の中心になっていいはずだ。それなのに、語られていなかった。少なくとも、藍子の耳には入ってこなかった。

ゲストたちに恐怖心は見当たらない。キリングクラブのゲストが三人も殺されているのに。彼らはどことなく、この状況を楽しんでいるように見えた。不思議だった。

フロア内を一周し終えた藍子は、汗で肌に貼りついたワイシャツを不快に感じ、背筋を伸ばした。

今日も、國生の姿はなかった。これで三日目だ。そして、辻町の姿もない。

二周目を回ろうと足を踏み出したところで、チーフの姿が目に入った。

「ちょっといいか」

近づいてきたチーフは、口をへの字に曲げ、不満そうな顔をしている。そして、藍子が返事をしないうちに、厨房の先にある事務所へと連行された。

部屋の隅にある椅子を持ってきたチーフは、そこに藍子を座らせ、自らは立ったまま腕を組む。

「いったい、誰を捜しているんだ」

唐突に問われた藍子は、考える猶予を得るために欠伸《あくび》をする。

「辻町さんです」

國生のことを話すなと釘を刺されているわけではなかったが、説明が面倒だった。

「辻町……」

復唱したチーフは、合点がいったように頷いた。

「ああ、番犬の名前か」

「番犬？」

チーフは頷く。

「キリングクラブには、いくつかの役割があるのは知っているだろ」

「給仕とか、ホステスってことですか」

「そう。ここには、さまざまな役割を担う人が集められて、ゲストをもてなす。その一つが、番犬」

「警備員みたいな感じですね」

辻町の顔を頭に浮かべる。捜査一課の刑事である辻町なら、適任だろう。

チーフは、口をへの字に曲げた。

「その要素もあるが、それよりももっと攻撃的な役割を担ってもいる。だから、我々の間では、彼らを番犬と呼んでいる。キリングクラブには黒いスーツを着た人間がいて、二種類に区別されている。ネクタイの色が濃紺なのが番犬で、それ以外は護衛」

辻町は濃紺のネクタイをしているから番犬だなと思いつつ、頭に疑問が浮かぶ。

「番犬と護衛って、違うんですか」

もちろんだ、とチーフは頷く。

「護衛は、キリングクラブでゲストの道案内や身辺の世話をする人物。なにかが起きたときに、防御の役割を担う。番犬は、番犬。彼らは攻撃もするし、さまざまな用途に使われたりもする」

説明になっていない。

チーフは腕を組んだ。

「でも、どうして番犬なんかを捜して……」途中で言葉を止め、含み笑いを浮かべる。

「好意があるのか」

「そうだと思います」

淀みなく言った藍子の顔を、チーフはまじまじと見つめた。

「動揺しないのか」

「そんな歳じゃないですから」

藍子の回答が気に入ったのか、チーフは声を上げてひとしきり笑い、再び不満そうな顔をした。

「どうせ叶わない夢だろうが、番犬だけは止めておいたほうがいい。彼らは、猛戦士《ベルセルク》みたいなものだからな。まぁ、辻町って男は、分別のあるほうらしいが」

「……ベルセルク？　どういう意味ですか」

質問するが、チーフは答えずに、藍子を事務所から追い出す。

いったいなにを聞こうとしたのかと疑問に思いつつ、フロアに戻り、再び人捜しを始める。

ゲストを避け、周囲を見渡しつつ歩く。

人が多いし、いろいろな場所に移動するので、たとえここに國生がいたとしても、見つけられない可能性は多分にあった。

歩きすぎて足が痛くなってきた。

今日はこのくらいにしようと思い、シャンデリアの真下を通りすぎたところで、足を止める。

バーカウンターで、一人で酒を飲みながら、熱心になにかを見ている國生が目に入った。

ようやく見つけた。

勘付かれないぎりぎりの場所まで近づいて、それとなく手元を確認した。なにを見ているのだろう。

國生は、スマートフォンの画面を見つめている。

よく見えないので、もう一歩近づく。

遠目で画面が見える位置に立った藍子は、唾を飲み込んだ。

そこには、内臓が映っていた。画面がスクロールされる。人だ。しかも、死んでいるのが明らかだった。顔がぺしゃんこに潰れていた。

そう認識した瞬間。

國生が顔を上げ、二人の視線がぶつかった。

# 第四章

# 脳外科医

# 1

慶專大学病院。第十二手術室。

ハイブリッド手術室と呼ばれている場所は、高性能な血管レントゲン装置と手術台を統合した手術室であり、最新鋭の医療機器を惜しげもなく投入していた。草原をイメージしているのか、リノリウムの床や天井は緑色をしている。壁は薄い黄色。談話室と言ってもいいくらいに内装に凝っているが、國生はここに来ると、遺体置き場《モルグ》を連想した。冷たく、無機質な空間。

壁際で看護師が、大きな台の上に金属の器具を並べている。

視線を戻す。

患者が部屋の中央に横たえられていた。麻酔が効いており、意識はない。

仰臥位《ぎょうがい》で上半身を軽度挙上《きょじょう》。頭部は健側《けんそく》へ三十度回旋し、頸《けい》静脈への圧迫を解除し静脈還流を確保するため、下顎を挙上したスニッフィングポジションに固定。ベッドの背板は十五度挙上。前頭蓋底《ぜんとうがいてい》が床面に垂直になるようにする。

完璧な状態だ。

「俎板《まないた》の上の患者《コイ》について説明する」國生は淡々と喋り始める。

「五十一歳男性。眩暈を主訴。頭部MRA検査で左内頸動脈の眼動脈分岐部動脈瘤《りゅう》を発見。最大径5・2㎜、ネック径3・6㎜の上方突出型の動脈瘤を認めた。術前に三次元脳血管造影と3D FIESTAを使用し、フュージョン画像を作成。脳脊髄液を示す高信号域の中に動脈瘤があり、硬膜内に存在すると診断。手術適応ありと判断した」

國生は周囲を一瞥した後、早速皮膚切開を始める。

浅側頭動脈《せんそくとう》本幹を温存し、皮弁《ひべん》を挙上するため、カーブを描くように切開する。耳珠《じじゅ》の前方から毛髪線正中に至るためだ。

切開を終え、次に、開頭器を使い、プテリオンを中心として前頭側、側頭側にほぼ対称に開頭していく。

つまらない手術だと内心で呟く。これでは、恍惚《こうこつ》が得られない。

國生は機械的に手を動かしつつ、説明を加える。

開頭後、眼窩《がんか》外側壁を平坦化し、頭蓋底と硬膜の剝離を行う。

「メス刃の腹側を前床突起の基部外側にあてがうようにして切り離していくと、正しい剝離面を捉えられる。また、メス刃の腹の面で固有硬膜を上方に引き上げることで動眼神経に物理的損傷を与えることがない。このとき、動眼神経は骨膜硬膜のみで覆われているので、細心の注意をするべきだ」

その言葉に、シニアレジデントの一人である坂本《さかもと》が感心したように頷いたのを、視界の端で捉えた。

「剥離面からの止血が不十分の場合、顕微鏡の強拡大で出血部分を把握し、適切に処理するように。ちなみに、微小な動脈性出血に対して有効なものはなんだ？　坂本、答えろ」

「……え」

急に当てられた坂本が声を漏らす。マスクでほとんど覆われていたので表情は見えなかったが、瞳に驚きの色が浮かんでいる。

「……低出力バイポーラで焼灼《しょうしゃく》でしょうか」

虚を突かれたわりには、反応が早いなと國生は思う。

「では、静脈性出血の場合はどうだ」

「……青ベリをあてがいます。ちなみに、海綿静脈洞の一部が開放された場合も、同様の処置でいけます」

「よろしい」

返答を聞きながら、前床突起切除を行う。ドリルの先端で骨の厚みを感じつつ削除し、前床突起部中心の空洞化を実施。視神経管が開放され視神経の減圧が十分であり、内頸動脈C3部が確保できていることを確認し、手術を終えた。

## 2

午後六時四十五分。

坂本は、大学病院の食堂でカレーを頰張りながら、准教授である國生の手術を思い出していた。彼の手術は、まさに芸術だった。職人技を持つ脳外科医はいるが、國生はそれを芸術の域にまで昇華している。

美しかった。

まるでダンスをしているようだった。身のこなしや手さばき。見惚《みと》れてしまう。

「おい。ぼーっとしてどうした」声の方向を向くと、シニアレジデントの藤沢《ふじさわ》が立っていた。下卑た笑みを浮かべている。

「昨日セックスした女のことでも考えていたんか？」

「……違いますって」

坂本は辟易《へきえき》するが、顔には出さないように努める。藤沢のことが苦手だったが、先輩レジデントに嫌われると、なにかと面倒だ。二つ年上で、岩のような体軀《たいく》をしている。学生時代は医学部に所属しながらアメリカンフットボールのレギュラーだった強者だ。

藤沢は手に持っていたトレイを置いて目の前に座った。大盛りの醬油《しょうゆ》ラーメンと、大盛りチャーハンと餃子《ギョーザ》十二個が載っていた。

「……よく食べますね」

「体力勝負だからな。お前もよく食っておけよ。筋力や体力は人を裏切らない」

豪快に笑った藤田は、プラスチックの箸《はし》を手に取って、ラーメンをすすり始める。

坂本はため息をついてから、残りのカレーを頬張った。

あと十五分ほどで閉店するため、食堂にはほとんど人がいない。

「それで、なにを考えていたんだよ」

「え？」

「さっきだよ」藤沢は眉間に皺を寄せる。

「妙に恍惚とした表情をしていたぞ。なにかいいことでもあったのか」

「……その」

言い淀むと、藤沢は舌打ちをした。

「なんだよ。早く言えよ。嘘はつくんじゃねぇぞ。お前、嘘をつくと鼻が膨らむんだからな」

「……國生准教授の手術のことを考えていたんです」

誤魔化すことを断念した坂本は、正直に告げる。

それを聞いた藤沢は、しばらく視線を注いでから、嫌いな食べ物を無理やり口に詰め込まれたかのような顔をする。

「手術狂のことかよ」

蔑むような声だった。

手術狂。

一部の人間は、國生のことをそう呼んでいることは知っていたが、坂本は、その言葉が嫌いだった。

藤沢は、上下の唇が入れ替わってしまうのではないかというほど歪める。

「お前、取り憑《つ》かれでもしたのか」

「いえ、そういうわけでは……」

「止めておけ。あれは人間じゃない」まるで怪談話でもしているように、声を潜める。

「取り憑かれて呪い殺されても、知らねえぞ」

——國生に取り憑かれる。

脳神経外科の医局内では、よく聞かれる言葉だった。

歯の隙間から息を吐いた藤沢は、ぼさぼさの頭を掻く。髪の毛に付着していた埃《ほこり》が舞った。

「お前の言いたいことは分かるし、気持ちも理解できる。何度見ても、あの人の手術は完璧だ。どんなイレギュラーが発生しても冷静に対処して、すべてを片付けちまう。いわば超高性能手術マシンだ。だが、あれは、人間の心がないからできることで、お前がそこを目指す必要はない。別次元なんだよ」

藤沢は、口の周りに付いたラーメンの汁を手で拭う。

「別に、目指しているわけじゃ……」

語尾を萎ませた坂本は、眼鏡の位置を直す。

國生の手術は完璧だ。技術も知識も判断力も、他の脳外科医を凌《しの》いでいる。しかし、完璧な手術をするというのは、必ず成功させて患者を助けていることと同義ではなかった。

國生は、好んで手術をする。いや、無理にでも手術をしたがっているように見て取れた。

――あの手術狂は、人を切り刻むのが好きなんだ。医者にならなきゃ連続殺人鬼になっていたはずだ。

これも、陰口の一つである。

國生の手術はたしかに素晴らしいが、普通の脳外科医ならば手術適応がないと判断するケースでも、手術を選択することが多い。

脳腫瘍の治療方法は、腫瘍の性格、部位や大きさ、その悪性度、腫瘍倍加時間《ダブリングタイム》などの要因によって決められる。

手術で腫瘍をすべて取り除くことができれば、完治する可能性が高い。ただ、グレードⅢ・Ⅳの悪性グリオーマの場合は慎重に検討する必要がある。肉眼で、ここからここまでががんだ、と指摘することは困難だった。がん細胞が正常な組織の中に浸潤しているためだ。

國生は、手術での切除を選択することが多かった。一般のがんでは、手術で100%取れる見込みがない場合、手術適応がないと言われているが、一方で、腫瘍の95%から98%が切除できれば、生命予後は非常に良いと考えられている。悪性脳腫瘍では、脳という特殊な臓器のため、100%の摘出はほぼ不可能である。浸潤しているからといって、むやみに切除してしまうと、運動機能や言語機能が損なわれてしまうのだ。

腫瘍が切除できても、人間としての形をなさなくなってしまったら意味がない。國生がメスを握ったからこそ助かった命は数多くある。しかし、生ける屍《しかばね》となってしまった患者も少なくなかった。

「おい、噂をすればだ。手術狂が来たぞ」

藤沢が顎で指す。背後を振り返ると、國生が自動販売機の前に立っていた。

背筋を伸ばして立つ國生は、かなり身長が高かった。白衣に身を包んだ身体は引き締まっている。彫りが深く、どこか浮世離れしたような表情。外国人に見間違われることもあるようだ。当然、女性陣には人気があった。

しかし坂本は、國生の姿を怖いと感じた。畏怖とも違う。怒り狂う落雷の中、平原で空を見つめているような感覚。本能が危険だと警鐘を鳴らし、その場から早く逃げるべきだと叫んでいるような気がした。

それでも、なぜか雷の光に惹かれてしまうのだ。魅入られたような感覚に戸惑いを覚えていた。

「なに見惚れてるんだよ」藤沢が怪訝そうな顔をする。

「……まさか、惚れてんのか？」

「ち、違いますって」

「まぁ、他人の恋路の邪魔はしないから安心しろ」

茶化した藤沢は、お先、と言って空になった容器の載ったトレイを戻しに立ち上がる。

坂本は、離れていく後ろ姿を睨みつけた後、もう一度、國生のほうへと身体を捻《ね》じ曲げた。

すでに、姿は掻き消えていた。

3

午前二時三十分。

血を流した女性が救急車のストレッチャーで運ばれてきた。

坂本は救急救命士に視線を向ける。

「容態はどんなですか」

「女性。三十歳。マンションのベランダから転落」

「何階から？」

「七階です。下に駐車していた車のフロントガラスにぶつかったようで、側頭部を強打しています。意識があり、混乱しているものの、受け答えはできます。血圧は九〇の六〇、脈拍は一二〇。頭部に割創《かつそう》多数。止血はしましたが、現場で大量の出血があった模様。手足の骨折や変形はありません」

「他に怪我人は？」

「落下地点の車両の運転席にいた男性と助手席の女性の傷は軽微でした。すでに近隣の病院に搬送しています」

話を聞きながら、ラテックスの手袋をはめ、頭部の傷に詰められたガーゼをはずした。血糊で固まった髪を掻きわける。

傷は十五センチほどあり、頭蓋骨が見える。亀裂からは、脳組織が滲み出ていた。

坂本は、呼吸が荒くなるのを自覚する。背中にびっしょりと汗をかいていた。

マスクの下で、深呼吸を繰り返した。

バックボードの下に差し込まれた書類をめくり、名前を確認する。菊池映美《きくちえみ》。

「菊池さん。指とつま先を動かしてください」

「……こんな……感じですか」

口を覆っているプラスチック製のマスクの下で、苦しそうに喘《あえ》ぎながらも、はっきりと答えた。

指とつま先は、しっかりと動いている。

七階からの落下にもかかわらず、外傷は少ない。両肘に打撲。手足の骨折がないのは奇跡としか言いようがない。見た目は元気そうだ。しかし、安心はできなかった。

気丈そうに話していたのに、不意に死ぬ患者もいるのだ。医者になって、人間の生命力と、その脆《もろ》さを嫌というほど見てきた。

疲労で霞《かす》む目を、瞬きで誤魔化す。

落ちた衝撃は、頭に集中しているようだった。傷ついた脳は、数時間経てから浮腫が起きることがある。

普段、脳は髄液の中でゆらゆらと揺れているが、強い衝撃で揺さぶられると、脳は頭蓋骨にぶつかり、橋架静脈から引きちぎられ、静脈から血液が染み出し、硬膜下浮腫によって血の塊が作られる。さらに、脳の損傷部に液が凝縮して浮腫ができる。頭蓋骨内で脳は膨らみ、脳ヘルニアにより脳幹が圧迫されて障害が起き、結果、呼吸停止となって生命活動が停止する。

「これから、傷口をちょっと縫いますから」

そう言った坂本は、若いジュニアレジデントの医師に傷を縫うように指示した。

「手術のときに開くから、簡単に素早くで」

ジュニアレジデントは、染み出てくる脳組織に慄《おのの》きつつ、作業を開始した。

映美の胸部と腹部を調べる者、検査室に送る血液のサンプルを採取する者、静脈ラインを挿し込む者、骨折や裂傷がないかを確認し、皮膚からガラスの破片を取り除く者。

「血液型と適合を確認して、濃厚赤血球《MAP》液を四単位用意。それに、乳酸加リンゲル液を一リットル。二〇Gの末梢静脈路を二本確保して、急速静注で血圧の安定化を」

言いつつ、看護師に輸血の準備を進めるよう伝えた。

頭をフル回転させる。自分の脳から汗が噴き出ているような錯覚を覚えた。

まずは、バイタルサインの安定化。血圧の上昇がみられない場合には、膠質《こうしつ》液を使用して、それでも反応しない場合は昇圧剤を使用するべきだろう。ともかく、バイタルサインを安定させ、その後、各種画像検査が順当。

指示をしつつ、坂本は手術室のスケジュールを確認する。どこも埋まっていた。ただ、第八手術室は、朝の九時まで空いている。九時からは同じ医局の手術だ。その時間に終わることは難しいが、こちらの患者のほうが急を要する。

ナースステーションに電話をかけた。

「第八手術室に、器具のトレイを用意して欲しい。それで……」

「駄目だ」

低く、力のある声が聞こえる。

いつの間にか背後に立っていた國生が、勢いよく受話器を奪い取った。

「あの患者の手術は、九時までに終わらないだろ」

冷たい目で見下ろされた坂本は、身動きを取ることができなかった。釣りあげられた魚のように、口を開閉する。

「しかし……今、運ばれてきた急患は……」

やっとの思いで言うが、すぐに手で制される。

「第八で手術を控えているのは、中菱《なかびし》商事の会長だ」

「……ＶＩＰ、ですか」

「そうだ。私が執刀する。良性脳腫瘍だが、なるべく早く切除する必要がある」

「……それなら、こっちの患者はどうすればいいんですか」

國生は返答せず、冷めた視線を向けてくる。分かりきったことだろうと言っているようだった。

「……別の病院に送れって、ことですか」

「答えは明白だ。後は自分で考えろ」

「ですが、この患者は一刻の猶予も……」

國生の顔が、わずかに歪んだ。

「マンションの七階から飛び降りたとなると、二十五メートル前後の高さだ。その場合、頭や胸、腹部の片側に損傷が発生する場合が多い。肋骨離断や内臓が破裂している場合だってある。つまり、脳と腹部の両方を手術する必要があるということだ。そんなこと、短時間ではできないだろう」

「ですが……」

「反論の余地はない。第八手術室が使えない状況下で、お前が取るべき最善の策は、別の病院に移すことだ」

なおも抗《あらが》おうとするが、気持ちがすぐに萎えてしまった。國生の前では、抵抗は無意味な行為だ。

「……分かりました」

一刻の猶予もない。坂本は、震える指でボタンを押し、近隣の病院に片っ端から電話をし始めた。

しかし、運の悪いことに、同時刻に国道二四六号線で玉突き事故が発生し、多数の重傷者が出ていることから、なかなか移送先が見つからなかった。こうしている間にも、患者が助かる見込みがどんどん少なくなっていく。

頬に汗が伝う。耳鳴りがした。

電話をかけ続け、最後の病院に断られたところで、受話器を置いた。

別の案を考えなければならない。歯を食いしばって考えた。焦燥感が、思考能力を鈍化させる。どんな妙案も、浮かんできそうになかった。

少し離れた場所に立っている國生の視線を感じる。それは、薬物投与後に動物がどのような反応を示すかを観察する研究員のような冷たいものだった。自分がモルモットになったような気分になる。

「坂本先生！　菊池さんの両親が病院に来られています」

ジュニアレジデントの女性が、血相を変えてやってきた。

「……まだ、待ってもらえるかな」

その返答に、女性医師が困惑した表情を浮かべた。

「ですが……」言い淀んだ後、続ける。

「菊池さんの父親が、厚生労働大臣の菊池壮一郎《そういちろう》のようなんです。どうしても会わせろと噛みつかんばかりの勢いで……」

「それは本当か」

声を発したのは、國生だった。

「は、はい」

女性医師が頷く。

「それを早く言え」

苛立ちを露にした國生は、すぐに受話器を手に取って耳に当てた。

「第八手術室に急患だ。すぐに用意しろ。九時からの手術までには終わらせる。不測の事態が起きたら延期だ……あぁ、そうだ。カリウム値が低すぎると説明する」

口早に言った國生は、受話器を置く。

「状況が変わった。すぐにFASTの準備をしろ。内臓の損傷を調べる」

坂本は、内心に蟠《わだかま》りを残しつつも、指示に従う。FASTは、体腔内のエコーフリースペースを探して出血の有無を検索するものだ。

國生はコンベックスを手に持ち、心膜腔《しんまくくう》からモリソン窩、右胸腔、脾《ひ》周囲、左胸腔、ダグラス窩の順に動かして確認する。

「陰性だ」

國生の言葉に、坂本は小さく息を吐いた。

最悪の状況ではない。しかし、まだ最悪に近い。

「念のため、ポータブルで胸部レントゲンを」

國生は、一瞬の迷いもなく作業を続ける。

血圧が下がっている映美は、喘ぐように顔を歪めている。瞳孔も不均衡だった。

「呼吸は苦しいですか」

坂本が問うと、映美は無言で頷く。

國生は、横たわっている映美を見る。まるで、風景でも眺めているような、静かな視線だった。

「眩しい光は見えるか」

唐突に尋ねる。映美は反応しない。

「もう一度聞く。眩しい光が見えるか」

再度の問い。

映美は、朦朧《もうろう》とした視線で國生を見つつ、弱々しく首を横に振った。

「脳を救う。急げ」

國生は坂本に向かって言い、麻酔科医と心胸郭《しんきょうかく》のフェローに的確に指示していき、第八手術室に向かった。


國生が執刀し、緊急手術が行われた。そして、きっかり五時間で終わらせ、映美は一命を取り留めた。脳の損傷が酷く、神の手を持つ國生でなければ無理だっただろう。一刻の猶予もない中で、國生は最大の成果を挙げた。

その後、手術を終えた國生は休憩を入れずに、第八手術室で予定されていたＶＩＰの手術を執り行い、首尾よく成功させた。

信じられない体力と集中力。

やはり人間ではない。

坂本は、心の底からそう思った。

## 4

頭痛がした。

酷い頭痛だ。胃液がせり上がってくるのを、唾液を飲み込んで押し戻す。

アスピリンでは、決して治らない。

渇望が、頭痛となって國生を苛《さいな》んでいた。

もっと、恍惚状態になれる手術をしなければ、この疼きは治まらない。スリルのある手術をしなければならない。

ただ、手術はあっても、満足のいくスリルを味わうことができない場合が多い。そのときの渇望は、耐えがたいものだった。

スリルを求めるため、無差別に人間を切り刻む必要性と必然性が内奥に渦巻いている。捕まるリスク。大歓迎だ。リスクは大きければ大きいほど良い。それくらい張り合いがなくては困る。理性では抑え込むことができない、純然で強固な欲望。

首筋を手で揉んだ後、ゆっくりと息を吐いてから歩を進めた。

映美が入院する個室病棟に行くと、二人の男がベッドの傍に立っていた。一人は恰幅《かっぷく》が良く、もう一人はスーツを着ている。仕立ての良いスーツだが、型が崩れていた。顔には、緊張と疲労。よほど、コキ使われているのだろう。

恰幅が良いほうの男がこちらを見て、大きな口を開いた。

「おお！　これはこれは！　大先生！」

仰々しい喋り方。悪人面の福笑いのような顔。政治家らしいなと思う。

厚生労働大臣の菊池壮一郎。六十歳を越えているとは思えない快活さと容姿を持つ男が、破顔した。

「娘が、大変お世話になりました」

その場から一歩も動こうとしない壮一郎は、申しわけ程度に頭を下げた。

國生は目礼し、映美の容態を確認する。

術中も思っていたが、そこそこの美人だった。顔についた傷ですら、その美貌を損なっていない。やはり、利用価値は大いにある。

「気分はどうですか」

「問題ないです」

視線を合わせてきた映美の瞳を覗き込む。瞳の色から、好意が感じられる。

「なにか気になることや不安なことはありますか」

「うーん……ちょっと退屈ですね。それ以外は特に」

映美は口元を綻ばせる。表情に媚《こ》びが見て取れた。

「それは良かった」

國生は、幼少期に鏡で何度も練習した笑みを浮かべ、壮一郎に向き直った。

「娘さんは順調に回復していますよ」

「そうですかそうですか！　一粒種の娘なので、いなくなったらどうしようかと思いましたよ！　感謝感謝！」

威圧に近い大声で言いつつ、両手で握手をしてくる。國生は、過剰な演出に気づかないふりをして素直に応じた。すごい手汗だなと思う。内臓疾患を疑ったが、指摘するつもりはなかった。

「本当に、先生がいてくれて助かりました！」

「私は、ただ仕事をしただけですから」

「そんな謙遜しなくてもいいですよ！」

豪快に笑い続ける壮一郎は、隣にいる男に目配せする。

「ほら、早く渡さないか」

打って変わって口調が傲慢になる。

命令された男は、どうやら秘書のようだ。男は一言も発することなく、手に持っている紙袋を手渡す。中には羊羹《ようかん》と、封筒が入っていた。

「これは、ほんのお礼です。二つほど入っていますので」

汚い笑み。

「甘いものは好きなので、ありがたくいただきます」

素直に受け取る。当然の報酬だ。

「では、今後ともよろしくお願いしますよ先生！」

壮一郎は高級食材で膨らんだ腹を一度叩いてから、病室を去っていった。

目礼した國生は、再び映美に視線を向けた。

「旦那様は、もうお見舞いに来られたのですか」

左手の薬指を見ながら訊ねる。偽物と思ってしまうくらいの大きさのダイヤモンド。ずいぶんと高価そうだ。

國生の質問に少し驚いたのか、アーモンド形の目を丸くする。

「まだ、婚約中なんです」

映美は結婚指輪を邪魔そうに弄び、それを外してサイドテーブルに置いた。

心中の揺れ。それが、手に取るように分かる。

「立ち入った話をお聞きします。どうして、マンションから転落したんでしょうか。柵などは壊れていなかったようですが、不注意かなにかですか」

「……いえ」

戸惑ったような表情。しかし、それも一瞬のことだった。

「実は、喧嘩をしたんです」

「喧嘩ですか。原因は、婚約者の方にあるのでしょうか」

くどくない程度に、同情を示す顔を作った。

「そうなんです！」映美は感情を露にする。

「浮気していたんですよ！　会社の女とです！　携帯電話を確認したら浮気してて、それで喧嘩になって、飛び降りると脅したんです。でも、あいつは本気にしなくて。それで手すりに乗り上げたら、風に煽《あお》られて落ちてしまって」

馬鹿だな、と思ったが、おくびにも出さない。

目の前の女は、感情に左右されやすい人間。好都合だ。感情をコントロールできない人間は、操縦しやすい。

「そうでしたか。それで、婚約は継続されるのですか」

「もちろん破棄に決まっています。この前お父さんに言って、祖父の会社から追放してもらいました」

憎しみのこもった顔で、吐き捨てるように言う。しかし、育ちが良いのか不思議と下品には見えない。

出自だけがいい女。しかし、その出自に國生は惹かれた。強力なコネクションがあると、なにかと動きやすくなる。

この女を、取り込むメリットとデメリットを勘案しようとしたが、止める。

考えるまでもない。

國生は僅かに口角を上げる。自分の魅力を最大限引き出すことのできる表情。己の容姿が武器になることは知っている。映美が何不自由ない人生を歩んでいるのは間違いない。頼もしい人間に常に囲まれて育ったはずだ。だからこそ、映美は頼られることに慣れていないだろうし、頼られるのを好むタイプに違いない。

こういった女へのアプローチの最適解は、母性本能をくすぐるような、戸惑いの混じった柔らかい笑みだ。

「それは、大変でしたね」

「いいんです。あのまま結婚しても、いいことはありませんでしたから」

「もう少し安静にしていれば、近いうちに退院できますので」

「退院……そうですね」映美は少しだけ目を潤ませた。

「……もしよろしければ、もう少し先生とお話ししたいんですが」

「今ですか？」

腕時計を見る。すると、映美は慌てて頭《かぶり》を振った。

「いいえ、退院したらで結構です……駄目でしょうか」

相手が断らないという自信が見え隠れした表情。

國生は、視線を逸らす。逡巡しているように見えるだろう。

「分かりました。構いません。私でよければ、いつでもお付き合いさせていただきます」

「よかった」

安堵の吐息を漏らした映美は、白い歯を見せた。欲しいものをすべて手に入れてきた傲慢さを感じる。実に分かりやすく、また、コントロールしやすい人種だ。

國生は目を細める。

「また伺います」

踵《きびす》を返して病室を出た。

映美との結婚生活を考える。多少の苦労はあるだろうが、上手くやれるだろう。厚生労働大臣の庇護下にあれば、多少の無茶は可能だ。訴訟が起きても片づけやすくなる。

廊下を歩きながら、自然と口元に笑みが浮かんだ。

國生は、今後のスケジュールを頭の中で構築する。

まず、今の妻と離婚する準備を始めなければならない。

## 5

あらかたの仕事を終えて医局に戻った坂本は、椅子に腰かけ、缶コーヒーのプルトップを開けた。

目を閉じ、國生が執刀した手術を思い出す。

一瞬の迷いも、動揺もない見事な手つき。一連の所作すべてが芸術に思えてしまう。

外科サイコパス。

手術狂と並び、ほかの医師が國生を評するときに使う言葉だ。

難しい脳腫瘍の手術を強引に執り行い、患者を四肢麻痺にさせておきながら、その直後にゴルフを楽しむことができる。

冷徹で冷淡。

二つとも國生に当てはまるものだが、しかし、どこか違うような気がしてならなかった。

脳外科医は冷静でなければならない。どんな状況にも対応し、瞬時に判断する能力が求められる。その点は國生も例に漏れず、脳外科医の資質を持ち合わせているのは間違いない。

ただ、それ以上に、國生は凡人の理解が及ばない範囲を持っていて、それを誰にも気づかれない浅瀬に隠しているような印象があった。

それが、原始的な恐怖心を掻き立てる。

「寝るなら横になれ」

突然声がしたので、坂本は驚いて目を開く。

そこに、國生がいた。

「お、お疲れさまです」

坂本は立ち上がって頭を下げる。

「立たなくていい」

静かに言った國生は、テーブルの上にコーヒーカップを置いてから座った。

坂本は従い、椅子に腰かける。

「座っていられるときは絶対に立つな。横になれるときは絶対に座るな。眠れる時は絶対に起きるな。脳外科医の鉄則だろう」

湯気が立ったコーヒーを一口飲んだ國生は、ゆっくりと息を吐いた。

「どうか、したのでしょうか」

おずおずと訊ねる。医局には、ほかの医師はいない。國生と二人きりで話す機会など、ほとんどなかったので、緊張で口の中が一瞬で乾いてしまった。

缶コーヒーを口に含んだ後、喉を湿らせる。

「仕事は終わったのか？」

「ええ。今日の分は、ほとんど終わっています」

「そうか」

意味のない会話を、國生は好まない。だからこのやり取りをしている坂本は、不思議でならなかった。

「一つ聞く。君は、私のようになりたいか」

唐突に質問されたので、答えに詰まった。

慶専大学病院の准教授。人間的な評価は別として、たしかな腕を持っている脳外科医。なりたくないわけがない。ただ、すぐに点頭する気にはなれなかった。

「否定的ということか」

「ち、違います」坂本は慌てる。

「もちろんなりたいです。ですが、どうして……」

言い終えないうちに、國生はカルテを投げてよこした。

「今度の手術、お前だけは反対しなかったな」

受け取ったカルテを確認した。午前中に送られてきた患者だった。

「名前は内村由紀《うちむらゆき》」國生は淡々とした声を発する。

「十七歳。クモ膜下出血を起こしている。出血の位置は後循環の動脈の一つだ」

カルテを繰る。

クモ膜下出血による脳の損傷に対して、脳神経外科医ができることはほとんどなく、頭蓋骨の一部を切り取って動脈瘤の根元を小さな金属のクリップで止める〝クリッピング〟という方法と、頭蓋骨を開けることなく、脳の血管の中に細い管を入れて、動脈瘤の中に細い金属の糸を詰め込んで固める〝塞栓術〟という方法ぐらいである。

ほかの医師たちは、この手術には相当な危険があると判断した。いや、やるだけ無駄と判断した、と表現したほうが適切だろう。

理由は二つある。

まず、この患者には、ヴァートが一本しかなかった。

脳には頸部を通って太い動脈が四本伸びている。首の前面にある二本の頸動脈と、二本の椎骨《ついこつ》動脈。ヴァートは、椎骨動脈の隠語《スラング》で、頸《くび》の後ろの頸椎に沿って通っている。今回の患者は、右の椎骨動脈一本しかない先天異常だった。四本あれば、そのうちの一本を数分間クリップ止めしても問題はない。しかし、この患者は代替ルートを持たないので、数秒間血流を止めただけでも致命傷になる。

手術が無駄だと考えるもう一つの理由が、枝に付いたブドウのように、動脈瘤が五つもあることだ。どの動脈瘤から出血しているのか不明だったので、すべてをクリップ止めしなければならない。非常に高度な技術を要する、難しいものだった。

「ほかの奴らは、手術をしないほうがいいという意見だった」

動脈瘤のクリップ止めは、統計学的手術だった。つまり、手術がより良い結果を保証するわけではなく、統計的に手術を受けたほうが生き延びる可能性があるというだけのこと。

「私が手術をすれば、絶対に、良い結果になる」

國生は断言する。しかし、手術に絶対はない。その上、この手術はかなりの危険を伴うものだった。成功率は、限りなく低く、普通の判断なら手術は回避する。

「下馬評では、手術は無謀ということになっている。それなのに、どうしてお前は手術に賛成したんだ」

真意を見定めるような視線。

坂本の回答は一つしかなかった。しかし、それを告げることに躊躇があった。

「……先生なら、手術を成功させられると思ったからです」

國生に睨まれた坂本は、脊髄に冷たい液体が流れたような感覚を覚える。

「はぐらかすな。私は、本当のことが知りたいんだ」

國生は冷たく言い放つ。その瞳は、すべてを見透かしているようだった。

坂本は唾を飲み込む。背中から発汗し、息を深く吸いこめなかった。殺生与奪の権利を持つ人間を目の前にしているような息苦しさを感じる。

「……面白そうだからです」

やっとの思いで発した言葉は、自分でも身の毛がよだつものだった。

この告白は、本心だった。今回のような稀有《けう》な症例を、國生がどう処理するのかが見たかった。ただそれだけで、患者の生死は考えなかった。

難しい症例を好んで手術する脳外科医は多くいる。國生はその最たるものだった。芸術的とも言える手術を間近で見ることができる。考えるだけで興奮する状況だ。

國生の反応が怖かった坂本は、顔を伏せ気味にしていたが、なんの反応もなかったので、恐る恐る顔を上げた。

國生は、晴れやかな笑みを浮かべていた。

「理解者を得られるというのは、とても嬉しいことだ。君は見込みがあるな。でも、まだ躊躇が見られる。だから、一つだけ助言をしよう。もし恐怖を感じなかったら、どういう行動を取るか。判断に迷ったときがあったら、これを思い出して、そして実践するべきだ」

弾んだ声。

坂本は、後頭部に痺れを感じた。

目の前の男は、自分の理解が及ばない。それなのに、そこに共感を覚える自分を、空恐ろしく思った。

「そうだ。今度、私の家に来ないか？」

思いがけない提案に、坂本は目を瞬かせる。

「准教授の、ご自宅ですか」

「ああ」國生は頷く。

「私の考えを理解してくれる人はあまりいなくてね。君とは、一度じっくり話したいと思ったんだよ」

弁解するように言った國生は、指で頬を掻く。

「いきなりで悪かったね。また、気が向いたときにでも……」

「あ、あの……是非、よろしくお願いします。まさかお誘いいただけるなんて、思いもしませんでした」

坂本は慌てて言う。

それを聞いた國生は、嬉しそうに笑った。

「よかった。妻も喜ぶよ。身内自慢になるかもしれないが、妻は料理が上手いんだ。しかも美人ときている。きっと、気に入ると思うよ」

國生の言葉に他意はないだろう。それなのに、坂本は微かに居心地の悪さを感じる。

その原因は、最後まで分からなかった。

## 6

國生は、内村由紀の病室に足を踏み入れた。

ベッドの横に置いてある椅子に、疲れた様子の老いた母親が座っている。

「大丈夫ですか」

國生は仰向けで天井を見ている内村に話しかける。

「……はい」

痙攣させるように目を瞬かせた由紀は返事をした。消え入りそうな声。

今回のクモ膜下出血では、とくに障害は出ていなかった。少しだけ呂律《ろれつ》が回っていないようにも感じるが、もともとこのような喋り方なのかもしれない。

「あの……手術は本当に大丈夫なんでしょうか」

座っている母親が、すがりつくように見上げてきた。

「もちろんです」

「でも、大変な手術だと聞きましたけど……」

「問題ありません。よっぽどのことがないかぎり、障害も残りません」

見下ろしながら、きっぱりと答える。口から出まかせ。

「そうですか……」

不安を払拭しきれない様子で、握りしめていたハンカチで目元を拭う。

「これまで大事に育ててきた一人娘なんです……本当に、よろしくお願いします」

涙声を出した母親から、國生は一歩離れた。

「私が執刀するので大丈夫です」

「そう言っていただけると……でも、不安で不安で……」

ついには泣き出した。その姿を汚らしいと思いつつ、國生は視線を由紀に向ける。

「手術には体力が必要です。今はゆっくりと休んでください」

目礼をしてから、踵を返す。

「先生」

由紀が呼び止めたので、國生は立ち止まって振り返る。

「もうすぐ彼氏と付き合って一年の記念日なんですけど、手術が終わったら、外出できますか」

能天気な女だ。

國生は額に手を当てて、記念日の日にちを聞く。手術後、すぐの日程だ。順調に回復しても、難しいだろう。

「無理をしなければ、外出も可能でしょう」

そう返事をしてから、母親に声をかけた。

「いい娘さんに育ちましたね」

突然の言葉に、母親は目を瞬かせる。

國生は、特殊な先天異常を持って育ってくれたことに対して、心からの感謝を述べる必要性を感じていた。

雑務を片づけた國生は、映美の個室に向かう。

一日九万円のベッド代を要する個室には、バスやシャワー、応接セットがあった。内装も、相部屋とは異なる。高級ホテルと表現するのは大袈裟だが、過ごしやすい空間にするために、いろいろと工夫がされていた。

「先生」

ソファーに腰かけてファッション誌を読んでいた映美と視線が合う。熱い眼差しだった。

「容態は、どうですか」

訊ねながら近づく。すると、映美は國生の袖を引っ張り、隣に座らせた。

まだ頭の包帯は外せていないものの、顔の傷は、大部分が癒えている。顔全体に化粧はしていなかったが、アイラインだけは引いているらしかった。

「こんなことを言ったら変かもしれないけど、私、マンションから落ちて良かった」

映美は、甘ったるい声を発した。

國生の判断によっては、今ごろ死んでいたなんて夢にも思っていない女。騙され、利用される存在。

患者というものは、病院という空間において弱者だ。そして、強者である医師や看護師に対し、簡単に恋をする傾向にある。

「先生に会えて、本当に嬉しい」

キスを求められたので、素直に応じることにした。

「……奥さんとは……別れて、くれるんでしょう？」

執拗に舌を絡ませたせいで、口の周りに唾液が付着している。それを指で拭った國生は、顎を引いた。

「もちろん。すでに結婚生活は破綻しているからね」

その返答に、映美は満足そうに口角を上げた。

結婚生活は順調だった。最近までは。

準備は着々と進んでいる。

映美に利用価値を見出してから、家庭では、冷たい態度を徹底していた。

妻に対して不満はなかった。よく家を守り、気丈に二人の息子を育てている。ただ、不運なことに、より自分のためになる女が現れてしまった。結果、妻が用なしになってしまった。

より良いものを求めるのは、人間として当然の権利だ。

今や、映美の心は手中にある。

早く離婚をしなければならない。それも、できるだけ円満に。

暴力を使う必要はない。精神的に追い込めばいいのだ。

そして、機が熟した段階で、坂本と不貞行為をさせればいい。そのためには、妻と仲良くなってもらわなくてはならない。

妻はまだ三十五歳と若く、スタイルも維持している。精神的に衰弱させ、逃げ道を閉ざす。

そして、機会を提供するのだ。そうすれば、上手くいく可能性が高い。弱った人間は、流されやすい。坂本と不貞行為をした暁には、離婚へと持ち込むことができる。

隠しカメラや盗聴器は、すでに設置してあった。もちろん、家で行われるとは限らないので、興信所の人間を雇うことにしていた。そのくらいの出費は、痛くも痒《かゆ》くもない。

もし、計画が思い通りに進まなくても、ほかにいくらでも手段はある。

「先生のこと、お父さんには言ってあるから」

「どういう反応だった？」

ここが肝心だ。菊池壮一郎が否定した場合、どうしようもない。

「ちょっとびっくりしていたみたいだけど、納得してくれたわ」

「それは良かった」

國生は、順調に物事が運んでいることに満足感を覚える。

## 7

内村由紀の手術当日。

静寂の手術室で手術着に身を包んだ國生は、手術用マスクの下で深い呼吸をした後、患者を見下ろす。

「さて、頭蓋に穴を開けるぞ」

そう言い、助手に選んだ坂本に目配せをする。坂本は緊張している様子だったが、しっかりと頷いた。

ドリルで穴を開けていき、ニッパーのような形をしたリュエルを使って切り開く。

小脳が露出する。最初に起こった出血により、表面が茶色く汚れていた。

メスの刃を動かしながら、脳と頭蓋骨の間にでき始めている瘢痕《はんこん》組織を切り取りつつ、椎骨動脈の主幹を探るため、目を細めた。

外科医は、創傷を直接見ることができない。手術用顕微鏡のアイピースを覗き込みつつ、遠隔操作を行う。顕微鏡によって拡大されているので、微かな手の震えも痙攣性の旋回運動をしているように見える。

開創器を調節し、小脳をゆっくりと頭蓋骨から引き離す。脈打つ椎骨動脈と、動脈瘤の膨らみが確認できた。

囊《のう》状の膨らみを前後左右に捩《ね》じり、付け根部分を探し、クリップ止めをする。

一つ。二つ。三つ。四つ。

目標を捉えて、撃破していく戦闘機を思う。少しの誤差も許されない。面白い手術だと思う。難易度が高い。ミリ単位の操作をミスすれば、目の前の命は消えるのだ。プレッシャーはない。暇つぶしとして最適なスリル。

最後の動脈瘤を処置しようとした。

その時、身体に揺れを感じた。

「……地震」

看護師が周囲を見渡しながら声を発する。

地鳴り。かなり大きな揺れだった。

「吸引器だ！」

國生の声が手術室に響く。

創傷が赤く染まり、小脳から血が噴き出ている。地震の揺れによって、動脈瘤にメスが触れて傷をつけてしまっていた。

「血圧を下げますか！」

坂本の声。

「駄目だ。仮止めクリップをよこせ。血圧は絶対に下げるな」

國生は鳥肌を立てる。冷たい血液が流れこみ、全身を循環しているような感覚。

マスクの下で笑みを浮かべる。

素晴らしい時間だ！

有意義な暇つぶしだ！

叫びたい衝動を抑え、手を動かす。

「仮止めクリップだ！」

すぐに看護師はそれに応じる。愚鈍な人間としては、上出来な反応だ。

吸引器が噴き出す血液を吸いこみ、再び視界が開ける。その隙にクリップのブレードで血管の周囲を挟むと、出血が止まった。

國生は指示する。

「バルビツレートを投与！」

身体がどんどん冷たくなり、頭が冴えていく感覚。恍惚感と表現する以外に言葉が見当たらなかった。

感情の視野狭窄《きょうさく》が加速する。これだ。無関係なものを完全に排除し、純粋に一点に集中した。すべての細胞が完全に覚醒する感覚。

潰れた動脈瘤の周囲にできた厚い凝血塊を吸い取る。

再びの地震。耐震工事を施してある建物がこれほど揺れるのだ。震度五ほどの揺れを、國生は一切考慮にいれない。

手を止めなかった。ブレもない。

自然の脅威が、身に降り注いでいる。國生はそれを撥《は》ね除《の》け、制圧する。

嚢状の動脈瘤を引っ張り、椎骨動脈そのものを詰まらせずにクリップ止めできる場所を探した。

仮止めクリップを挟んだことにより、脳へと向かう血液は途絶えている。うかうかしていると、目の前の患者は死んでしまうだろう。

自分の手の内に、この患者の命がある。

全能感に酔いしれる。

普通ならば三十分かかる作業を、一分間でしなければならない。後遺症を気にしなければ四分弱か。

國生は一分間を選択する。助けた患者《さくひん》は、美しい状態でなければならない。

「徐脈しています！　脳が酸欠状態です！」

坂本の声が、水の中から聞いているかのように遠くに聞こえる。

強引に動脈瘤を動かす。修復不能な穴が開く危険があったが、躊躇《ためら》わなかった。

冷たい血が全身を駆け巡り、脳から指先までが研ぎ澄まされる。

付け根を見つけた。

「十五ミリの永久《パーマネント》クリップ！」

クリップが鉗子《かんし》に装填《そうてん》される。國生は、動脈瘤の周りに銀色のブレードを押し込み、縛る。

ジャスト一分。

——すべて上手くいった！

叫びたい衝動を抑え、代わりに大きく息を吐いた。

「……頭を閉じてやれ」

両手を垂らして虚脱した國生は、坂本に指示した。

「わ、分かりました！」

慌てた様子の坂本だったが、目に力がこもっている。問題なくやり遂げてくれるだろう。

横たわっている患者を一瞥した。

いいものに仕上がったという満足感が、全身を支配した。

## 8

華やかで煌びやかな空間。そして、その恩恵を与《あずか》る資格を持つ者が集い、談笑し、快楽を享受する。

キリングクラブ。

ここは、同種の集まりだった。

成功したサイコパス。世界を動かす側の人間が集う地。これは、ゲストの面々を見れば明白だった。

贅の限りを尽くし、毎回趣向を凝らした楽しみを提供してくれる空間。

日本に、こんなコミュニティーがあるのかと驚かされたし、千代田区の地底に巨大な空間が存在しているなんて思いもよらなかった。運営主体も謎だ。当初は、反社会的勢力が関係しているのかと推測したが、どうやらそうではないらしい。

この場所を知り、このように使用でき、秘密を厳守した上で運営できる者。見当もつかなかった。

行き交うゲストの面々に視線を向ける。

誰もが、金の匂いをさせていた。当然だろう。成功したサイコパスは、大儲《キリング》けが得意だからだ。

國生は大学病院の准教授なので、並みの給料しかもらえていない。しかし、積極的にＶＩＰの命を助ける見返りとして、給料を凌駕《りょうが》する謝礼を貰っている。また、大企業の社長といった権力者の主治医をして、甘い汁を吸ってもいた。

ここのゲストの職業は多種多様だった。当然、稼ぎも違う。警察官といった、高級とは言えない職業のゲストもいるが、彼らも本業とは別の方法で金を稼ぎ、また、支配者として君臨していた。彼らは暇つぶしのために金を稼ぎ、快楽によって退屈を紛らわせている。

ここの存在を知らず、同種を見つけられない状態が続いたら、どうなっていただろうかと思うときがある。

阿呆の集団に囲まれる日々。考えるだけで悪寒と吐き気がした。

外科手術で人を切り刻み、難しい症例でスリルを味わうだけでは満足がいかない。もっと、派手に人体を蹂躙《じゅうりん》し、殺《キリング》したい。

身の破滅という甘美な誘惑を、なんとか抑える。キリングクラブが錨《アンカー》の役割を担っていた。ここがなければ、どこに流されるか分からないゲストは大勢いる。

思う存分、殺したいという欲求は常に内奥に渦巻いていた。部屋に侵入してきた蟻を潰すように。しかも、なるべくスリルを感じられる方法で。

國生は考えを巡らせつつ、バー・スペースでカミュ・キュヴェ5・150の入ったグラスを傾けた。

ブランデーを飲む習慣はなかったが、ここに来たら必ず飲むことにしていた。これを飲むと、キリングクラブに来たという実感が湧く。いわば、俗世と隔絶するためのスイッチのようなものだ。

キリングクラブ。

ここのゲストになるためには、すでにゲストになっている人間からの紹介が必要だった。もちろん、身辺調査もされているに違いない。

成功したサイコパスの社交場。

人口の4％ほど存在しているサイコパス。その中で支配階級となっているサイコパスは約1％。

ここは、その1％の選ばれた人間が集える貴重な場所だった。

「お久しぶりですね」

声がした方向を見ると、千沙が立っていた。平均的な顔立ちをしているが、妙な雰囲気を持っている。肌の露出を避けたドレスを着ているものの、妖艶な雰囲気を隠すことはできていなかった。

キリングクラブには、多くのホステスがいる。個人差はあるが、容姿も頭脳も申し分ない。その中にあって、千沙の容姿はやや劣っている。しかし、気になる人物だった。

明確な理由はないが、なんとなく記憶に残る。濃霧のような存在といえば適切か。実体があり、見ることもできる。ただ、手を伸ばしても感触がない。それでいて、霧はかなりの影響がある。ハンドル操作を狂わせ、人を迷わせる。そんな能力を持っていそうな女。

過大評価しすぎか、それとも、これでも過小評価なのか。

「手術、してきたの?」

「どうしてそう思うんだ」

訊ねると、千沙は微かに笑う。

「人を殺してきたような雰囲気をまとっているから。そういう人って、匂いで分かるんだ」

本気とも冗談ともつかない返答だった。

「つまらない手術だったよ」

千沙の目を覗き込む。その瞳は、燃えるような輝きを帯びていた。

「成功した?」

「命は救ったが、左目を失明させた。ついでに左半身に後遺症が残るだろうな」

「それは災難」

千沙は楽しそうに笑う。

「この世界から消えても、なんの問題もない男だ」國生は、手術を終えたばかりの県知事の名前を挙げる。

「金の魔力に取り憑かれているだけのゴミだよ」

吐き捨てるように言った。

金を儲ける。

これは、ゲストの暇つぶしの一つだ。しかし、金のために金を儲ける人間とは違う。

ここにいるゲストは、金儲けをして、それで得た地位や力をもってして他人を支配し、息抜きをする。

金の亡者とは異なった価値観で生きている。

千沙は、自分の耳朶《じだ》を触った。

「その県知事の両目を潰しちゃえば、金に目が眩《くら》むこともなくなるのに」

身体を近づけてくる。仄《ほの》かな香水の香り。

國生は軽快に笑う。

「良い考えだ。脳腫瘍が再発したら、次は右目を見えなくさせるよ。ただ、殺すのだけは駄目だ。謝礼の額がいいからな」

「生かさず殺さずが、一番良さそうね……それか、右手を動かそうと思ったら左足が動くとか、目を開けたいと思ったら踵《かかと》が浮くとか、そんな感じにしたら面白いと思わない？」

楽しそうに言った千沙の顔が、急に真面目になる。

そして、そう言えば、と声をひそめた。

「最近起きている殺人事件、知ってる？」

「殺人事件なんて珍しいことじゃない」

「キリングクラブのゲストが狙われたように殺されているの。知らない？」

「ニュースを見て、すぐに気づいたよ」

國生は答える。

「なにか知ってる？」

千沙は燃え上がる目を向ける。そこに飛び込みたいと思わせるような、明るい炎だった。

「……どうだろうな」國生は首を傾げた。

「医療現場では、ある意味では殺人事件が頻発しているからな。あまり興味が湧かない」

「そうなの？」

「ああ」

僅かに顎を引いた。

「もしかしたら、國生さんも、狙われていたりして」

千沙は、意地悪な笑みを浮かべた。

「それはそれで、暇つぶしになる。大歓迎だ」

掛け値なしの、素直な言葉だった。

サイコパスは、常に過剰な刺激を求める。そして、麻薬と同じく、ゲームを次第に大きく刺激的にしていかなければ満足できなくなる。ひたすら、肥大化を続けるのだ。そこに際限はない。たとえ自分の命が脅かされようと、刺激を求める。蛾が、自分の身を焼き尽くす火に飛び込むのと同じだ。

資力と才能のない平凡なサイコパスには退屈という苦痛がつきまとい、それをアルコールやドラッグ、暴力や殺人によって解消していく。

成功したサイコパスは、もっと多種多様な方法を選択することができる。だから、基本的には殺人とは縁遠い存在だ。

——基本的には。

「國生さんなら、大丈夫ね」

「なにが、大丈夫なんだ」

「殺されないってこと」

一種の確信に満ちた言い方に、疑問を覚える。

この女は、なにを知っているのか。

國生は、千沙の目を覗き込み、発言の意図を探る。しかし、そこにはなにも映らなかった。空虚。がらんどうだ。

もたれかかってくる千沙。蠱惑《こわく》的な肌の質感が、体温と共に伝わってくる。

一瞬迷ったが、今日は、そういった気分になれなかった。

「なにか面白いことがあったら、教えてね」

空気を察したのか、千沙は笑みを浮かべ、ヘリオトロープの甘い香りを残して去っていった。

その後ろ姿を見送った後、ブランデーで口の中を湿らせた國生は、ジャケットの内ポケットからスマートフォンを取り出し、画面をタップする。

切除した動脈瘤の画像。切り取った健全な脳の一部。皮膚。事故によって飛び出た腸。頭が半分潰れた死体。

どれも、失敗した作品たちの画像だ。

美しくない。

ただ、これら失敗作を見ることで、素晴らしい作品を自分の手で演出したいという欲求を強めることができる。

もっと技術を洗練させなければならない。そうすれば、いい作品を作ることができる。そのためには、多くの習作が必要だ。

グラスに手を伸ばした時、ふと、誰かの視線を感じ、顔を上げた。

給仕の一人が、こちらを見ていた。偶然目が合ったわけではないらしい。

「私に用か」

國生が問う。

「……なにを見ているのかと思いまして」

言葉を選ぶように、女は慎重な声を出す。

「暇つぶしだよ」

ジャケットの内ポケットにスマートフォンを入れ、女に身体を向ける。

「名前は？」

「藍子です」

迷いのない返答だった。

「見ない顔だな」

「ここで働くようになったのは、最近ですから」

「どうして、ここに？」

「紹介です」

そういうものかと國生は思う。ここの従業員の採用方法など気にしたことがなかった。

キリングクラブは、いわば秘密クラブだ。情報が漏れないよう、セキュリティーが徹底されているし、漏れた場合、すぐにでも揉み消せるはずだ。だからこそ、この空間の秘密は守られ続け、今もなお維持されている。ここの存在を完璧に秘匿するため、嘘の情報を頻繁に流して攪乱してもいるらしい。

ここの運営側は、それくらいのことを簡単にやってのけるだろう。もしかしたら、戦争を引き起こすことだってできるかもしれない。

「ここの仕事は続けるのか？」

「給料がいいので」

藍子と名乗った女の返答が、気に食わなかった。嘘を言っているようには思えないが、なにかが気に障る。

「給料だけか？」

「もちろんです」

「……そうか。もういいぞ」

國生は言い、視線を外した。藍子が頭を下げてから足早に去っていくのを、視界の端で捉える。

妙な女だなという感想を抱きつつ、バーテンダーに葉巻を注文した。

「いつものでよろしいでしょうか」

すでに箱に手をかけたバーテンダーは、念のためといった調子で訊ねてくる。

頷くと、葉巻を差し出された。

モンテクリスト。

アレクサンドル・デュマが書いた〝モンテ・クリスト伯〟の主人公の名前から名づけられたブランド名。キューバ産ではないが、上質な香りが気に入っていた。

ギロチンカッターでヘッド部分を切り、葉巻用ライターで火をつけた。

煙を吹かしつつ、この前執刀した内村由紀の顔が脳裏をよぎる。

椎骨動脈が一つしかない先天異常を持った患者。ただでさえ難しい手術。そこに、地震という自然災害が加わった。

滅多にないケースだ。その手術を成功させた國生は、非常に高い満足感を得ていた。

術後の経過も良好だった。

## 9

午前中の回診を終えた後、三階にある病室に向かった國生は、横になっている由紀を見下ろした。とても顔色が良い。頭に包帯を巻いている以外に、病人らしいところはない。

ただ、手術に成功しただけでは、満足のいく作品に仕上がったとは言えない。難しい症例から生還させ、元気な姿で退院の日を迎えさせた瞬間、國生は病気や運命といったものを制圧したという達成感が得られる。死を捩じ伏せ、生を与えたという実感が湧くのだ。神に並んだと体感することができるのだ。

手術前の由紀は、非常に難しい状態だった。八方塞がりだと、ほとんどの外科医は匙《さじ》を投げたものだった。しかし國生は、由紀を死の淵《ふち》から生還させた。

あとは、この状態を維持することだけだ。

「先生」

笑みを浮かべた由紀は、起き上がろうとしたので、寝ているようにと窘める。大切な作品だ。安静にしてもらわなければ困ると思った。クモ膜下出血の手術の後は、眩暈や吐き気に襲われることがある。

「気分はどうですか？」

「全然、大丈夫です」

「痛いとか、苦しいところは？」

「ないです。もう歩けますし」

両腕でちからこぶを作るようなジェスチャーをする。

「今困っていることは？」

「包帯がきついから、早く取りたいです」

頭に触れた由紀は、苦笑いを浮かべる。

「それはまだ無理だね」

國生は笑みを作る。

回復室から出て二日。術中に投与したバルビツレートの影響で意識が戻るのが遅かったものの、虚血状態による神経系の損傷もない。あとは体力が回復するのを待つだけだった。

「もう少しで退院できるよ」

「ありがとうございます。それで……外出は、いつ頃できますか」

言いにくそうに訊ねてくる。國生は眉間に皺を寄せた。暗に非難していることを伝えようとしたが、相手には届かなかったようだ。

「外出？」

「そうです」由紀は頷く。

「彼氏と付き合って一年の記念に、サプライズでプレゼントを渡したいんです」

國生は、冷ややかな表情を浮かべる。

「その彼氏に、病院に来てもらえばいいじゃないか」

「……それは……私が行かなきゃ駄目なんです」

由紀の表情が陰り、焦りが見て取れる。

状況を察する。おそらく、由紀は付き合っている男に捨てられそうなのだ。それをなんとか回避しようと、記念日にプレゼントを渡しにいきたいのだろう。なんとしてでも、彼氏にすがりたいという卑賤《ひせん》な感情が見え隠れする。

無駄なことであり、愚かなことだ。感情をコントロールできない低能。

國生はため息を堪えた。

「いつ？」

「……明日です」

由紀は、一瞬躊躇するような間を作ってから答える。

「それは無理だ」

苛立ちを押し隠し、即答した。

手術が上手くいったとはいえ、容態が安定しているわけではない。せっかくの成功を無にするわけにはいかない。

「でも、付き合って一年の記念日で……」

「いいか」罵声を浴びせたい気持ちを抑える。

「君の命と、これから何度もやってくる記念日のどちらが重要か、考えるまでもないよね。それくらいは、考えなくても分かるはずだ」

「でも……」

反論を視線で抑え込む。

「私は最高の仕事をして、君を助けた。その労力を裏切りたいのなら、どうぞお好きに。その代わりに、来年の記念日は来ないものと思いなさい」

「でも……」肩を落とした由紀は、語尾を萎ませる。

「……分かりました」

弱々しく呟く。

「また様子を見にくるから」

冷たく言い放ち、病室を後にした。

廊下を歩きながら、眉間に皺を寄せる。感情に支配された人間の行動を見ると虫唾《むしず》が走った。

ふと、十字路を横切った坂本が目に入ったので呼び止めた。

「三一五号室の患者、注意して見ておくんだ。内村由紀だ」

「……注意？　経過は順調なはずですが」

坂本は怪訝な表情を浮かべる。

「明日、病院を抜け出す可能性がある」

「え？」

「言葉通りだ。もう一度言う必要はあるか」

「いえ……でも、どうしてそんな……」

「ともかく、看護師や警備員にも周知しておけ。絶対だ」

命令口調で指示した國生は、午後のスケジュールをこなすため、手術室へと向かった。

## 10

坂本は医局の椅子に座り、背凭れに背中を預ける。古い扉がゆっくりと開くような、不快な音がした。

目の前に置かれた缶コーヒーに手を伸ばすが、中身が空だった。

國生の言葉を頭の中で反芻した。

――明日、病院を抜け出す可能性がある。

手術を終えたばかりの内村由紀が、外出するなど考えられない。念のため、病室に様子を見に行った。意気消沈している様子だったが、國生が言っていたようなことが起こるとは、到底思えなかった。まさか、病院を抜け出すつもりですかと訊ねるわけにもいかない。

杞憂《きゆう》だと思いつつも、無下にはできなかった。

なにかしらの理由があって、監視しろと言ってきたのだろう。ただ、自分も忙しい身である。つきっきりで見ていることなどできない。

警備員と看護師に情報共有をしておこうと考えていると、シニアレジデントの藤沢が医局に姿を現した。

「聞いたぞ。お前、手術狂の家に行っているんだってな」

「……國生准教授です」

多少の反論を込めて言うが、藤沢には聞こえていないようだった。

「弱みでも握られたのか？」

「違いますよ」

強い口調で否定する。

「じゃあ、なんなんだよ」

「それは……」

言葉を濁す。返答に窮する質問だった。

どうして國生は、自宅に頻繁に招いてくるようになったのか。今まで、プライベートでの付き合いなど皆無だった。それなのに、突然、家族ぐるみの付き合いが始まった。

独身の坂本を、國生の妻である理恵《りえ》は温かく迎えてくれた。坂本自身、最初は緊張したものの、今では居心地が良くなっている。どうしても偏りがちな食生活の改善にもなっているので、感謝していた。

理恵は美人だった。しかし、それだけではない。人を惹きつけるものを持っており、好意的な眼差しに、どきりとさせられることも多々あった。

ただ、心配な点もある。

國生に対して、従順すぎるほど素直なこと。夫に尽くす妻というよりも、主従関係を結んでいるように感じた。

そして、悲嘆に暮れたような表情を時折見せることがあった。なにか、悲しいことでもあったのだろうか。

「寝不足か？　ぼーっとしやがって」

藤沢の言葉で、我に返る。

その時、頸からぶら下げているＰＨＳが鳴った。通話ボタンを押すと、看護師の声が耳に届く。担当している患者の容態が急変したとの知らせだった。経過は良好だったはずだ。どうしてこうも、人の生死はままならないのだ。思わず舌打ちをする。

坂本は、終日その対応に追われる羽目になった。

そのことで、國生から言われたことが頭から抜けてしまった。

## 11

その日の手術を無事に終えた國生は、雑事を片付けることに集中する。すでに三十時間ほど起きているが、慣れてしまえば問題はない。

身体が空いたのは十八時半だった。

久しぶりに早く帰れそうだ。

机の上の書類を引き出しにしまう。一瞬、三一五号室の内村由紀の顔が脳裏を過ったが、病院から脱走しないか注意するのは明日だと思い、帰り支度を始める。

病院を出て、駐車場へと向かう。

寒さに身体を縮めつつ、ジャガーXJに乗り込んだ。車内が冷たかったので、すぐにエンジンをかけて暖房を入れた。

病院の敷地を出て坂を下る。

慶専大学病院は、やや不便な場所にあるため、車で通勤していた。

道に人影はない。病院に用事のある人以外に、ほとんど通る人はいなかった。病院から最寄り駅までは徒歩で三十分はかかる。

この時間帯に、ここらへんを歩いている人はいないのが普通だ。

だからこそ、人の影を見つけた國生は、不審に思った。

状況も妙だった。

その人影は、踏切内の線路の上で座り込み、動かない。自殺でもするつもりかと思った。

踏切警報機の赤いランプが光り、音が周囲に鳴り響いている。

帽子を被った人影。ジャンパーを羽織っていても、華奢《きゃしゃ》な身体つきが分かった。

目を凝らしたとき、その人影と目が合った。

「……どうして」

三一五号室の内村由紀だった。

「くそが」

悪態をつき、ブレーキを踏んだ。

車から降りた國生は、走りながら歯を食いしばる。

警報音が、脅しつけるように押し寄せる。

手術の前に、彼氏と付き合いはじめた日のことを聞いた記憶が蘇《よみがえ》った。

午前中に会ったとき、記念日は明日だと由紀は言っていたが、たしか手術前は、今日の日付を口にしていた。

どうして、そんな嘘をついたのか。

答えは明白だった。

外出を認められなかった場合、抜け出すつもりだったのだ。素直に今日と伝えたら、警戒されるかもしれないと思ったのだろう。

浅知恵。

しかし、それに騙された。

屈辱的だった。

この手で殺してやりたいという衝動を感じた國生だが、冷静さを失っていなかった。遮断棒をくぐり、踏切内に入る。

両手を地面についた由紀を持ち上げる。目が虚ろだ。眩暈に襲われたに違いない。

「ど、どうして……」

由紀は驚きの声を上げた。

國生は両腕に力を込める。

苦労して仕上げた作品を、こんなところで失ってたまるか。

強烈な光に、國生は右目をしかめる。

電車が、すぐそこに見えた。

「……くそったれ」

今日は運が悪いと思う。

國生は両腕に力を込めて、由紀を放った。自分の存在より、自分が暇つぶしのために作り上げたもののほうが大事だということが意外だった。

暇つぶしも、もう終わりか。そう思って目を細める。その先に、見覚えのある顔が一瞬見えた。

「どうして、お前が……」

たしか――。

視界がブレる。電車が身体にぶつかったのだ。

痛みが脳に伝達する前に、國生の意識が途絶え、暗闇がすべてを支配した。

## 12

曇天の下。

藍子は、國生明が電車に轢《ひ》かれた場所に立っていた。

踏切の近くに工場が朽ちて横たわっている。長年雨風に曝《さら》されていたせいか、外壁や屋根の錆《さび》が目立った。薄れた看板の文字を見ると、過去には自動車修理工場だったようだが、今ではスクラップの塊だ。

民家は、少し離れた場所に二軒のみ。

踏切の周囲は遮蔽物が少なく、見通しの良い開けた場所だった。

「本当に事故なんだな」

辻町は、感情のない目で踏切の中を見ていた。

「はい」隣に並んでいる香取が頷く。

「踏切に設置されている監視カメラの映像を見ると、國生明は、自ら踏切内に入って、倒れている内村由紀を抱えて、電車と接触する前に放り投げています。一瞬の間にこんな判断ができるなんて、さすが脳外科医ですね」

感心したような声。

辻町は返答をせず、周囲を確認するように頭を動かした。

「他殺の可能性はないのか」

「映像を見る限りでは、事故で間違いなさそうですね。ですが、國生が轢かれた直後、妙な人物が映っていました」

香取は、西を指差す。ちょうど、朽ちた工場の対角線に位置する場所だ。

「あっちに、人が立っていたみたいです。フードを被っていたので、顔は見えませんでしたが、だいたい身長は百七十センチメートルで、痩せ型の人物です」

「性別は？」

「画像解析を進めていますが、おそらく分からないでしょう。服装は身体のラインを隠すものでしたし、不審者はしばらく現場の様子を見てから立ち去っています」

そこまで言った香取は、不思議そうな顔をする。

「この件が、連続殺人事件と関係があるんでしょうか」

「分からない。ただ、容疑者の可能性があった」

「えっ？」香取は驚きの声を上げる。

「でも、容疑者リストには……」

「あくまで俺の勘だから、気にするな」

踏切に背を向けた辻町は、慶専大学病院で事情聴取をすると告げる。

香取が運転する覆面パトカーで移動し、病院の敷地内に駐車した。

最初に会ったのは、國生に助けられた内村由紀だった。

由紀が入院しているのは六人部屋だったので、小さな打ち合わせ室に移動した。

四人掛けのテーブルが置かれた部屋には、観葉植物が置かれている。普段は、手術の事前説明のときに使われる場所だ。

部屋の手前側に辻町と香取が座り、奥に由紀と藍子が座った。

由紀の左頬と両手に掠《かす》り傷。國生に投げ飛ばされたときに付いたものと推察できる。

「事故があったときのことを聞かせてくれないかな」

香取が訊ねる。目を腫らした由紀は力なく頷くが、一向に喋り出そうとしなかった。顔色が悪く、今にも胃の内容物を口から出してしまいそうに見えた。

「あの日、君は病院を抜け出して歩いていた。間違いないね？」

質問を受けた由紀は、何度かしゃっくりを我慢するよう肩を動かした後、顔を歪め、涙を流し始める。

香取は慌てた様子で、由紀を宥《なだ》め始めた。それが逆効果となり、すすり泣く声が大きくなる。

「泣くのはいつでもできるだろ。質問に答えるんだ」

辻町が冷徹な声を発すると、由紀の肩がびくりと震えた。

「事実を伝えることが、君の義務だ」

端《はな》から寄り添う必要はないと思っているような、淡々とした言葉。依然として、由紀の目からは涙が流れていたが、下唇を噛みしめ、小さく頷いた。

辻町は、催促するように隣を見る。

「も、もう一度聞きます」香取は慌てた様子で口を開く。

「病院を抜け出したのは、どうして？」

「……彼氏と付き合って一年の記念日で……それで、プレゼントを渡したくて」

「あんな時間に？」

「……告白した時間が、夜だったんです」

「ふむふむ」

香取は手元の手帳にボールペンを走らせる。

「外出許可は出ていないよね？」

由紀は頷く。

「それでも外出しようとしたのは、自分の意思だったの？」

「……はい」

「病院から最寄り駅までは、歩いて三十分くらいだけど」

「タクシーに乗るお金がもったいなかったし、病院でバスを待っていて見つかったらマズいと思ったから、途中まで歩こうと決めたんです。バス停がいくつかあるのは知っていたから、途中で乗ろうと思っていました」

香取は、ふむふむと言いつつ、二度頷く。

「歩いて、線路まで辿り着いて、そこで、倒れてしまったということだね」

由紀は沈鬱な表情を浮かべる。

「渡っている途中で、急に目の前が真っ暗になって、その場から一歩も動けなくなったんです。警報機の音とかも、なんか現実味がない感じに聞こえて……先生がいなかったら、私……」

「誰かから、外出を強要されたわけじゃないんだな」

唐突に、辻町が訊ねる。

驚いたように目を見開いた由紀は、首を横に振った。

「踏切内で倒れろという指示を受けたわけじゃないのか？」

「そんなこと……私は、彼氏にフラれたくなくて……それで……」

首を横に振った由紀は、大粒の涙を流す。

「な、なにを言っているんですか」

眉を八の字にした香取が、辻町の顔を見る。

「事情は分かった。これ以上聞くことはない」

香取の反応を無視した辻町は、立ち上がり、もう聴取は終了だと告げた。


次に会ったのは、坂本という医師だった。

場所は、外科病棟の診察室だった。

まだ若い坂本は、整った容姿の持ち主だった。細い身体がやや頼りない印象だったが、誠実そうな顔立ちをしていた。

「國生明さんは、どんな様子でしたか。なんでもいいので、気になったことがあったら教えてください」

例によって、香取が最初に質問を始める。

坂本は、意気消沈した様子だった。本当に悲しんでいるのだろうと、藍子は思う。

「特段、気になるところはありませんでした。でも、内村由紀さんが病院を抜け出す可能性があるから、気をつけて見ておくようにと言いつけられていたんですけど……」

坂本の顔に、後悔の色が広がる。

「事前に、内村由紀さんが病院を抜け出すかもしれないと知っていたんですね」

香取は手帳に文字を書きこむ。

坂本は頷く。

「そのようです。でも、國生先生は、明日抜け出すかもしれないからって言っていました」

「明日というと？」

「彼女、付き合った記念日が明日だからって嘘をついたみたいです」

「……どうして、そんなことを」

香取は疑問を口にする。

「外出許可が下りれば、その日に外出したいと言うつもりだったようです。でも、許可が下りなかったときに抜け出しやすくするために、日にちの申告を偽ったと言っていました」

「馬鹿そうなのに、なかなか賢いな」無表情のまま、辻町が呟く。

「俺からも聞きたいことがある。國生明から、身の危険を感じているようなことは聞かなかったか」

「そんなこと……ありませんでした」

顎に手を当てた坂本は、首を傾げた。

「そうか」

辻町は息を吐き、立ち上がった。

短時間のうちに、慶専大学病院での聴取は終了した。

病棟を出ると、雨が降り始めていた。十六時。気温が低い。

「車、取ってきますね」

そう言い残した香取は、小走りで駐車場へと向かった。

大きなボストンバッグを抱えた男性が、小さな子供と手を繋いだまま病院内に入っていった。親族が入院でもしているのだろうか。

「これから、どうするんですか」

周囲に人がいないことを確認してから、藍子が訊ねる。

「どういう意味だ」

辻町は、こちらに顔を向ける素振りさえ見せない。

「キリングクラブが提示した容疑者三人は、もうこの世にいないですよね」

その言葉に、辻町は無言で頷く。藍子は続けた。

「一番怪しいと思っていた國生明も死にました。容疑者不明ってことですよね」

「キリングクラブを騒がせた犯人が、電車に轢かれて死んだ。実に呆気《あっけ》ない結末だったな」

「……でも、國生明が犯人だって証拠はないですよね」

藍子を一瞥した辻町の目からは、なんの感情も読み取ることができなかった。

辻町は、目を細めた。

「國生が犯人だ。だから、もう容疑者はいない。キリングクラブには、そう報告する。警察は捜査を継続するだろうが、成果なしで特捜本部は解散するだろう。ともかく、解決だ」

素っ気ない幕切れだと、辻町は淡々とした声で言う。

藍子は、眉間に皺を寄せた。

解決？

こんなものが解決であってたまるものか。真相は別にある。

そう思うと同時に、辻町に失望を覚えた。

再び口を開こうとしたとき、香取が運転する車が目の前で停まった。

# 第五章
# フリーライター

# 1

目覚まし時計の音に起こされた藍子は、目を瞬かせ、ベッドの上で大きく伸びをした。カーテンの隙間から差し込む朝日が不快だった。

時間を確認すると、針が九時を指している。

いつもならば十一時頃まで寝ているのに、こんな時間にどうして起こされなければならないのか。そう考えたとき、出版社に行く用事があったことを思い出す。そのために、目覚ましを九時にセットしておいたのだ。

冷たい息を吐く。

起き上がり、エアコンの暖房を入れる。

寝ている間は、身体を締め付けられるのが苦手だったので、冬でもボクサーパンツ一枚だった。

シャワーを浴びた後、黒いスキニージーンズを穿き、黒いTシャツを着る。色のある服だと、上下のバランスが気になる。しかし、黒で統一すれば、そんなことに煩わされることもない。

後は、レザージャケットを着れば外に出ることができる。

身支度を整え、Ａ４サイズが無理なく入るショルダーバッグを肩にかけてから、家を後にした。

神楽坂《かぐらざか》にある自宅から、護国寺《ごこくじ》にある出版社には自転車で向かう。マフラーを首にきつく巻き、サングラスをつけて、ロードバイクに跨った。

日差しはあるものの、黒い雲の目立つ空だった。雨が降りそうだ。

車道を走りつつ、道行く人を見る。

私服の大学生。ベビーカーを押す母親。スーツ姿の男女。特に、面白そうな人間はいなかった。

目白《めじろ》通りを進み、大塚《おおつか》警察署を通り過ぎた先に、目的地である出版社はあった。

出版社の駐輪場にロードバイクを停めて、面会の手続きをする。警備員が面会の連絡をしてから、三階に向かった。

階段を上り、カフェテリアに入る。しばらくして、金塚《かなづか》が姿を現した。無精髭を伸ばした顔は、不機嫌そうだ。

「俺は朝飯を食うが、お前もいるか？」

目の下を痙攣させた金塚の問いに、藍子は首を横に振った。目の下が黒い。相当疲れている様子だった。

「じゃあ、飲み物は？」

「アメリカンコーヒー」

「はいよ」

頭を搔いた金塚は、カウンターへ向かった。後頭部に寝癖がついている。どうやら、帰っていないらしい。

金塚は大衆週刊誌の編集長をしていた。藍子はフリーランスとしていくつかの出版社と仕事をしているが、ここでの仕事が一番多かった。きわどいネタを積極的に扱ってくれる。

しばらくして戻ってきた金塚の口には、煙草が咥えられていた。

アメリカンコーヒーを受け取る。

「寝ていないんだ」煙草を灰皿に押しつけた金塚は、自分の分のトーストにかぶりつく。

「だから、世間話は抜きでいこう。いいネタが摑めたんだって？」

藍子はコーヒーに口をつけ、その安っぽさを舌の上で味わってから話し出した。

「最高のネタ。でも、かなり危険だと思う」

「危険じゃないネタなんていらねぇよ」トーストを瞬く間に平らげた金塚は、ゲップをする。

「それで、どんな内容だ」

「ニュースで連日報道されている、都内の連続殺人の犯人。誰だか知ってる？」

サラダを刺していたフォークを持つ手が止まる。

「お前が、知っているのか」

藍子は頷く。

「……信憑性は、どれくらいだ」

「かなり高い」

「証拠は？」

もちろんあると答える。

「どんなものか見せろよ」

「今は無理」

「どうして無理なんだよ」

不快感を露にした金塚は、サラダを頬張った。

「ともかく、連続殺人の犯人を知っていて、証拠もある」

「警察は、その犯人を把握しているのか？」

「まだ」

「……証拠によっては、この話に乗ってやるよ。でも、知ってのとおり、週刊誌ってのは世間を賑わせる記事を書くわりに予算はない。ネタに金を払う金なんて出ないぞ」

藍子は口角を上げた。

「薄謝で構わない。週刊誌の下衆《げす》な表現で、大きく打ち出してくれればいい」

金塚は、無精髭を手で擦る。

「……個人的な恨みで、ネタをリークするのか？」

鋭い読みだと思ったが、藍子は覚られないようにする。

「事件の犯人。刑事だけど、どう？」

「なんだと……」

金塚は目を細めた。どうやら食指が動いたようだ。

藍子は微笑する。頭の中には、一人の刑事の姿が浮かんでいた。

「詳しく教えろ」

「ヒミツ」

その言葉に、金塚は眉間に皺を寄せつつ、吟味するような視線を向けてきた。

「俺を揶揄《からか》っているわけじゃないよな」

「もちろん」

低い唸り声を発した金塚は、頰杖をつきながら、鋭い眼光を向けてくる。

藍子は笑みを返す。

「……分かった。乗ってやるよ。薄謝でいいって言ったのは、お前だからな」

「お金の問題じゃないから、それでいいよ」

「それなら嚙ませてもらおうか」

金塚は、油が浮き出てきそうな、ぎとぎとした笑みを浮かべた。

出版社を出た藍子は、自転車で来た道を戻る。そして、家を通り過ぎて、ビルの五階と六階に入っているスポーツジムに向かった。

会員証を受付に見せ、ロッカーでスポーツウェアに着替え、スポーツシューズを履いた。五階にはスカッシュコートとプールがあり、六階はスタジオが二つに、トレーニングマシンがずらりと並んでいる。

藍子は、人の疎《まば》らな六階にあるランニングマシンで、一時間ほど汗を流すことにした。設定を入力し、走り始める。

一定の呼吸を維持しつつ、適度に負荷がかかるスピードで足を動かす。

ランニングマシンを使うのは、身体を動かすことが主目的だったが、思索に耽《ふけ》るという副産物を期待してもいた。同じ動作を繰り返しつつ、頭をクリアにして考えをまとめる。集中力を高めるためには、一定の速度で足を動かすことがもっとも効果的に思えた。外を走るのもいいのだが、通行人や車の存在を気にしなければならず、思考の妨げになる。その点、ランニングマシンには邪魔が入らない。

キリングクラブで働き始めてから、ここにはほとんど来ることができなかった。パパラッチのネタはないし、ライターの仕事は一段落していた。

キリングクラブでの仕事の実入りが良いので、現状、金に困ってはいない。ただ、ライターの仕事を疎《おろそ》かにするつもりはなかった。

キリングクラブ。

まったくと言っていいほど、全貌が見えない。運営主体は、かなり大きな組織で間違いないだろう。千代田区の地下に、あんな巨大な空間があり、そこをクラブとして使用しているのだ。規模や立地からして、国営とも考えられる。ただ、それもしっくりこなかった。

連続殺人事件に思考を移す。正直なところ、事件に飽き始めていた。そして、辻町に対する好感も消え失せた。

金塚を上手く使い、犯人を暴露する。そうすれば、ゲームは終わる。

ゲームを終わらせる動機は単純。飽きたのだ。

一時間走ったところで、マシンを止める。

タオルで顔を拭って振り返ると、他人と視線がぶつかった。

「久しぶりね」

千沙だった。青いスポーツウェアを着て、純粋な眼差しをこちらに向けていた。

ペットボトルを手に持った藍子は、喉を潤す。

「不思議そうな顔をして、どうしたの？」

「……ちょっと、驚いただけ」

素直に告げる。

キリングクラブで何度か見かけているので、久しぶりというほどではない。ただ、ドレス姿の千沙と、目の前の千沙があまりにも乖離しているので、軽い混乱を覚えた。

「ちょっと話さない？」

断る理由が見つからなかったので、頷く。

フロアの隅にあるベンチに誘われ、横に座った。

千沙はまったく汗をかいておらず、微かに甘い香りがした。来たばかりなのだろうか。

「キリングクラブは、どう？」

何気ない調子で聞いてくる。

真意はなにか考えるが、すぐに止めた。ここは、駆け引きの場所ではない。

「いい職場だと思う。給料も申し分ないし。ゲストがゲストだから、ちょっと気を遣うけど、それも仕事だと割り切れば問題ない」

用意していた無難な回答をした。

千沙は頷く。

「たしかに気は遣うよね。なんていったって、あそこのゲストは超一流だから」

「不興を買ったら命はないって感じのことをチーフに言われたし」

「それは大袈裟かも」

千沙が楽しそうな笑い声を上げる。

藍子は、ビールをかけてしまった青柳祐介の顔を思い出していた。あの時、青柳が許してくれなかったら、どうなっていたのか。キリングクラブの雰囲気を考えれば、その場で殺されても違和感はない。そして、床に転がった遺体は、ゲストに一瞥されるだけで、路傍の石のように無視される。その後、キリングクラブのスタッフが何食わぬ顔で掃除を始め、何事もなかったかのように宴が続く。本気でそう思ってしまうほど、あの空間は異質だった。

藍子は考えた末に、口を開く。

「キリングクラブって、治外法権なの？」

その質問に、千沙は首を傾げる。

「どうして？」

「だって、あんなに機密性が高いし、日本を動かす側の人間がたくさんいるからさ。あの場所で殺人事件が起きても、揉み消すことができるんじゃない？」

政財界の大物や警察組織の要職に就く人間。あらゆる分野の権力者が跋扈《ばっこ》していた。テレビでよく見る顔も多い。キリングクラブは、日本の縮図だ。しかも、下流の人間のいない、純粋なトップ層のみで構成される日本。

千沙は、捉えどころのない笑みを浮かべる。

「治外法権じゃないよ。あそこも、歴《れっき》とした日本だから」

一拍置いて、再び口を開く。

「それはそうと、あの連続殺人事件、キリングクラブが調査してるって聞いたよ」

唐突な話題転換は、とても静かな声によって起こった。

千沙の瞳がこちらを見ている。たとえ今、その目に指を突き立てたとして、なんの感触も得られないのではないかと思えるような、空洞とも思える黒い瞳。

「……狙われているのは、キリングクラブのメンバーだよね」

一瞬だけ視線を逸らした藍子は、再び相手の顔を見て言う。

「しかも、標的はゲスト」

目に感情を取り戻した千沙が頷いた。

「犯人が狙っているのがゲストだけとは限らないわ。私たちも狙われているかもしれないし」

「そうかもね」藍子は、汗で頬についた髪を手で払う。

「でも、私は大丈夫」

「どうして？」

「なんとなく」

はぐらかす。きちんと答える義理もない。

「なにか隠してるでしょお？」

不満顔になった千沙は、頬を膨らませる。

その後、何度も理由を聞かれたが、藍子は答えなかった。

やがて二人は別れ、藍子は再びランニングマシンで汗を流す。千沙は、スタジオのヨガ教室に参加したようだった。


シャワーを浴びた藍子は、スポーツジムを後にする。

家に帰り、黒い短パンとタンクトップに着替え、携帯電話を手に取ってから、新宿署刑事課の香取に電話をかける。

三度目のコール音が鳴る前に、電話が繋がった。

〈はい、香取〉

「あの、佳山藍子です」

〈……藍子さん？　どうしてこの番号が？〉

驚きの声を上げた香取の言葉に、名刺を貰っていることを伝える。

〈あぁ、そう言えば名刺に番号を書いていましたね〉

「実は、事件のことで伝えたいことがあって……」

〈伝えたいこと？〉

「はい」

〈それなら、辻町さんとも合流して、どこかで待ち合わせしましょうか〉

「いえ……辻町さんには、絶対に聞かれたくないんです。それで、直接話したいので、私の家に来てくれませんか」

一瞬言葉に詰まったように沈黙した香取だったが、やがて藍子の提案に同意する返答をする。

〈……でも、これから会議ですから、行けるとしたら……〉

「いつでも大丈夫です。寝ないで待っていますから」

藍子は自宅の場所を伝え、電話を切った。

## 2

携帯電話を胸ポケットにしまった香取は、特捜本部が設置された講堂に戻る。

すでに会議は始まっていた。

講堂内にいる捜査員の人数は、百人は優に超えていた。この規模の特捜本部が、殺人事件が発生した渋谷区、目黒区、新宿区、品川区管内の警察署に設置され、連携している。一本化する案もあるが、今のところはこの体制で事件を追うことになっていた。

香取は頭を下げて手刀を切りつつ、自分の荷物を置いている会議椅子に座った。ペアを組んでいる辻町は、いつもどおり不在だ。

「現在、それぞれの事件の容疑者に当たってもらっているところだ」

管理官の声が講堂内に響く。連日、発破をかけ続けているせいか、嗄れ声になっていた。

「事件発生の間隔が近く、同一犯による犯行の可能性が高い。しかし、妙なことに、重要参考人が複数現れている。もう一度、それぞれの事件の整理をするぞ」

講堂前方のスクリーンに映し出されたのは、被害者四人の顔写真だった。

「目黒区で殺されたコインブラザーズの社長である高瀬和彦に恨みを持っている可能性が高いのは、北芝俊。コインブラザーズは知ってのとおり、一千五百億円を盗まれたと主張している。ただ、捜査二課が捜査をしている中で、資金の流れに不審な部分があって、そこに北芝の名前が浮上した。今は取り調べをしているところで、北芝は詳しいことは話さないが、高瀬にはめられたと何度も言っているそうだ。かなり恨んでいる様子で、二課の連中は北芝が高瀬を殺したんじゃないかと疑っているし、一課も、その可能性は非常に高いと見ている」

スクリーンに映し出されている高瀬の顔は、豪胆そのものだ。太い眉と、胡桃《くるみ》すら嚙み砕いてしまいそうな顎。

一方の北芝は、干からびたゴボウのようだった。浅黒い皮膚に、細い身体。神経質そうな細い目。

コインブラザーズに保管してあると言われていた一千五百億円の行方については、さまざまな憶測が飛び交っていた。その中の一つが高瀬による自作自演で、金はもともと保管されておらず、高瀬の懐にあった可能性があるというものだった。北芝がこの詐欺に一枚嚙んでおり、なにかの仲違《なかたが》いがあった末に高瀬を殺したのだという推論は成り立つ。しかし、決定的な証拠はない状態だった。

「次に、品川区で殺された弁護士の中里真吾だが……」

一度咳払いをした管理官は、ノートパソコンのキーボードをパチリと叩く。

スクリーンに映し出されたのは、中里真吾のバストアップ写真だ。細面で、いかにも女に好かれそうな容姿をしていた。写真は真顔だったが、微かに笑っているようにも見える。

「攻撃的な弁護方針で敵も多いようだ。関係者から話を聞いたが、すこぶる評判は良くない。中里を恨んでいる人物は掃いて捨てるほどいるが、特に恨んでいるのは、置鮎謙介だろう」

画面に、置鮎の顔が映る。

髪を短く刈っている置鮎は精悍《せいかん》な顔立ちをしている。日に焼けた肌と、引き締まった身体。スポーツをやっているのは間違いないだろう。

「中里は殺される前、久留米篤典という男の弁護を行い、無罪を勝ち取っている。答弁があまりに挑発的だったため、強姦の被害者とされていた双葉麗香の婚約者である置鮎は、傍聴席から廷内に侵入して殴りかかろうとしたそうだ。そして、無罪判決後、被害者とされていた双葉麗香は自殺している。置鮎は、そのことを恨んで凶行に及んだと考えることができる」

話を聞きながら、手元の資料を繰る。裁判の内容が簡潔に記載されていたが、中里の非人道的な発言や態度には、目に余るものがあった。

取り調べで、置鮎は容疑を否認し続けていたらしい。アリバイなしで、限りなく黒に近かったものの、黒と断定できない状況だった。

「次に、渋谷区で殺されたフリージャーナリストの青柳祐介。この男も敵が多い。職業柄仕方ないだろうが、徹底的に対象を糾弾して、何人もの人生を狂わせている。今のところ、容疑者は見つかっていない。この事件も、ほかのものと同様に脳の扁桃体を切除されていた。外科手術をしたことのある人間の手によるものとされているが、犯人像は浮かんでこない。また、新宿区の自宅で殺されたサラリーマンの戸塚秋稔も扁桃体を切除されている。戸塚は、葬儀社で事業本部長をやっていた。戸塚については、人に恨まれていたという報告はない」

戸塚のバストアップ写真を見る。三十四歳。葬儀社の規模からして、事業本部長というのは出世しすぎな気もするが、創業者の息子なら仕方ない。

「今のところ、四人を殺したと思われる、共通の容疑者は浮かんでこない」管理官は口を歪める。

「ただ、四件の殺人事件はすべて、扁桃体を切除されている。開頭の仕方はどれも一緒で、使用された毒物も同じ。同一人物によるもので間違いないだろうが、浮かんでいる容疑者たちの関連性は見つかっていない。容疑者に重きを置くとしたら、それぞれの事件は別個となる。ただ、事件の間隔があまりに狭く、偶然と考えるのはあまりに楽観的すぎる。なにより、全員が開頭されて扁桃体を切除されていた。開頭処置の状況から、脳外科医か、もしくはその知識のある人間が関与しているはずだ。病院関係を虱《しらみ》つぶしに当たって、アリバイのない人間をリストアップしているが、成果はない。なんとか、被害者四人を繋ぐ人物を見つけてくれ。以上だ！」

檄《げき》を飛ばした管理官の顔には、疲れが滲んでいる。それは、捜査員も同様だった。

容疑者は複数人浮上している。しかし、それぞれに繋がりがない。どうも釈然としなかった。事件の真相を手繰り寄せているという実感が、まったくない。事件発生の時期が近いので、どうしても同一犯の可能性を考えてしまう。偶然、これらの殺人が短い間隔で発生したとは考えにくい。四人もの人間が頭を切り開かれているのだ。犯人が同一だと考えることは理にかなっている。

ただ、戸塚を除く三人に対し、恨みを持っている人間がそれぞれいる。戸塚が宙に浮いているのも妙だ。

講堂から出ていく捜査員に紛れて表に出た香取は、先ほど電話のあった藍子のことを思い出す。なにか、話したいことがあるようだった。捜査を開始する前に立ち寄るべきだろうか。

そう考えていると、携帯電話の着信音が鳴る。辻町からだった。

な口調。

〈捜査会議は終わったか〉

開口一番に訊ねられる。いつもの、感情のこもっていない声。プログラミングされたよう
「終わりました」

〈どうだった〉

「どうだと言われても……」

言葉に詰まる。なにを聞きたいのかが分からなかった。

「進展なしです。容疑者は数人浮上していますが、どれも決定打に欠けるというか……」

〈容疑者のアリバイは？〉

「ありません。でも、犯行現場と容疑者を結ぶものが見つかっていないんです」

〈ロカールの交換原理だ〉

「え？」

〈異なる物体が接触すれば、一方から他方に接触した痕跡が必ず残される原理のことだ。罪を犯した人間は、多かれ少なかれ、正常な判断力を失う。もし容疑者の中に犯人がいるなら、必ず、何かしら残しているはずだ〉

香取は、短く唸る。

たしかに、辻町の言うとおりだと思う。犯人が、どんなに注意して証拠を消し去ろうとし

ても、必ず見落としがある。殺人という異常事態の中にあっては、尚更のことだ。一切の証拠を残さないのは至難の業だ。

〈俺の家に来られるか〉

携帯電話越しに、辻町の声が耳に届く。

「今からですか」

二秒ほどの沈黙。

〈十九時だ〉

一方的な言い方に香取は不満を覚えたが、従うことにした。辻町は一流の刑事として、周囲から一目置かれている。およそ刑事らしくない刑事と評されている辻町は、公安畑の人間のような近寄りがたい雰囲気を帯びており、単独で行動することが多い。チームワークや規律を重んじる警察組織にあっては異端。しかし、反感を持つ者はほとんどいない。きっちりとホシを挙げてくるからだ。

疑問は残る。

たとえ仕事ができたとしても、個人プレーを許すような組織ではない。ただ、辻町の場合、上の人間がそれを許している節があるようだった。捜査一課長。管理官。参事官。それ以上の存在から。

同じ警察官でありながら、深入りしてはいけない雰囲気を辻町は持っており、そこを、だれも言及しない。

腕時計を見ると、十五時を過ぎていた。

辻町との約束は十九時。その前に、藍子と会うことにした。


香取が電話をかけると、藍子は早く来て話を聞いて欲しいと切実な声で告げてきた。

電話を切った香取は、妙な胸騒ぎがした。女性の家に呼ばれたからだろうか。

両手で頬を軽く叩いた香取は警察署を出る。雨が降っていた。弱い霧雨だったので、傘は必要ないだろう。

足早に駅へと向かいながら、なんとなく女性の家に上がり込むのは気が引けるなと思う。藍子のことについては、辻町から情報屋ということくらいしか聞いておらず、それ以外のことはほとんど知らなかった。

情報屋。刑事にとって、情報源である人間は貴重な存在だった。辻町と藍子の関係。とても、刑事と情報屋という感じはしなかった。だからといって、肉体関係があるようにも見えない。不思議な均衡を保っているような気がした。

渋谷駅から電車に乗り、飯田橋《いいだばし》駅で降りる。

指定された住所のマンションへ行く。少し古めのマンションだったが、神楽坂という立地を考えると、賃料はかなり高いだろう。

総合玄関で、あらかじめ教えられていた部屋番号を押す。すぐに繋がり、自動ドアが開いた。

明るくライトアップされたエントランスを横切り、エレベーターに乗った。

鼓動が速くなっていることに気づき、香取は苦笑する。付き合っていた彼女と別れたのが三年前。仕事の忙しさで会えず、愛想を尽かされた。それ以来、しばらく女性と付き合っていない。

三階で降り、三〇五号室の前に至る。

見計らったかのように扉が開き、藍子が姿を現した。黒いタンクトップと、短パンを穿いている。目のやり場に困った香取は、咄嗟に視線を逸らした。

「急に連絡してしまい、すみません」

「いえ！　大丈夫です」

声が上擦ってしまう。

藍子に誘われ、部屋に上がった。

間取りは2DKだろうか。一人で暮らすには十分な広さだ。家具の類はほとんどない。ベッドと、小さなテーブル、冷蔵庫。最低限の生活をしているようだ。どことなく、辻町の無機質な部屋と似ている。

「コーヒーでいいですか」

香取は頷く。

「すみません」

「そこに座っていてください」

微かな笑みを浮かべた藍子は、テーブルの前にある椅子を指差した。

言われたとおりの場所に腰を下ろしたが、落ち着かず、気づくと身体が揺れていた。香取は内心で自分を戒める。なにを意識しているのだ。

キッチンでお湯を沸かし、ペーパードリップの準備をしている藍子の後ろ姿が視界に入った。すらりと伸びた足。引き締まった身体。細身だが、単に痩せているわけではなく、運動によって絞っているような健康さがあった。

お湯が沸き、ドリッパーに注ぐ。コーヒーの香りが漂ってきた。

「ブラックで大丈夫ですか」

「え、ええ。お願いします」

身体を反転させた藍子は、こちらに来て対面の椅子に座った。白いマグカップは一つしかなく、それを香取の目の前に置いた。

「どうぞ」

手で促された香取は、いただきますと言ってから一口飲む。

その様子を、藍子はただじっと見ていた。襟ぐりの深いタンクトップのせいで、視線が彷徨《さまよ》う。

「な、なにか話したいことがあったんですよね」

香取は、マグカップを凝視しながら訊ねる。

「そうなんです」

呟くような、小さな声。それに反応して視線を上げると、藍子の目とぶつかった。燃えるような、力強い意志のこもった瞳。

「これは、香取さんだから言うんですけど」藍子は念を押し、続ける。

「実は私、情報屋じゃないんです」

突然の言葉に、一瞬思考が停止した。情報屋ではないということは、なんなのか。そもそも、どうして今、そんなことを打ち明ける必要があるのか。

「……そう、ですか」

香取は困惑する。情報屋ではないと言われて驚いたが、納得する部分もあった。

「情報屋ではないとしたら……」

「私は、フリーライターです。たまに、写真を撮ったりもしますけど」

「……フリーライターが、どうして辻町さんと行動しているんですか」

素朴な疑問だった。

情報屋ならば、刑事である辻町の捜査協力をしていることも頷けるが、フリーライターならば話は別だ。いったい、どんな関係があるのか。

藍子は唇に手を当てて、言いにくそうに目を伏せていたが、やがて意を決したように顔を上げる。

「ずっと、辻町さんを追っていたんです」

「……追う？」眉間に皺を寄せる。穏やかな話ではない。

「それは、どうしてですか」

香取の問いに、藍子は綺麗な形をした下唇を軽く噛んだ。

「あの人が、殺人犯だからです」

よく通る声が耳に届く。しかし、言葉の意味が上手く理解できなかった。

香取は、上半身を前に倒す。

「……いま、なんて言ったんですか」

「私は身分を偽って、辻町さんに近づいたんです。彼は、殺人犯です」

言っていることを理解してもなお、軽い拒絶反応が起こっていた。

到底、信じられない。

「殺人犯っていうのは……」

語尾が萎む。あまりにも突飛すぎて、どう訊ねたらいいのか分からなかった。

俯《うつむ》き加減になった藍子は、視線をテーブルに向けている。

「辻町さんは、人を殺しています」

「……どうして、そんなことを知っているんですか」

「それは言えません。でも、今回の連続殺人の犯人も、おそらく辻町さんだと思います」

心臓が跳ね上がる。

ふざけているのかと思って藍子の顔を確認したが、冗談を言っている風には見えなかった。

「……証拠は、あるんですか」

動揺を抑えようとするが、声が震えてしまった。

「あります」

頷いた藍子は立ち上がり、ベッドの横に置かれている小さな戸棚の引き出しから、なにかを持ってくる。

目の前に提示されたのは、四枚の写真だった。

「これは、被害者が身につけていたものです」

鮮明とは言えない写真だったが、なにが写っているのかの判断はできる。

「エルメスのブレスレットは、フリージャーナリストの青柳祐介のもので、パテック・フィリップの時計はコインブラザーズの社長だった高瀬和彦のもの、ハリーウィンストンのリングは、弁護士の中里真吾のものです。そして、このブルガリのネクタイピンは、戸塚秋稔のものです」

藍子は、一つずつ指差しながら言う。

説明されるまでもなかった。

被害者の所持品がなくなっていることについて、すでに特捜本部は把握をしている。不明になっているものは、どれも高価だったため、捜査三課の人員を割き、質屋などを回らせていた。

「……どうして、こんなものを」

「辻町さんの目を盗んで、部屋の中を探していて見つけたんです。どれも、被害者がつけていたものだと確認しました。血痕も付着していました」

藍子が言うように、たしかに血痕のような染みが見て取れる。

香取は、口内の渇きを覚え、コーヒーを一口飲んだ。

「つまり、これらは辻町さんの家にあったということですか」

藍子は頷く。

「でも、持ち出すのは怖かったので、写真だけにしてしまいました……」

申しわけなさそうな声。

「そんな……これだけでも十分に助かります」

考えを巡らせつつ、目の前に置かれた写真を見つめる。

これが辻町の部屋にあったということは、信憑性のある話のように思えた。

どうして、これらのものを辻町が持っているのか。すぐに殺人犯と断じることはできないが、少なくとも、辻町を容疑者とした捜査をする価値はあるだろう。

「あの……」藍子は、おずおずとした調子で声を上げる。

「なにかで読んだんですけど、殺人犯の中には、殺した相手が身につけていたものを戦利品として持ち帰る人がいるんですよね」

藍子の言葉に、香取はぎこちない動作で頷いた。

戦利品は、フェティシズム的な要素が見当たらない場合、犯行当時の場景を思い出すためのツールとして使われることが多い。目の前の品は、どれも前者の要素は見当たらない。

「いつ、これを撮ってきたんですか」

「一昨日です」

「どうして、こんなことを……」

「私は一介のフリーライターですが、真実を明らかにしたいと思ってペンを執っています。辻町さんを追っていたのも、そこにある闇を暴きたかったからです。過去にも、辻町さんが関与したと思われる殺人事件があって、それから目を付けていたんです」

そう語る藍子の顔は、正義感に溢れている。

「そう、ですか……」

呟きつつ、身体が熱くなった。

さまざまな感情が、頭の中をぐるぐると回る。

まさか、身内に犯人がいるとは思わなかった。早く対処しなければ、取り返しのつかないことになる。

――いや。

決めつけてはいけないと己を戒めた。

今の話は、あくまで藍子の主張だ。

疑いたくはないが、真実を見極めるまで、話は保留にしておくべきだ。

「私、怖いんです」

そう言った藍子は、突然手を握ってきた。

香取は身体を硬直させる。

「もし、私が写真を撮ったことを、辻町さんに知られたら……」

それ以上は言葉にできないのか、藍子は口をつぐんだ。眼が潤んでいる。

香取は唾を飲み込む。

「少しだけ、時間をください」

やっとの思いで言う。

藍子は一度頷いてから立ち上がり、まるでそれが当然の行為であるかのように身体を寄せてきた。

汗ばんだ腕が、香取の首に巻きつく。

誘惑に、抗うことができなかった。


約束の十九時に間に合うように藍子の家を出た香取は、身体から発せられるシャンプーの匂いに罪悪感を覚えつつ、新宿にある辻町のマンションに来ていた。

およそ警察官の給料では住めない部屋は、無機質な印象だった。部屋を構成するための必要最低限の家具。映画のセットのようだと思う。

「呼び出して、すまないな」

「いえ、大丈夫です」

香取は首を横に振る。平静を装う努力を要した。

「容疑者は絞れたのか」

「まだです」口の中が乾き、喋り辛い。

「被害者に恨みを持っているとされる人物は数名浮上していて、事情聴取はしていますが、まだ詰め切れていません」

特捜本部は、同一犯である可能性が高いという見解を崩していない。事件を個々に切り離しての捜査も継続的に行われているが、決定的なものは見つかっていなかった。

香取は、心を落ち着かせるために深く息を吸った。

「……それと、被害者が身につけているものが、いくつかなくなっているようなんです」

緊張で呂律が回らない。舌が口内に貼りつく。

それでも意識を集中させ、どう反応するか注目する。

辻町は、じっと香取の目を覗き込んできた。まるで、心の深層を見透かされているような、居心地の悪さを感じる。

「なにがなくなっているんだ」

いつも通りの声。とくに動揺は見られない。

「……それは……」

返答しようとしたとき、電子音が鳴ったので、香取は身体を震わせた。

「すまない」

辻町はスマートフォンを手に持って、部屋を出ていく。

玄関の扉が閉まる音が、微かに聞こえてくる。

どうやら部屋を出ていったようだ。

香取の身体は、自然と動いていた。この機会を逃してはならない。証拠となるものを見つけなければならない。

部屋の間取りは、1LDK。リビングとダイニングは、合わせて二十畳ほどはあるだろう。

そして、東側に、もう一つの部屋へと繋がる扉があった。

耳を澄ませ、最大限に警戒しつつドアノブに手をかけて中に入った。

カーテンが開け放たれた部屋は、窓から入り込む街の光によって明るくなっていた。

ベッドがあるばかりの、簡素な部屋だった。本当にここで寝起きしているのかと思ってしまうほど、生活の臭いがない。

腰をかがめ、ナイトテーブルの中を探る。なにも入っていなかった。

クローゼットを確認する。スーツが四着。どれもダークスーツだった。チェストの一番上の引き出しを開ける。

息を呑む。

藍子が見せてくれた写真に写っていたものが、たしかにあった。ほかにも、A4サイズの封筒が入っていた。証拠品に触れないように、ハンカチを使って慎重に取り出して、中身を確認する。大量の写真が入っていた。

目を疑った。

遺体の写真だ。急いでほかのものも確認すると、青柳祐介の遺体を写したものだと分かる。検死のときの写真ではない。殺している最中のものだ。

「どうした」

突然背後から声をかけられ、身体が硬直する。

「探し物は、それか」

冷静な声。振り返ると、無表情の辻町が扉の前に立っていた。

「あ、あの……このブレスレットとかは、どこで……」

辻町は、香取の手元を見て目を細める。

「誰かの忘れ物だろう」

表情一つ変えずに言う。

「……忘れ物？」

喉が引き攣《つ》って、上手く声が出せない。

「一つ質問がある」辻町は一瞬も視線を逸らさなかった。

「被害者が身につけていたものがなくなっていると、先ほど言ったな。どうして、そんなことを、今になって俺に伝えた」

淡々と問われる。

香取は身体を震わせる。警鐘が鳴り響き、ここから脱出しなければならないと強く思う。

格闘での勝ち目はあるか。辻町との身長差を考えれば、相手の攻撃範囲のほうが広い。相手の繰り出す一撃を避けられれば、勝機はある。

冷や汗を浮かべた香取の歯が、ガチリと鳴った。

「……あなたが連続殺人事件の犯人だという情報提供が、ありました」

「誰からだ」

「……それは、言えません」

「この期に及んで、殊勝なことだな」

呆れ顔になった辻町は、一歩詰め寄ってくる。

自然と、香取は後ずさりしたが、すぐに壁に到達してしまい、身動きが取れなくなってしまった。

「佳山藍子だな」

その言葉に、香取は身震いする。

「しかし、どうして……」

独り言のように呟いた辻町は、やがて、にやりと笑った。精巧な人形の笑みのように、作り物の表情だった。

「……やはり、そういうことか」

納得したように頷く。

「そうか。面白い発想だ」

辻町は白い歯を見せる。その表情には、敵愾心《てきがいしん》がありありと見て取れた。

「まず、お前には、このゲームから退場してもらう」

その言葉が終わらぬうちに、意を決した香取は、辻町に飛びかかった。

なんとかこの場所から逃げ出し、真実を知らせなければならない。

# 第六章
# 刑事

# 1

キリングクラブに、國生明が犯人だと報告した。しかし、答えは返ってこなかった。

沈黙。

それは、辻町の辿り着いた答えが間違っていることを示していた。

國生明が犯人ではないとすると、高瀬か中里が犯人なのか。それはありえないと辻町は思った。高瀬と中里に、開頭する技術はない。

開頭の技術を持つ、第三者を介在させた可能性を考える。サイコパスである高瀬と中里が、わざわざそんなことをするだろうか。

殺された青柳、高瀬、中里。この三人を恨んでいる人物は多くいるが、その中で、高瀬と中里には、とくに強い恨みを持っている人物が浮上している。

コインブラザーズの社長だった高瀬を恨んでいる北芝。北芝は、コインブラザーズの経理責任者で、高瀬に騙され、嵌《は》められたのだと主張していた。ただ、どう騙されたのかなどは、一切語っていない。

弁護士の中里を恨んでいる置鮎。裁判で婚約者を侮辱され、被告人の無罪判決が下ったあと、婚約者は自殺。それに対し、置鮎は深い恨みを抱いている。

この二人は、犯行を否認しているが、アリバイはない。反対に、殺したという証拠もない。ロカールの交換原理。接触した事実は、必ず存在する。

ただ、絶対的に冷静な状態で、細心の注意を払えば、この原理を掻い潜れる可能性はある。少なくとも、犯人自身に辿り着く証拠を残さないことは可能だろう。

しかし、そんなことが本当にできるのかは疑問だった。

どうやって証拠隠滅をしたのか。

北芝や置鮎には不可能だ。彼らは、普通の人間だ。

今回の犯行には、用意周到さが窺える。まるで、殺しのコンサルタントでもいるかのようだ。

――二人に接触した、共通の人物がいるのか？

荒唐無稽とも思える閃《ひらめ》きだったが、無視できない引力を持っていた。

キリングクラブが示した容疑者は三人。そのため、辻町は三人にのみ焦点を絞って捜査をした。ただ、絶対にこの中に犯人がいるというわけではないのかもしれない。容疑者は、あくまで容疑者だ。

そこまで考えて、思い至る。

今回の件で、キリングクラブが提供してきたモノが、もう一つあった。

インターホンの音が響く。

時計の針は十九時を指していた。

ドアホンの画面を見ると、不穏な空気をまとった香取が立っていた。

## 2

車の振動に身を任せた辻町は、カーナビゲーションの画面を確認し、ハンドルを指で叩いた。日光から眼球を守るためにサングラスをかけている。寝不足だったが、眠気はない。ただ、やけに目が霞んだ。

最初に向かったのは、群馬《ぐんま》県前橋《まえばし》市だった。一度も足を踏み入れたことのない土地だ。新興住宅地特有の戸建て密集地を過ぎ、山のほうへと向かう。中腹を過ぎた頃、集落が見えてきた。古びた家々が点在している。

その中に、目的の木造民家を見つけた。

正面に車を停めて降り、家の全体を眺める。

錆びたトタン。木材は腐っており、クモの巣が張っている。ベニヤ板が放置された庭には、枯れ葉や枯れ枝が散乱していた。雑草は伸び放題で手入れをした形跡はない。一見して、廃屋と思ってしまうような外観。およそ人が住んでいそうにない状態だったが、軒先に洗濯物が干してあることが人の気配を感じさせた。

赤錆の目立つ表門を抜け、枯れ葉で覆われた飛び石に沿って歩く。家の左手に犬小屋があったが、犬が飼われている様子はない。

玄関の前に到達し、柱から外れかかっている呼び鈴を押す。しかし、手ごたえがない。何度か押すが、やはり壊れているようだ。目で配線を辿る。途中で断線していた。

玄関の鍵がかかっていないことを確認した後、身体を左に向けて歩き出した。

中庭も荒れ果てていた。プラスチックの青いバケツが転がっている。固まった泥が付着し、蠅《はえ》が止まっていた。

柿の木の近くに、一人の女性が座っていた。目を細める。老婆に見えるほどにやつれていたが、おそらくまだ五十代後半といったところだろう。パーカーの上に薄手のジャンパーを羽織っている。ゆったりとした大きめのジーンズは、ところどころシミで汚れていた。

「すみません」

辻町が声を発すると、女性はゆっくりと顔を動かした。動きが愚鈍だ。心ここにあらずというよりも、放心に近かった。薬物依存症の患者に似たものを感じる。

「どなた？」

子供のような、飾り気のない声。

空洞がこちらを見つめる。目は笑っているはずなのに、瞳に、感情の色がない。近くに寄るまで分からなかったが、目覚まし時計を、大事そうに両手で持っていた。

「辻町といいます。佳山知枝《ちえ》さんですね」

「そうよ」

知枝はこくりと頷く。首が据わらない赤子のような動きだった。

「お聞きしたいことがあります」

「なにかしら？」

「娘の、藍子さんの件です」

その言葉を聞いても、相変わらず空洞に光は宿らない。

「……藍子？」

知枝は要領を得ないようだったが、やがて何度か頷いた。

「あぁ、藍ちゃんのことね。藍ちゃんが、どうかしたの？」

「今、どこにいるのか分かりますか」

正常な判断ができるかどうかを確かめるための質問をするが、知枝は首を傾げるばかりだった。

「では、どんなお子さんだったか教えてください」

脈絡のない唐突な質問にも、知枝は驚いた様子を見せなかった。また、辻町のことを疑っているようにも思えない。

「藍ちゃんはね」知枝は、楽しそうに笑う。

「思慮深くて、いい子だったわ。しっかりとしていてね。大人しいと見られがちだったけど、あの子は、よく人を観察する子で、なんでも知っていたわ」

「活発な性格ではなかったんですね」

頬に手を当てた知枝は、空を見上げた。

「うーん。明るくはなかったわねぇ。でも、暗いわけでもなかった。普通かしら。とっても頭が良かったのよ。学生の頃なんか、同級生の何倍も頭が良かった。先生からも、優秀だと褒められていたわ……もし今もいたら、そうね、どんな子に育ったのかしら」

知枝は首を傾げ、虚空に視線を送る。

すべてを過去のことのように語る知枝に違和感を覚えつつ、辻町は口を開く。

「実は、藍子さんの周辺で、不審なことが多発しているんです」

言葉を選んで質問する。発言の仕方によってはエンターテイメント性が薄れてしまう。面白さを追求することが、辻町に課せられた義務の一つだった。

知枝は無邪気な笑みを浮かべた。

「昔からよ」笑みを浮かべたままの知枝は、乾燥した唇の皮を手で剝く。

「あの子の周りでは、不思議なことがたくさん起こるのよ」

「不思議なこと？」

「そう。いろいろな人が、消えていくの」

辻町は目を細める。

「消えていくとは、どういうことでしょうか」

その質問に対し、知枝は口角を上げた。唇の皮を無理に剥いたせいか、そこから血が滲んできている。

空に視線を向けていた知枝は、辻町の目を見返す。

「分からないわ。ただ、消えていくの。あの子の周りでは、不思議なことが起こるのよ。お巡りさんも、しきりに不思議がっていたわ」

「消えた人は、見つかったんでしょうか」

「もちろんよ」周知の事実であるかのように知枝は言う。

「事故よ。橋から落ちたりね。自殺もあったわ。包丁で喉を掻き切ったみたい。痛ましいわ」

「何人、死んだんですか」

辻町の言葉に、知枝は首を傾げる。

「うーん。分からないわ。でも、私の夫も死んだの」

あっけらかんとした調子だった。

「旦那さんは、事故死ですか」

「違うわ。灯油をかぶって、燃えてしまったのよ。この家の寝室で」朽ち果てた家を指差す。

「私が、いつもの散歩に出かけていたときにね」

「散歩？」

「そう。散歩よ」念を押すように知枝は言った。

「ときどき、夫に散歩に出かけるように言われたの。ほとんどいつも、夜更けだったわ。だから、私は言われたとおりに、散歩に出かけていたの」

言われたとおりという言葉を強調する喋り方だった。

「散歩をしている間、家には旦那さんと藍子さんだけだったんですか」

「ときどき、夫の友人も数人」

「なにをしていたんでしょうか」

「冬は、寒かったわ」

辻町の質問を無視した知枝は、困ったように肩をすくめる。

「でも、仕方なかったの。あの人のお陰で食事も食べられるし、寝る場所もあったんだから。私一人じゃ、生きていくことができなかったもの。私、社会で生きる力のない人間だから」

その言葉は、まるで自分自身に信じ込ませたいと願っているような強い口調だった。

「あなたが散歩をしている間に、旦那さんは自殺したんですね」

重心を左足に預けつつ訊ねた。

知枝は、目を閉じる。

「……不思議よね。悩みを抱えるような人じゃなかったのにね。本当に、不思議」

「藍子さんの様子はどうでしたか」

「べつに、いつもと変わらなかったわよ。目の前で父親が自殺したっていうのに、涙ひとつ流さなかった。それから、夫の友人がどんどん死んでいったの。そのお葬式で、藍ちゃん、声を出さないで笑っていたのよ。不謹慎ったらありゃしないって怒ったんだけど、どうしても止めなくて。あんなに可愛がってくれたのに、どうしてなのかしら」

一瞬、憎悪の感情を発露させたような気がしたが、光の加減のせいかもしれなかった。この場所に来てから、やけに雲が多くなっており、頭上の太陽が見え隠れしていた。

「それからの藍子さんは？」

「どうだったかしらねぇ。高校を卒業してから、どこかに行ってしまったわ。突然よ。挨拶もなし。せっかく育ててあげたのに、置き土産《みやげ》もなし。失礼だと思わない？」

「行方を探さなかったんですか」

「そんなことしないわよ」返答した知枝は、真剣な眼差しを向けてきた。

「あの子がいると、人がいなくなるから。私だって、いなくなってたかもしれないのよ……そうでしょう？」

微笑みを浮かべた知枝は、手に持っている目覚まし時計を見て、驚いたような声を上げ、薬を飲む時間だと告げた。

「これを飲むと、心が落ち着くのよ」

立ち上がり、ポケットから錠剤を取り出した。ＰＴＰシートの文字を見る。ビタミン剤に整腸剤。その中に、精神安定剤が見えた。

それらを一錠ずつ口に放り込み、庭の隅にある立水栓に向かっていって蛇口をひねる。そして、ホースから出ている水を飲んだ。

手の甲で口元を拭った知枝は、蛇口を閉めて、そのまま家の中へと消えていってしまう。

声をかけるが、反応がない。

まるで、そこに人がいることを完全に忘れてしまったかのようだった。

喜怒哀楽がない。一応、笑みを浮かべているが、顔の筋肉の引き攣り具合が、たまたま笑みになっただけのように感じる。

自分を守るための防衛手段として感情を捨てたのか、それとも、さまざまな出来事を経験した結果、感情がすり減って摩滅してしまったのか。

辻町は身体を反転させて、車に戻った。

運転席に座り、胸ポケットから手帳を取り出す。次は、ここから車で十分ほどの場所だ。

## 3

国道から一本外れた道に、目的の家はあった。立派な日本家屋。築四十年は経っているように見えるが、手入れが行き届いていた。屋根に敷き詰められた瓦が、日差しを照り返している。

表札には、鍋島《なべしま》と太い字で書かれてあった。

仰々しいと感じてしまう大きさの門を潜り抜け、玄関に向かう。すると、ちょうど人が出てきた。

老年の男は、目を丸くして驚く。

「先日お電話した辻町です。鍋島さんですか」

辻町が警察手帳を見せると、男は警戒心を残しつつ、自分が鍋島だと名乗った。

家に招き入れられ、客間で待たされる。イグサの匂いが強い。畳を張り替えたばかりなのだろう。

一分も待たぬうちに、両手にアルバムを持った鍋島が戻ってきた。アルバムの表紙には『群馬県立前橋中央高等学校』と書かれてあった。

「電話でもお伝えしましたが、佳山藍子さんについてお聞きしたいと思って伺いました」

質問しつつ、座布団の上に座る鍋島を見る。

化学の教師らしく、少し神経質そうな顔立ち。朽ちた牛蒡《ごぼう》のような身体は健康体とは言いがたく、顔色も悪かった。目の窪み具合から察するに、なにかしらの持病を抱えているのだろう。

鍋島は、藍子が高校二年生の時の担任教師だ。すでに定年退職をしており、経済面に問題はなく、悠々自適に生活しているように見える。

辻町は、藍子の学生時代を知る人間を当たっていて、ここに辿り着いた。

「お話をする前に」空咳をした鍋島は続ける。

「どうして、佳山さんのことを警察が調べているのでしょうか」

当然の疑問だろう。

「実は、彼女の周囲で不審なことが起きているんです。捜査の関係上、それ以上のことは言えませんが、過去の佳山さんを知る必要が出てきたんです」

手帳を取り出しつつ、辻町は言う。

説明とも言えない内容だったが、鍋島は納得した様子だった。

「そうですか。佳山さんねぇ……」

過去に思いを馳せるような遠い目をしていた鍋島は、おもむろに卒業アルバムをめくり始め、真ん中あたりのページで止める。

「この子で間違いないですかな」

四十人ほどの顔写真が並んでいる中から、一つを指差す。佳山藍子という名前。あどけなさを残す少女。暗い印象を受けるのは、真っ直ぐにこちらを見返している瞳の色だ。底の見えない暗さが、瞳に宿っている。

「間違いありません。当時、彼女の周囲で不思議なことはありませんでしたか」

「……もう、十年以上前ですからねぇ」

鍋島は首を右に倒して頭を掻く。覚えていないというよりも、口にしたくないような様子だった。辻町の質問に対し、なにか、確信めいた部分を持っているのだろう。

「思い当たる節があるんですね」

その問いに鍋島は唸り、躊躇っているようだった。ただ、ここに招いた時点で、話すつもりになっているのは間違いない。要するに、出し渋るパフォーマンスをして、自分は乗り気で話すわけではないと言いたいのだろう。気休め程度の責任逃れ。

「正直に話してください。これは、捜査のためですので。誰の発言かが公になることは決してありません」

その言葉が効いたのか、鍋島は再び唸り声を上げた後、ようやく話し始める。

「佳山さんはですねぇ、大人しい生徒でした。基本的には、集団の中で目立たない存在です。ですが、写真を見ても分かるとおり、綺麗な顔立ちをしていました。マドンナのような存在ではありませんでしたが、密かに人気があったようです」

「交友関係は？」

「……どうでしょうか。私は教師という立場でしたし、生徒の状況をすべて把握しているわけではありませんでしたから」

弁解するように言った鍋島は、居心地が悪そうに身体を揺すった。知っていて、隠しているように思える。後ろ暗いことがあるのだろうか。

「それで、ここからは、あくまで噂なんですがね……」

鍋島は喋るのを一旦止めて、言いにくそうに唇を歪めて沈黙する。辻町は急かさず、待つことにした。

忙しなく視線を動かしていた鍋島は、薄い唇を舌で舐《な》めた。そして、大きく息を吐く。

「佳山さんが男子生徒から人気があったのは確かなんですが、当校のマドンナは、別にいたんです」

別のページの写真を指差す。体育祭のときの集合写真のようだ。やや面長だったが、大人びた印象の少女だった。ストレートの髪は長く、漆《うるし》のような色をしていた。力のある親の元で、不自由なく暮らしているような呑気さが、顔から滲み出ていた。

「桃井《ももい》夏織《かおり》さんっていうんですけど、華のある生徒でした。クラスの中心というか、ともかく、いつも話題になっていましたよ。桃井さんと、佳山さんは、特に仲が良かったわけではありませんでした。中心的存在の桃井さんに対して、佳山さんは地味なほうでしたし、グループがそもそも違ったんです。彼女たちが二年生のときに担任をしていましたが、話しているところをほとんど見たことがありません。ですが、三年生になってしばらくしてから、二人は急に仲良くなったんです。そして、それに前後して、ある噂が……」

再び言い淀む。

「どんな噂なんですか」

「……最初は、確証のない話でした」

自分に言い訳するような口調の鍋島は、目を伏せる。

「彼女たちは同じクラスでした。そして、そのクラスの担任が、坂上《さかがみ》先生だったんです」

坂上。坂上信《しん》。

辻町は、頭の中にあるファイルから情報を引き出した。

藍子を調べるにあたり、警察官という立場を使って情報取集をし、記憶していた。

「坂上先生は、まだ三十歳くらいの若い先生で、顔立ちも良くて、なんというか、シュッとしている人でした」

適当な表現が見つからないのか、たどたどしい。

「坂上先生は独身でしたし、なにごとにも熱心に取り組むタイプでしたので、生徒からの信頼も厚かったようです。あまりに人気があるので、生徒と交際しているなんて話は、何度となく耳に入っていました。でも、どれも真実味に欠けるものでしたので、学校側は対応をしていなかったんです。でも、桃井さんと佳山さんの件に限って言えば、先生数人で、内々に調査をすることになったんです」

要領を得ない説明に、辻町は苛立つ。しかし、表面には一切出さなかった。

「つまり、坂上先生という人は、二人の生徒と交際していたということですか」

やや目を見開いた鍋島が頷く。

「それ自体は、かなり信憑性がある話でした。本人は否定していましたが、当時は、私も探偵のようなことをやらされて尾行していまして、何度か逢引《あいびき》を目撃しています。まぁ、男女関係を疑う証拠を押さえたわけではありませんが」

「坂上先生は、同時に二人と付き合っていたということでしょうか」

「仰《おつしや》るとおりかと思います」腕を組んだ鍋島は渋面を作る。

「坂上先生は二人と逢瀬《おうせ》を重ねていました。でも、結果として、坂上先生は、桃井さんを選んだんです」

「選んだ、ということは、坂上先生は桃井さんと結婚されたということでしょうか」

「いえ、心中です。学校からそれほど遠くない場所に、滝沢《たきざわ》の不動滝《ふどうたき》というところがあるんですが、桃井さんはそこから飛び降りて死んでいました。坂上先生は、滝の手前にある滝沢不動尊本堂の近くで遺体となって発見されています。それはもう、バケツをひっくり返したような騒ぎでしたよ。死者を冒瀆《ぼうとく》するのは憚《はばか》られますが、坂上先生の行為が明るみに出てから、メディアや保護者から、相当なバッシングを受けまして、学校全体が蜂の巣をつついたような騒ぎでした」

当時のことを思い出して苦いものがこみ上げてきたのか、鍋島は眉根を寄せた。

「二人は自殺したということですか」

「はい。最終的には、そういうことで落ち着きました。ですが、桃井さんのお父様が、ここら一帯の名士でして、娘が自殺するはずがないと主張したので、殺人の線でも捜査されたんです」

「たしかに、心中ならば一緒に飛び降りるのが普通ですね」

辻町は顎に手を当てた。二人は別の場所で、別の方法で死んだ。不可思議な状況だ。

「夜中に二人であの場所に行った理由は、おそらく人目を忍んで会いたかったからでしょう。田舎ですから、坂上先生の家に生徒が出入りしている場面を他人に見られでもしたら、すぐに広まってしまいますからね。不動滝の入り口近くに坂上先生の車が残されていたので、車で行ったんでしょう」

「怪しい人物は、見つかったんですか」

「見つかっていません……あ、いえ、一人だけ」

鍋島はそう言うと、アルバムの佳山藍子を指差す。

「坂上先生の車の中から、佳山さんの毛髪が見つかっています。警察の事情聴取で、佳山さんは、坂上先生と交際していたことを素直に認め、別の日に同乗した際に落ちたものだろうということになったのですがね。聴取をした捜査員の人が、佳山さんが妙なことを口走ったので、その後、しばらく行動を監視したそうです」

「妙なこと、とは？」

〝人のものを盗るのは、やっぱりよくないですよね〟

鍋島は、押し殺したような声を出した後、深いため息を漏らす。

「……佳山さんは、事情聴取をされているときに、警察の人にそう言ったそうです。でも、結局、佳山さんは関係ないという結論が出て、捜査は打ち切りになったと聞いています。警察が捜査をしている間、いろいろな噂が流れたんですが、どれが本当だったのか……」

「警察の人というのは、大山晃《おおやまあきら》という刑事ですか」

その単語を聞いた鍋島は、驚いたように目を見開く。

「……たしかに、そういった名前でしたね。当時、頻繁に聞き込みをされていました」

「分かりました。それと、最後にお聞きしたいのですが」

そこで一度区切り、鍋島を真っ直ぐに見る。その瞳に怯えが宿っていた。

「坂上先生の死因は、なんだったんでしょうか」

「……毒物を飲んだということでした」

「その毒物の出どころは？」

一瞬、思いつめたような表情を見せた鍋島は、慌てたように口を開いた。

「高校の理科室で保管していた薬物が盗まれていたんです、キャビネットの鍵が壊されていましてね」

「その場所には、生徒が簡単に入れるのでしょうか」

「……簡単ではないですが、難しいわけでもないです」

額に汗を浮かべた鍋島が返事をする。

辻町の脳のシナプスが活性化する。

「高校の理科室にあるようなものでは、少量で人を殺すほどの毒物はないでしょう。つまり、なにかしら調合した可能性が高い。高校生の佳山さんの、化学の成績はどんなものでしたか」

「……そこまでは、覚えていません」

歯切れの悪い返答。辻町は続ける。

「誰かが手引きした。そう考えるのが妥当かもしれません。共犯だったのか、それとも、何者かが毒物の作り方を教えたか。例えば、化学の先生なんかなら、そういった個人授業は可能でしょうね」

「なつ……」

鍋島は反論したそうに口を開いたが、声が発せられることはなかった。

「ありがとうございます」

辻町は立ち上がってお礼を言い、鍋島の家を辞した。

毒物によって坂上は殺された。

そして、今回殺された四人も、毒物によって身体の自由を奪われている。

手応えがあった。

## 4

車で一時間ほど走り、草津《くさつ》温泉の近くにある民家の前に停車させる。北欧風の住宅は、壁面が白く塗られている。白樺《しらかば》の木が似合いそうな家と、定年退職した刑事のイメージが合わなかった。

インターホンを押し、しばらく待っていると、半纏《はんてん》を着た男が現れた。草履を擦るようにして近づいてくる。ここに来る前に写真で確認した、大山晃だった。

「……誰だ」

「警視庁捜査一課の辻町です。先日、お電話した」

警察手帳を見せる。

大山は手帳には目もくれず、じっと辻町を睨みつけていた。彫刻刀で彫ったかのような皺が顔に刻まれて、厳しい表情になっている。背筋がぴんと伸びていて矍鑠《かくしゃく》たる様は、老いを感じさせない。

「中に入れ」

不愛想に言った大山は、背中を見せる。辻町は後に続いた。

家の中は、綺麗に整頓されていた。外観と統一するように北欧風の調度品で揃えられている。

リビングに案内され、対面するようにテーブルの前に座った。

「家内は不在だ。だが、すぐに帰ってくる」

吐き捨てるように言う。早く帰れということなのだろう。

「用事が済めば、すぐに帰りますので」

「前置きはいい。わざわざ本庁の捜査一課が出張ってきて、どんなことを聞きにきたんだ」

ぶっきらぼうな調子で訊ねてくる。

辻町は、慎重に言葉を選ぶことにした。臍《へそ》を曲げた瞬間、帰れと怒鳴られるだろう。

「佳山藍子の件です。まず、坂上信と桃井夏織の心中について、教えていただければと思ってきました」

「理由は」

「警視庁管内で、殺人事件が発生しています。連日ニュースでやっている、連続殺人です。この件に、佳山藍子が関わっている可能性が浮上しています」

眉根がピクリと震える。

腕を組んだ大山は、身体の中に溜まっている埃の塊を吐き出すように深いため息を吐いた。

「あれは、教師と生徒の心中だ。あんたらは、他県の痴情にまで首を突っ込むんだな。しかも、かなり昔の話だろう。どうして、連続殺人事件と関連があると思ったんだ」

「それは言えません」

「言えないのなら、こっちだって喋れないな。ギブ&テイクという言葉を知っているだろう」

面倒な男だと思いつつ、誠実そうな表情を顔に張り付ける。

「このままでは、被害者が増えてしまいます。今回教えていただけない場合、上の人間が訪問することになるかと思います。その場合、隠し事をしていないか確認するために、連日訪問することになり、奥様にもご迷惑がかかるかと」

明らかな脅し。OBならば、警察の執拗《しつよう》さも、わざと嫌がらせに近い捜査をすることも理解しているだろう。

案の定、辻町の言葉は効いたようだ。

「……なにが聞きたい」

大山は苦々しい表情を浮かべる。

多少脅しめいた言い方が功を奏したようだ。

「当時、自殺ではなく他殺の可能性が指摘されていました。そして、容疑者として、前橋中央高校の三年生である佳山藍子が浮上した。間違いないですね」

無反応。

辻町は続ける。

「佳山藍子と桃井は、教師である坂上と交際していた。しかし、坂上は桃井という女子生徒と心中している。つまり坂上は、佳山藍子ではなく桃井を選んだと考えるのが妥当かと思います。ただ、本当に心中だったのか」

大山は鼻梁《びりょう》に皺を寄せる。

「……あの学校の教師たちも、二人の交際は把握していたな。教師と生徒だ。飛び上がって喜ぶような話じゃない。学校は、不祥事を隠蔽しようとしていた」

苛立ちを隠そうとしない大山を観察しつつ、口を開く。

「心中事件として処理されそうなところを、桃井の父親が他殺として捜査を継続するように要請した。これも間違いないですね」

大山は鋭い視線を送ってくる。

「……捜査継続の理由は、それだけじゃない。目撃証言があったんだ」

「目撃証言？」

頷いた大山は、視線をテーブルの天板に向けた。

「坂上と桃井が死んだ日のことだ。県道に横づけされた車内に、坂上を含めて三人の人間がいたのを目撃している奴がいた。死亡推定時刻の、二時間前だ」

「顔は見たんですか」

「車内のライトを点けていたらしいんだが、後部座席の人物の顔は見えなかったそうだ。運転席に坂上、助手席に桃井がいたことだけは分かったということだ」

「後部座席に座っていた人物の特定はできたんでしょうか」

大山は首を横に振る。

「見つからなかった。殺人の線が完全に消えていたわけではないが、半月後には心中ということで一件落着だ」

「不審人物を見たという目撃者がいたのにもかかわらずですか」

疑問を口にする。聞いた限りの状況で判断して、殺人事件の線を消去するのは早計だ。

「見間違いということで処理された」

「見間違い？　根拠もなく、目撃証言を消し去ったんですか」

辻町の問いに、大山は後頭部を掻いた。

「……遺書が出てきたからな」

「遺書？」

「そうだ。坂上の部屋の押し入れの中から出てきたらしい。奥まった場所にあったらしくてな。家の中を捜索した捜査員が見逃していた」

説明を聞きつつ、辻町は不審に思う。自殺する人間が、最後の主張である遺書を遺す場合、分かりやすい場所に置くのが普通だ。あくまで遺書とは、読んでもらうために書くものであって、隠すのは妙だ。

「坂本の部屋を調べていたのが若い捜査員だったからな。単なる見落としだ」

辻町の思考を察したのか、大山は低くくぐもった声を出す。

納得ができない。

「遺書は、誰が見つけたんですか」

「……俺だ。事件の手がかりがないか探すために、坂本の家に行ったときに発見した」

「そうですか。ちなみに、遺書の筆跡鑑定はしたんでしょうか」

その質問に、大山は不快感を露にした。

「どうして、そんなことを聞くんだ。俺たちの捜査を疑っているのか」

怒りが滲み出た力強い瞳。そこに微かだが存在する動揺。

「刑事として、筆跡鑑定の有無は普通の質問ですよ。なにか、後ろめたいことでもあるんでしょうか」

「……そんなの、あるわけがないだろ」

本心を隠すために用いられたような憤慨。

旧時代の刑事だなと思う。

「ちなみに、佳山藍子が捜査線上に浮上したようですが、大山さんは、彼女と個人的な関係はありませんでしたか」

驚愕《きょうがく》の表情を一瞬浮かべた大山は立つ瀬がないのか、苦々しい顔のまま沈黙した。苦境に立たされた人間に共通する、酸味のある汗の臭いが鼻を突く。

辻町は、だいたいの流れを把握することができた。

おそらく、遺書は坂本と桃井の死後に作成されたものだ。後部座席に座っていた人物は、藍子で間違いないだろう。藍子は、他殺の線を捨てない警察に対し、遺書という材料を提供し、終止符を打った。ただ、自ら坂本の家に置くのはリスクがある。そこで、大山を使ったのではないか。藍子が坂本の家に入るのを目撃されたら危険だ。そこで、大山に白羽の矢が立った。刑事なら、坂本の家に出入りしても不審ではない。

では、藍子は、どうやって大山に協力を仰いだのか。

協力ではないという直感があった。おそらく、脅したのだ。

未成年の少女が成人男性を脅す手段は、いくつかある。大山を犯罪に加担させたというのは飛躍した発想だが、おそらく、藍子は大山の弱みを握った上で、遺書の存在を大山に相談したのではないか。そして、大山が手を貸さざるを得ない状況に追い込み、坂本の家で発見するように仕組んだのだろう。

頼み方は、いくらでもある。

例えば、坂上から遺書を渡されていたが、怖くて出せなかったと言えばいい。後ろめたさを持つ大山は、協力するに違いない。

目の前の男も、藍子にからめとられた一人だ。

これは証拠のない推量だが、いい線をいっているという感触はあった。

「話が逸れますが、もう一点、教えていただきたいことがあります」

話題を変えたことで、大山は安堵したような表情を浮かべる。

「大山さんは、佳山藍子の父親の焼死事件も調べたんですよね。詳しく聞かせてください」

「……どうして、そんなことを知りたがる」

「彼女の周囲で、不思議なことが起こっているんです。焼死事件は、その解決の糸口になるかもしれません」

仏頂面の大山は、無言で考え込んでいる。見定めるような視線をときどき向けてくるのは、辻町の言葉の信憑性を測りかねているのだろう。

「知っている限りで構いません。先ほど、佳山藍子の母親に会いましたが、話を聞けるような状況ではなかったので」

辻町の言葉を受けた大山は、喉仏を何度か動かしてから口を開いた。

「母親は、精神的に病んでしまったからな」痛ましそうな顔になる。

「どこまで知っているか分からないが、坂本と桃井が心中した一年後に、佳山藍子の父親が焼身自殺した。だが、あれは他殺なんじゃないかって話もあった」

「不審な点があったということですか」

「いや、他殺を裏付けるようなものは見つかっていない。父親は灯油を全身からかぶり、マッチで火をつけて焼死した。遺体からアルコールが検出されていたから、多量の酒を飲んで死んだということになっているし、自殺したときに近くにいた佳山藍子もそう証言している」

焼身自殺についての資料を事前に見た限りでは、父親の自殺を、藍子が傍で見ていたということだ。止める暇もなく、死んだらしい。そのとき、母親は外で散歩をしていた。夜更けに、氷点下の中、一人歩き回って時間を潰していた。家の中で行われていることから目を背け、耳を塞ぐために。

「近所の住民の間では、父親が娘である佳山藍子に性的暴力を加えていたという話があった。ときどき、佳山藍子に奇抜な格好をさせた上で、一緒に散歩をしている父親を目撃したということだ。首輪やリードこそなかったが、ペットみたいだったという証言もあった」

「警察への通報などは、なかったんでしょうか」

「なかった。もし通報されていれば、なにかしらの対処ができただろうな。それと、あの家の周りでは、よく動物が死んでいたらしい。猫や犬が、ケバブのように肉を削がれていた……まぁ、誰がやったかは分からないがな」

言い逃れをするような口調で大山が言い、時計を見る。

もう帰れという合図だろう。

「ほかに、なにか気づいた点はありませんでしたか」

早口で訊ねた辻町は、座ったまま、椅子を後ろに下げ、この質問が終わったら帰ることを示す。

大山は、チェシャ猫のような不敵な笑みを浮かべた。

「佳山藍子は殺《や》ってないと警察は判断した。そして、可哀想《かわいそう》な娘だと評された。ただ、日常生活を一緒に過ごす周囲の人間は、佳山藍子を表現するとき、同じ単語を口にすることが多かった」

——サイコパス。

低い声で告げた大山は、気をつけろよと無用の助言をしてくる。

辻町は席を立ち、大山に礼を言った。

性的暴行と動物虐待。

人格を歪ませるために必要な要素のすべてが揃っているわけではないが、この二つがあれば、〝危険地帯《インナーシティ》〟にいるサイコパスの下地づくりとしては十分だ。

## 5

次の目的地に向かうため、関越《かんえつ》自動車道に乗る。曇り空になったため、サングラスを外した。渋滞こそないものの、車の交通量は多い。

ハンドルを握りながら、考えを巡らせる。

キリングクラブが提示した三人の容疑者を追えと命令された。しかし、その三人が全員死ぬという事態が発生し、辻町は、このゲームは終わったのかと思った。國生が犯人という結論も出した。ただ、キリングクラブは無言を貫き、辻町に対して指示を与えなかった。それは、答えが間違っているので継続しろという意味だ。まだ楽しませろということだ。

この事件は終わっていない。そう考えた辻町は、事件を洗い直すことにした。そして、根拠は不十分ではあったが、まったく新しい容疑者が浮かびあがり、こうして裏付け捜査をすることにしたのだ。

事件と容疑者を繋ぎ、推測する。ほぼ正解だという実感があったものの、不可解な部分があった。

被害者は、扁桃体を切除されていた。開頭方法は、手慣れたものだったらしい。当初は、脳外科医の國生明が犯人だという当たりをつけていたのだが、それは間違いだった。

新たに浮上した容疑者は、医者ですらない。

この点を補強するために、徹底的に身辺調査を行い、一つの仮定に辿り着く。

これから、それを確かめにいくところだ。

約四時間をかけて神奈川《かながわ》県へと車を走らせる。川崎《かわさき》区夜光《やこう》に到着したのは、十九時を回った頃だった。

工場が密集する地域には、いくつかの斎場があるようだ。『セレモニーホール月光《げっこう》』は、その中でも大きな斎場だった。

正面玄関の自動ドアを抜け、受付の女性に名前を告げる。しばらくして、長身の男が現れた。身体の引き締まった男は、半ばうんざりしたような表情を浮かべている。簡単な挨拶を交わした後、一階の応接室へと案内された。

桔梗《ききょう》の花が描かれた湯呑みがすぐに出され、男と名刺交換をする。

安西雄二《あんざいゆうじ》。株式会社光ノ月《ひかりのつき》の社員。肩書は、専務取締役となっていた。訪問が遅くなったことを詫びると、役員に定時退社という概念はないですからと、参ったというような笑みを浮かべる。

「新宿にある自宅で殺された、戸塚秋稔さんについてお聞きしたいのですが」

その質問に、安西は額に皺を寄せ、親指で眉毛を掻いた。

「すでに何度か警察にお話ししていますが、まだなにか聞きたいことがあるんですか」

黒いスーツを着た安西は、非難するような調子で言った後、ストライプのネクタイに付けているタイピンを指で弄んだ。

年齢は五十歳くらいだろうか。疲れた顔をしているのに若々しく感じるのは、豊かな頭髪のせいだろう。

「警察っていうのは、馬鹿みたいに何度も同じことを確認する必要があるんですよ」辻町は淡々と続ける。

「戸塚秋稔さんは、この会社の事業本部長をしていましたね」

「そうですね」

ささやかな抵抗を諦めた安西は、ため息交じりに返答する。

「ここの運営会社の従業員数は約百名ですよね。三十四歳という年齢にしては出世しているように思います。やはり、社長の息子ということが、少なからず関係しているのでしょうか」

「いえ、実力ですね」

きっぱりと言い切る。特に繕っているわけでもない。嘘ではないようだ。

「では、社長の息子だった彼には、どのくらいの権限があったんですか。また、この会社で事業本部長というのは、どの程度の地位にあるのでしょうか」

安西は不審そうに眉根をひそめる。

「……わざわざ来られたのは、秋稔くんの出世のことを聞きたかったからなんですか」

「違います」

「では、どうして会社のことを聞くのでしょうか」

「情報収集の一環です」

その返答に、安西は不快感を露にする。

「秋稔くんは、連続殺人の犯人に殺されたとニュースでやっていました。あなたは、うちの会社の人間が犯人だとでも思っているんですか」

「それは違います」辻町は肩をすくめる。

「ただ、この会社での彼の立ち位置を確認したかったんです」

「……どうしてでしょうか」

「現時点で、社内で、事件に発展するような摩擦があった可能性は否定できていません。これは、可能性を潰す質問だと思ってください。今のところ警察は、この会社に容疑者がいるとは考えていません」

その返答に多少安堵したのか、表情を和らげた安西は、ソファーの背凭れに背中をつける。そして、口のまわりを掌で拭った。

「正直にお話をすれば、秋稔くんは、たしかに優遇されてもいました。まぁ、次期社長という立場でしたからね。でも、実力もありましたので、社員から不平不満は出ませんでしたよ」

次期社長の不満を明け透けに話す社員はいないだろうと思いつつ、辻町は口を開く。

「たとえば、戸塚秋稔さんは、この斎場内の、どこでも自由に行き来できますか」

「……どこでも、とは？」

「言葉どおりの意味です。施設内のすべての場所への出入りは可能だったのでしょうか」

「妙なことをお聞きになりますね」安西は片眉を上げた。

「もちろんです。立ち入り禁止区域はありません」

「では、霊安室に入ることも可能ですね」

安西の表情が、唐突に険しくなった。

「……霊安室、ですか」

「はい。戸塚秋稔さんは、アメリカに留学して、エンバーマーの資格を取得されていますね。自ら、エンバーミングを施すことはあったんでしょうか」

「……ずいぶんと、お詳しいですね」

目を丸くして驚きつつ、歯切れの悪い言葉を返した。

エンバーミングとは、死体防腐処理のことだが、原形の崩れた遺体の修復作業もする。その作業に従事する者をエンバーマーと呼び、アメリカなどでは盛んに行われている。

「たしかに、秋稔くんはエンバーマーの資格を持っていましたから、この施設でエンバーミングをしたり、従業員に教えたりもしていました。土葬が主流のアメリカと比べて、日本はほとんど火葬ですから、依頼はそれほど多くなかったですけど」

口調に変化はなかった安西だったが、顔色が悪くなっていた。

辻町は、変化を逃さないように注意深く観察する。

「たとえば、戸塚秋稔さんが、誰かを霊安室に連れ込んでいたということはありませんでしたか」

安西は、明らかに動揺していた。

核心に触れたと辻町は思った。

「戸塚秋稔さんは、他人を霊安室に入れていた。それも、頻繁に」

「……」

安西は押し黙る。

捜査報告書には書かれていなかった事実。このことが明るみに出れば、会社の評判が落ちると思って伏せたのだろう。

「会社は、そのことを把握していたんですね。しかも、見て見ぬふりをした」

「……」

「誰と一緒に霊安室にいたんですか。黙秘を続けるようなら、令状を取ってきて強制捜査をしてもいいんですよ」

「そ、それは……」安西は慌てる。

「……分かりません。監視カメラにも、顔は映っていませんでした」

動揺は、怯えに変化していた。

辻町は声を和らげるよう努める。

「霊安室に監視カメラは？」

安西は、力なく首を横に振った。

やはり、推測は正しそうだ。細い一本の糸を手繰り寄せる。

開頭手術ということに固執しすぎていたのだ。どうしても、専門的な能力が必要だと考え、そこでバイアスがかかってしまっていた。開頭された骨の断面。プロ並みの執刀能力を有していると報告書に書かれてあったが、そこに、拙さもあるという一文が添えられていた。辻町は、脳外科医の國生が犯人で、わざと拙い執刀をして捜査を攪乱していたのだと考えていた。

ただ、それにどれほどの意味があるのか。そもそも、そのような工作をする必要はないほどに、犯行現場には犯人に繋がる証拠がなかった。

そこで、辻町は仮説を立てた。

犯人は、開頭に慣れた素人。実際、脳を露出させるくらいのものなら、練習をすれば手際よくやれるようになるということだった。

練習を重ねられる環境。そこでようやく、殺された戸塚が重要な位置にいることに気づいた。葬儀場ならば、遺体はたくさん運び込まれる。

戸塚がエンバーミングの資格を持っていることは、少し前に上がった捜査本部の報告書で知った。エンバーミングは、主に防腐・殺菌消毒・修復・化粧を施し、遺体を綺麗な状態にする。

この技術を、当初辻町は重要視していなかった。しかし、ようやく上手い仮説が出来上がった。過去、この葬儀場の霊安室で行われていたこと。戸塚は、壊したものを直す役目だった。


そして、壊す役目は——。

辻町は内心ほくそ笑んだ。

連続殺人を起こした犯人は、藍子で間違いない。

藍子が、戸塚と一緒に霊安室に出入りしている張本人だったのなら、辻褄《つじつま》が合う。絶対的な根拠はないが、戸塚と付き合っていた人物が藍子ならば、今回の一連の殺人事件に説明がつく。キリングクラブの内部にいる人物で、殺されたゲストたちがサイコパスだと知りうる存在。そして、戸塚との繋がりのある存在。

そもそも、最初から疑うに足る発言を藍子はしていたのだ。藍子は、青柳を発見した経緯を〝青柳が高齢だったから部屋で倒れているかもしれないと疑って家の中に入った〟と説明していた。インターホンを押して応答がないからといって、六十歳の青柳が部屋で倒れていると考えるだろうか。飛躍しすぎているし、不自然だ。

藍子は、第一発見者になりたくて、このような嘘をついたのだ。あのときに疑問に思わなかったことを恥じたが、ようやく全容が見えた。あとは突き進むのみだ。

ただ、一点。

藍子が、このような人殺し《キリング》をする理由が分からなかった。

最終章

# 蛾

# 1

電車に揺られつつ、藍子は目を閉じていた。

ふと、この前まで付き合っていた戸塚秋稔のことを思い出す。

葬儀の記事を書くときに取材したことが契機となり、戸塚と付き合うようになった。付き合ったことは公言せず、周囲に藍子の存在が覚られないよう、細心の注意を払っていた。そのようにした明確な理由はなかったが、そのほうが得をすると直感したのだ。

戸塚と付き合ったのは、気が合ったとか、そういうことではなく、ただ、死体を取り扱う人間に興味が湧いたからだ。

川崎にある斎場では、とても良い経験をしたと思う。今でも、消毒液の匂いが鼻腔に残っているような感覚がある。

スクラブの上に防水ガウン、防水エプロンを着ている戸塚の顔は、マスクとゴーグル、フェイスシールドを付けているので見えなかったが、目が細められており、笑っているのが分かった。藍子も、同じ格好をしている。処置室内の温度は二十度、湿度は四十パーセント。ひんやりとして心地よい空間だった。

「あまり、見ていて楽しいものじゃないけどなぁ」

そう言いつつも、観察しやすい場所に誘導してくれた。

この男は、いつも笑みを浮かべていた。それは、他人の顔色を窺うのを隠すための仮面のようだった。

エンバーミングテーブルの上に載っているのは、二十代前半の女性だった。交通事故で死んだ遺体には、無数の傷がついている。

遺体の近くには、生前の顔写真。これを参考にして表情を整えていくという。

戸塚は、ニトリル製のグローブをはめた手で、遺体の関節を曲げ、着衣を脱がせていく。ゆっくりとした柔らかい手つきは、どこか官能的だった。

身体の細部まで消毒を終え、鎖骨上部の中心部を小さく切開し、そこから動脈へ薬液を注射して、静脈から血液を排出する。胸腹部内や内臓に残っている血液や体液を吸引した後、防腐や防臭するための薬液を入れていく。その様子を見ていた藍子は、二人が情事をしているような錯覚を覚えた。

戸塚は慣れた様子で切開した部分を縫合し終えると、すぐに次の作業に移った。顔の傷跡については、ワックス加工されたデンタルフロスの細い糸を使い、表皮の下に針を通すようにして、皮下組織同士を糸で固定する。また、蠟《ろう》のような粘り気のあるワックスで傷や穴を埋め、顔全体をマッサージしながら表情を作っていく。

約四時間の作業だったが、藍子はその作業に見惚れていた。ただの肉塊となった遺体をこねくり回して、無理やり意味を強要するような傲慢さ。生者による死者への押しつけ。どれも、日常ではお目に掛かれないものだった。

すべてを終えた戸塚は、藍子に向き直って感想を聞いてきた。

素直に面白かったと告げる。そして、一つの提案をした。

頭の中、とりわけ、感情を掌る扁桃体をこの目で見たかった。

藍子は、感情というものが不思議でならなかった。他人に共感する能力は持っている。いや、常人よりもそれが強いという自覚があった。感受性も強すぎるほどだ。あまりにも敏感なので、火の粉が降りかかったときには全力で振り払ってしまう。湧き出た感情を我慢できない。喜怒哀楽。愛も。そういった感情を抑え込めるほど鈍感ではなかった。

普通の人と違うことは理解している。それでも、その違いはおいそれと治せるものではない。指先に熱さを感じたら、だれもが即座に反応して、熱さから遠ざかろうと手を引っ込めるだろう。それを意志でどうこうすることはできない。同じことだ。

正常と言われている基準とのズレを認識しているからこそ、扁桃体という、感情をコントロールする部位をこの目で確かめたかったのだ。

戸塚と付き合ったことで、葬儀社に運ばれてくる遺体を開頭していくのが、藍子の遊びになった。冷たくなった身体を触り、頭を切り、皺の多い脳を掻き分けて扁桃体を確認する。

感情というのは、人によってさまざまだ。だから、個々に特徴があるのかと期待したが、どれも似たり寄ったりの形をしていた。

藍子は、遺体の頭を散々荒らしていった。そして、戸塚はエンバーミングの技術をつかって、その傷を隠す。脳がぐちゃぐちゃになっていても、誰も気にしない。扁桃体がなくなっていることなど、誰も知り得ない。

藍子は多くの遺体を開頭し、扁桃体を確認した。そして、その数だけ失望した。

老若男女、扁桃体は似た形だった。人の感情というのは、千差万別ではないのか。

やがて、一つの疑問が湧いた。

生きている人間の扁桃体というのは、どうなっているのだろう。そうだ、異常者と呼ばれる人間と、普通の人間の扁桃体に違いはあるのだろうか。確かめたくて仕方なくなった。

思えば通ずる。

キリングクラブに誘われ、そして、絶好のチャンスが訪れた。

## 2

有楽町駅の改札を出た藍子は、皇居側に向かって歩く。そして、いつもの錆びた鉄製の扉を鍵で開けて中に入った。

薄暗い通路を進むと、すぐに二つ目の扉が現れる。そこを静脈認証で抜け、さらに進んだ。

キリングクラブ。

表の世界には決して現れない社交場。それなのに、ずいぶんとセキュリティーが甘いなと思う。藍子のような従業員になってしまえば、出入りは自由だ。キリングクラブに無害な人物と評価されたのか、手懐《てなず》けたと思われたのかは分からないが、一応信頼されている証《あかし》だろう。ただ、持ち物検査すらしないのは不用心すぎる。

長い階段を降りてから、先へと歩く。

ジグザグに十分ほど進んだ後、目の前に扉が現れた。それを開けると、白い部屋だ。

眉毛のない男が、いつもどおりに存在していた。真っ白な服を着ている。この空間が白いのは、どんな意味があるのか。空白。無。

ただの趣向だという考えに落ち着く。

「ここでこうやって人を待っているだけで、暇じゃない？」

藍子が問うと、無表情の男は口を歪める。笑っているようだった。

「案外、楽しんでいるよ」

「そう」

素っ気ない声を出した。男は無言で扉を開ける。藍子はその扉を抜けた。

再び廊下。その先にあるのは、更衣室だ。

服を脱いだ藍子は、シャワー室に向かい、一番手前の個室に入った。

シャワーヘッドを手に取り、蛇口をひねった。

流れ出るお湯を浴びつつ視線を上に向ける。天井付近の電球を見た。まるで、電球にまとわりつくように蛾の装飾が施されている。陶器のような質感の蛾と、電球が接触している部分が、焦げたように黒ずんでいた。もともとの意匠なのか、それとも電球の熱で焦げたのかは不明だった。どちらにしても、いい趣味ではない。

シャワーを浴び終えた藍子は、ロッカーに戻って給仕の服に着替える。

着替え終えた藍子は、鏡で自分の姿を確認した後、舌を出した。

入ってきたときとは違う扉から出て、厨房でチーフに挨拶する。

「出勤しました」

パソコンのキーボードを打っているチーフに声をかけると、チーフはインカムを耳から外した。

「今日もよろしく。いつもどおり、飲み物を運ぶんだ」

指示はそれだけだった。チーフの視線は再びパソコン画面に戻る。

子犬のような、円らな瞳。小さな瞳は愁いを帯びていたように見えたが、気のせいだろうか。

藍子に与えられた仕事は単純で単調だ。黙々と給仕の仕事をこなしていく。アルコールの注文が入ったという連絡がインカム越しに告げられ、それを持っていくだけ。これだけのことで、普通の仕事をするのが馬鹿らしくなってしまうほどの給料を得ることができる。

インカムに連絡が入らなければ、比較的自由にフロア内を見ることができた。定期的に清掃が入っているのだろう。どこもかしこも綺麗だった。しかし、所詮は人間がやることだ。掃除のされていない場所がいくつかあった。誰も気にも留めないエアポケット。

巨大な地下空間では、相変わらずゲストたちが談笑し、賭けに興じている。キリングクラブの人間が三人も殺された事実を、誰もが忘れ去っているようだった。

ここの、なにが楽しいのだろうか。つくづく不思議に思う。

巨大なシャンデリアの元、人殺し《キリング》よりも大儲け《キリング》をすることに長けた人間が集う場所。成功したサイコパスたちの憩いの場。

彼らはなにを求めてここにいるのだろう。目的は。

成功者同士の交流。より金儲けするための、情報交換の場所。外れてはいないだろうが、それだけではない気がした。

ゲストの表情を見る。

なにかを心待ちにしているような、そんな期待感が読み取れた。しかし、それがなんなのかは分からなかった。

巨大な空間でひと際目を引く存在は、やはりホステスだった。煌びやかな衣装と装飾品。自分の磨き抜かれた身体を誇示するよう着飾っている。

そして、同じくらいに存在感があるのはゲストだ。スーツかタキシードといった服に身を包んでいる彼らは、自信を漲らせていた。

反対に、一番存在感がないのが黒服の男たちだった。

キリングクラブ内で目を光らせている黒服は、視界に入っているはずなのに印象に残らない。身をひそめる術でも心得ているのだろうか。それとも、周囲との対比でくすんでいるだけか。

仕事の合間に辻町の姿を捜したが、結局、見つけることができなかった。今は、当番ではないのかもしれない。

辻町に電話をしても、出てくれなかった。家に行っても、留守のようだった。動向を窺い知ることはできない。しばらく会っていない。すでに見切った存在だったが、妙に身体が疼く。


いったい、なにをしているのだろうか。


五時間ほど働いて、勤務を終えた。

藍子は更衣室で黒い服に着替え、来た道を戻る。

白い部屋には、相変わらずスキンヘッドの男がいた。短い挨拶をして、曲がり角の多い廊下を進み、外に出る。

すでに最終電車の運行が終わっていた。タクシーで帰ろうかとも思ったが、その前に香取に電話をかけてみる。しかし、呼び出し音が聞こえてくるだけで、繋がらない。ずっとこの調子だった。

辻町が連続殺人の犯人だと告げてから、音信不通が三日間も続いていた。

大事な駒なのだ。消えてもらっては困る。舌打ちをしてからタクシーを拾い、一度家に戻ることにした。そろそろ、この件を終わりにしなければならない。

今まで凍っていたかのような冷たい部屋に入る。電気を点けずに、冷蔵庫の中からミネラルウォーターを取り出して飲んでから、あらかじめ用意しておいた遺書をショルダーバッグに入れる。そして、小型のスタンガンとナイフをレザージャケットに忍ばせた。

家を出た藍子は、マフラーで鼻から下を隠し、ロードバイクに乗った。夜の街を疾走する。人通りも疎らなため、二十分ほどで辻町が住むマンションに到着した。

離れた場所にロードバイクを停めて、総合玄関で部屋番号を押す。

しばらくコール音が鳴るが、応答はない。もう一度ボタンを押すと、ようやく繋がった。

〈どうした〉

不機嫌そうな辻町の声。マフラーで顔の半分が覆われているとはいえ、相手は、こちらの表情を観察しているだろう。なるべく、いつもの表情になるように意識した。

「ずっと連絡していたんですよ。どこに行っていたんですか」

〈……所用を済ませてきたんだ〉

所用とは、なんだろうか。見当がつかない。

「ちょっと、話せませんか」

〈なんの話だ〉

「事件について、新しい事実が分かったんです」

〈どんな事実だ〉

「直接話します」

返事が、なかなか返ってこなかった。

やがて、声の代わりにオートロックのドアが開錠された。

藍子は、乾いた唇を舌で湿らせてから歩き出す。

エレベーターに乗って最上階へと向かう。

階数ランプを眺めつつ、頭の中で自分の動作を何度も確認した。

まず、油断をさせる。そして最短の軌道で、相手の身動きを封じる。改造したスタンガンで抵抗する力を削ぐ。その後は状況を整え、自殺と思わせるためにナイフの角度を調整し、頸動脈を切る。これで終わりだ。

最上階に着いた藍子は、真っ直ぐに角部屋に向かう。インターホンを押そうと手を伸ばすと、不意に扉が開いた。

姿を現した辻町と目が合った。

その瞬間、藍子は危険を察知する。

思考が先で、行動が後手に回ってしまう。

先制攻撃を仕掛けなかったことを後悔した。相手の危険度を甘く見積もっていた。

「中に入れ。両手は見える位置」

拳銃の銃口をこちらに向けている辻町の瞳には、なんの感情も映し出されていない。こうやって銃を向けられた経験はないが、ドラマや映画の刷り込みがあるのか、危険だということは十分に理解できた。

拳銃は、レプリカには見えない。日本の警察官に支給されているものではなかった。

藍子を管理下に置いた辻町は、落ち着き払っているように見えた。

両手を上げた藍子は、ゆっくりとした動作で部屋の中に入る。背中に銃口を当てられながら、薄暗い廊下を歩いた。

寝室に行き、右手に手錠をかけられ、もう一方をウォークインクローゼットのポール部分に付けた。良い場所を選んだなと感心する。

これで、立ったまま、身動きが取れない状態になった。

辻町は、手慣れた作業でもするかのように、藍子が肩にかけているバッグの中身を漁《あさ》り、ボディーチェックをした。

スマートフォン、改造スタンガン、小型ナイフ三本がベッドに並べられる。

護身用だとは、到底言い逃れできないだろう。

「これはなんだ」

封筒を手に持った辻町が訊ねる。

「さぁ」

藍子は首を傾げると、辻町は無言で封筒の中身を確認した。

「……俺が、連続殺人事件の犯人という告白文か。ご丁寧に、遺書の役割まで担っているようだな。筆跡も俺に似せているな。どこで俺の筆跡を盗んだんだ」

キリングクラブが選んだ三人の容疑者の写真。その裏に書かれてあった容疑者の名前や経歴。これは辻町の手書きだった。

答える義理のないことだ。

銃口を下ろした辻町を、藍子は睨みつけた。

「ずいぶんと殺気立っているじゃないか」

ベッドに腰かけ、楽しそうに言った。しかし、顔は笑っていない。

藍子は戸惑いの表情を浮かべる。もちろん、本心からではなく、頭の中では必死に逃走手段を考えていた。

「さて」辻町は淡泊な調子で続ける。

「どうやって、俺を陥れようとしたのか話してもらおう」

「なんの、ことですか」

「しらばっくれなくていい。俺を連続殺人事件の犯人に仕立て上げて、殺すつもりだったんだろう。いや、自殺に見せかけようとした」

藍子は活路を見出すために思考する。一秒もかからずに、口を開いた。

「……私は、頼まれたんです」

辻町は不快そうに眉をひそめた。

「頼まれた？」

「そうです」

「誰がそんな依頼をしたんだ」

「……言えません。言ったら、殺されます」

辻町は、藍子を凝視した。

「どちらにしろ、生きられないのは理解しているだろう」舌打ちして続ける。

「俺の部屋に、勝手に高価なプレゼントを置いていったのも、依頼されてやったと弁解するのか」

「高価なプレゼント？」

「俺の部屋に勝手に置いていった、被害者の持ち物だ。お前の仕業だろう」

「……なんですか、それ」

もちろん知っていたが、とぼけた。

「しらばっくれるな」辻町は鋭い視線を向けてくる。

「香取を唆したのもお前だな」

「香取さんが、どうかしたんですか？」

「奴は、俺が連続殺人の犯人だと疑っていた。お前から相談を受けたそうだ」

藍子は、不安そうな表情を作る。

「私はそんな……香取さんは、今どこにいるんですか」

「消えてもらった」

「どうして……」

「都合が悪かったからだ」表情筋を一切動かさないまま、淀みなく喋る。

「最初、お前はキリングクラブが捜査の同行者として選んだ人間だったのでノーマークだった。だが、もしかしたらお前が重要な人物なのかもしれないと考え、裏を固めているときに、香取がここにやってきたんだ。無理やり問いただしたら、俺を疑っていると言い始めた。そこで、理由を吐かせると、お前が差し向けたというじゃないか」

辻町は、凪いだ水面のように冷静だった。

「お前の過去を徹底的に洗ってから、お前の足跡を辿るため、群馬県の前橋に行った。母親や元教師、元警官の話を聞いて、いろいろなことが分かったよ。お前の周囲では、不自然に人が死んでいる。全部、お前が関与しているんだろ？」

藍子は口を閉じたまま、様子を窺う。辻町の出方を測りかねた。

「捜査をして、お前が犯人だという確信を持つことができた。しかし、一点だけ分からないことがあった。殺した人間の開頭方法や、扁桃体の取り出し方が手慣れていて、それは、お前のような一般人には到底できない技術に思えた。開頭技術の一点だけで、俺は脳外科医の國生明を疑っていたんだが、お前の過去を調べていて、面白いことに気づいた。お前も、開頭技術を磨いていたんだな」

「……私はただの、フリーライターですよ」

辻町は左の口角を上げた。

「お前が付き合っていた、葬儀屋の戸塚秋稔だ。戸塚はアメリカでエンバーマーの資格を取っていた。それとは別に、解剖学なんかの授業も受講していたらしいな」

そこまで調べ上げていたのかと、藍子は感心しつつ、内心で悪態を吐く。

まるで、丸裸にされて晒《さら》されているような不快感を覚えた。

「念のために聞くが、四人が殺されたときのアリバイはあるのか」

藍子は肩をすくめる。

「そんな前のこと、覚えてないです」

答え終わったのを見計らったかのように、かすかにバイブレーションの音が部屋に響いた。辻町はポケットからスマートフォンを取り出して画面を確認した。

きっかり三秒の間、身体を硬直させる。

「……キリングクラブから呼ばれた。申しわけないが、しばらくそこでじっとしていてくれ。冷蔵庫の中の水は、好きに飲んでいいからな。トイレも使ってくれ。ここから動くことができればの話だが」

手錠がしっかりと機能しているかを確認した辻町が言った。

「……私は、犯人じゃありません」

去っていこうとする辻町の背中に向かって、藍子は訴えかけるような声を出す。

「本当なんです。私は、犯人じゃありません」

「この状況でよく……」

目で訴える。

辻町は、不可解そうに顔をしかめた。

「……戻ったら、ゆっくり聞き出すから安心してくれ。これでも刑事だ。吐かせる手段は心得ている」

辻町はそう告げてから、ハンカチを取り出して、藍子の口に猿轡をかませた。

「泣き叫んでも、助けは来ない。このマンションの最上階は、二部屋しかないし、離れているので声は聞こえない。下の階は、中国人が投資目的で買っているだけで無人だ。地団駄を踏んでも無駄だから止めておけ」

ハンカチをきつく縛ったので、藍子は顔を歪める。唇の端が裂け、血の味が口内に広がった。

「遠慮はいらない。存分に寛いでくれ」

そう言い残し、部屋を出ていってしまう。

藍子は目を閉じ、神経を研ぎ澄ませる。足音が、しばらくリビングを行き来する音。廊下へと向かい、そして、玄関の扉が閉まる音。微かだが、外廊下での足音も把握できた。

警戒心を解かず、気配を窺う。五分ほど、身動きをせずに耳を澄ませた。

辻町が外出したという確信を持った藍子は、口を塞いでいるハンカチを力一杯噛みしめた。手錠をかけられているほうの腕を力任せに振る。その程度の抵抗では取れないと分かっていたが、怒りを抑えることができなかった。

しばらく暴れたのち、すぐに冷静さを取り戻した。

次の行動に移る。

手の届く範囲に、クリップがないかを探す。しかし、クリップはもちろんのこと、それに代わるようなものも見つけることはできなかった。

探索を諦めた藍子は、現在置かれている状況を再度確認する。クローゼットのポールは頑丈な作りをしているため、女の腕力では壊せそうもない。辻町も、そう思っているからこそ、ここを選んだのだろう。

たしかに、腕の力だけでは無理だ。

ただし、全身を使えば別だ。

クローゼットの奥側の壁に両足をついた。宙に浮いた状態は不格好だなと思いつつ、両足に力を込めてポールを壊そうと試みる。しかし、無理な体勢のためか、力が上手く入らなかった。

少し考えた後、ポールを使い、逆上がりの要領で、クローゼットの天井に足をつける。そして、全体重と力を床のほうへと向けた。

歯を食いしばり、太股に力を込めた。口角の傷が広がっていく。血の味が濃くなる。

天と地がひっくり返った状態のまま、力を込め続けていると、不意にポールが壊れた。藍子は地面に叩きつけられる。頭から落下したので、強い痛みに視界がブラックアウトした。

「くそっ！」

猿轡の役割をしているハンカチを解き、悪態をつく。

立ち上がろうとして、よろける。頭の痛みが酷い。幸い、血は出ていない。

機能を喪失したポールを見る。どうやら、壁とポールを繋ぐ接続部品が壊れたようだ。

ベッドに広げられた私物をポケットに詰め込んでから、リビングでクリップを探す。テーブルの上に置かれた封筒をひっくり返すと、殺人事件の被害者である四人の写真が出てきた。丁寧に、クリップ止めしてある。

そのクリップで手錠を外す。構造を知ってさえいれば、十秒ほどで開錠することが可能だ。皮が裂け、血が滲んでいる手首を擦り、部屋を後にした。

足早にマンションから出た藍子は、ロードバイクを走らせる。

キリングクラブに行かなければならない。そして、首尾よく辻町を殺す。

怒りに身を任せているわけではない。

辻町は危険だ。だから、一刻も早く排除しなければならないという合理的な判断だった。

マンションで辻町の帰りを待ち、戻ってきたタイミングで殺すのは得策ではない。辻町一人で戻ってくる保証はないし、待っている間にも、さまざまなリスクが増えていくだろう。

攻撃は最大の防御というが、まさにそのとおりだ。人間は、守りに入った時点で衰弱する。できうる限り早く処理する必要性があった。そのためには、不意打ちが一番有効だ。辻町も、藍子が後を追ってくるとは思わないだろう。

キリングクラブの中で殺害できたとして、どうやって逃げるかは課題だった。幸い、あの場所には自由に出入りすることができる。勝機はある。

問題は、番犬の存在だ。

辻町を殺したことが露見した場合、すぐに取り押さえられてしまうだろう。なるべく静かに殺し、気づかれる前に脱出しなければならない。

果たして、できるのか。いや、できる。迷いなく、目的達成に集中する。そして、完遂する。今まで、そうやって生きてきた。

やはり、ナイフが一番適切な武器だ。音を出さずに殺せるナイフは、とても気に入っていた。子供の頃から動物で散々練習したので、ミスはしない。

ともかく、早く行動しなければならない。

今。今しかないのだ。人間は、瞬間しか生きられない。

二十分弱で、キリングクラブに通じる鉄製の扉の前に到着した。

口元の血を拭き取り、身なりと呼吸を整える。

一つ目の扉の鍵を開錠し、二つ目の扉を静脈認証で通過した。

長い廊下を進み、白い部屋へと至る。いつもどおり、真っ白のスーツを着たスキンヘッドの男がいた。

「今日は、出勤日だったか？」

大きな目で見つめつつ、男が訊ねてくる。

「ヘルプで入ることになったの」

平然と言う。立ったままの男は、色素の薄い瞳で凝視してきた。

「なにか顔についてる？」

「口の端に、血が滲んでいる」

指摘を受けた藍子は、親指で拭った。

「リップクリームを忘れてしまって。乾燥肌で、口が荒れやすいの」

藍子の返答に、男は僅かに肩をすくめる。納得したことを示すのかは分からないが、敵対感情は見て取れなかった。

やがて、道を譲るように半身を引いた。

もし止められるようなら、なりふり構わず改造スタンガンで無力化するつもりだったが、無事にやり過ごせそうだった。

白い部屋を出て、更衣室に入る。身につけていたものを脱ぎ捨て、給仕服を着た。時間が惜しかったため、シャワーは浴びなかった。

更衣室から厨房に行くと、誰もいなかった。

スマートフォンをポケットに入れ、給仕服の下にナイフを隠した。背中の、スラックスの内側部分に刃を剥き出しのまま挿し込んだ。お辞儀をしたらスラックスが破れるかもしれないが、取り出すことは簡単だ。

誰もいない厨房内を進む。香りはあるので、先ほどまで料理をしていたのは確かだ。鍋からは湯気が立ち、鉄板の上で肉が焼ける音がしている。

まるで、突然人だけが消えたメアリー・セレスト号の船内に迷い込んでしまったかのようだった。

普段とは状況が違う。

藍子の中で警鐘が鳴る。最大限警戒しつつ、キリングクラブへと続く扉に近づく。足が止まった。

キリングクラブの扉の横に掲げられている油彩額縁が視界に入る。そこには古い紙が入っていた。すべて英語で書かれた文字。

――わたしは蛾に話しかけていた。この前の夕方のことだ。

英語を追う。目が離せなかった。

今まで、どうして気づかなかったのだろう。

すべてを読み終えた藍子は、身体の中が沸騰する感覚を覚える。高揚感だ。

荒い呼吸をしながら、神経を研ぎ澄まして扉を凝視する。

向こう側を窺い知ることはできない。しかし、何者かがいる空気はあった。

逃げ出すという選択肢がないではなかったが、それで問題が解決するわけではないのは分かっている。最悪の場合は、スマートフォンを使おう。額縁に入っていた言葉に共感するわけではないが、狂った炎の中に飛び込むのも悪くない。

意を決し、扉を開けた。そしてほぼ同時に、フロアへと足を踏み入れた。

普段は、目を細めなければ直視できないような煌びやかな空間が広がっている。しかし、今は一転して薄暗かった。

舞台の暗転を想起しつつ、唯一明るい場所に視線を向けた。

目が合った。

「……え？」

思わず声が漏れる。

そこにいたのは、自分だった。

藍子自身が、藍子を見つめている。一瞬の混乱の後、状況を把握した。

巨大なスクリーンに、藍子が映っていた。なぜこのようなことが起こっているのか理解できず、再び頭が混乱した。

拍手が沸き起こる。万雷の拍手だった。キリングクラブの照明が灯り、眩しさに顔をしかめた。

賞賛の声がひと際大きくなった。

満場総立ち《スタンディングオベーション》。

「素晴らしいわ」

歓声の中、よく通る声が耳に届いたので振り向くと、そこには、目の覚めるような青いドレスを着た千沙がいた。ホステスをしているときとは、明らかに雰囲気が違う。

「想像以上よ」

拍手をしながら千沙が近づいてくる。

藍子は、ナイフを取り出し、構えた。脳が痺れたような感覚。この状況は、危険だ。

「警戒しなくていいわよ」クスリと笑う。

「とてもいい画《え》が撮れたもの。それなりの敬意は払わせていただくわ」

千沙は、軽く頭を下げる。

脳内の混乱は続いているものの、藍子はどう行動するべきかを考えた。最も自分に有利になる方法を模索する。

千沙は、こちらに向かってくる。

後、三歩、二歩、一歩。

ナイフを突き立てられる間合いのぎりぎり手前で立ち止まった。

ゲストたちの歓声が途切れる。

「襲うつもりはないから、物騒なものはしまって」

囁《ささや》くような声。

藍子は周囲の動きに警戒しつつ、千沙を見た。

「……これはいったい、どういうこと」

「あなたには、我々の娯楽《エンターテイメント》に協力してもらったのよ。まぁ、説明するよりも、見てもらったほうが早いわね」

そう言った千沙は、後ろを振り返った。

キリングクラブ全体が薄暗くなり、スクリーンが暗くなった。そして再び映像が流れる。

そこに映っていたのは、藍子と千沙が、ケーキを食べているシーンだった。

〈ねぇ、いい仕事があるんだけど〉

〈いい仕事って？〉

〈絶対内緒にしてね。そして、これを聞いたら、絶対に私に従って〉

〈実はね。千代田区に、ちょっとしたクラブがあるんだけどさ〉

〈千代田区？〉

〈そう〉

〈クラブって、踊るほうの？〉

〈違うって〉

会話が続いていく。映像は編集されているのか、さまざまな角度から映されていた。まるでドラマか映画を見ているようだ。

既視感。いや、過去に間違いなく経験している場面《シーン》が映っていた。

撮られていたなんて、まったく気づかなかった。汗が背中を伝う。

映像が切り替わる。

フリージャーナリストの青柳祐介にビールを浴びせてしまったときのものだ。

鮮明すぎるほどに、そのときの光景が映像として残っていた。

千沙が手を軽く挙げると、映像が止まる。

「……どういうこと」

最大限の警戒心からか、思ったよりも低い声になってしまった。なぜ、隠し撮りをされていたのか。その意図はなんだ。

「だから、娯楽よ」

「娯楽って、なに」

その問いに、千沙は首を傾げる。どこから話すべきかを思案している風でもあったし、どう話せば面白いかを考えているようでもあった。

「私は、藍子を給仕として誘った。でも、本当は、別のことを期待していたの」

「それが、この映像ってこと？」

千沙は曖昧な顔をする。

「結果として、今回のような撮影になったけれど、どんな娯楽を提供してくれるかは分からなかった。ただ、藍子なら、なにかをやってくれると思っていたわ」

「なにそれ」

鼻を鳴らす。無計画ということか。

蔑む視線に対しても、千沙は笑みを崩さない。

「藍子みたいな人を、キリングクラブはときどき採用するの。娯楽の提供者としてね。それで、こちらの期待通りに娯楽を提供してくれればよし。もし期待が外れて凡人だったとしても、給仕として雇い続ければいいというスタンスよ。藍子がゲストたちに提供した娯楽に対して、私はとても満足しているわ」

「……なにを言っているのか、分からない」

その言葉に、千沙は軽い失望を表情に浮かべる。

「分からない人ね。藍子は、一つの物語を演じたってことよ。主演はあなた。舞台は、ここ」

指を床に向けながら言った。

「……どうして、私が主役に選ばれたの？」

その質問に対して千沙は、嬉しくてたまらないといった調子で笑う。

「藍子も、サイコパスだからよ。しかも、振り切れた側のサイコパス。火の中に飛び込みたいってウズウズしていて、実際に身を投じているサイコパス」弾んだ声。

「サイコパスは、歩く姿を見るだけで、獲物になる人間が分かる。どこかの学者が実験して、それを証明したらしいけど、私たちにとっては当然のことすぎて、むしろ見分けがつかないという感覚が分からないくらいね。そして、その能力で、同類であるサイコパスを捜し出すこともできる。キリングクラブは、その能力によってゲストを獲得しているの」

自分はサイコパスなのか。他人からそう陰口を言われた経験はあるが、自分でそう思ったことはなかった。

千沙は、優しい目を向けてくる。

「世の中には、サイコパスと、そうではない人間がいるの。そして、サイコパスも、二つに分類される。いえ、三つかしら」

「……成功したサイコパスか、振り切れたサイコパス。残りは取るに足らないサイコパス」

藍子は、辻町から聞いた内容を口にする。

成功したサイコパス。全サイコパスの中で1%の割合で存在し、世の中を動かす側の人間。キリングクラブのゲスト。

千沙は頷く。

「ここのゲストになれないサイコパスは、身の回りの人間を利用するだけの小物から、カリスマ的な殺人鬼まで多種多様だけれど、総じて成功者とは言いがたい。でも、厄介なことに、ここのゲストになっている成功者の内面にも、殺人衝動が潜んでいる。だから、金儲けやセックスや賭け事で気を紛らわすのよ。キリングクラブの役割は、成功者が道を踏み外さないようにすること。馬鹿な奴らが蔓延《はびこ》ってアホ面を晒している世の中と違い、ここは、ホンモノたちが語り合う所であり、暇つぶしの場。そして、藍子のような存在も、暇つぶしの材料の一つというわけ」

「……お遊びに利用されたっていう解釈でいい？」

「悪く言えばね」

千沙はウインクする。

不思議と、悪い気はしなかった。

「スポーツジムで会ったとき、私は藍子がサイコパスだと分かった上で近づいた。事前準備は怠らなかったわ。キリングクラブの力をもって、素性をすべて調べさせて、あなたが過去に人殺しをしていることを掴んだ。だから接触してキリングクラブに誘い、なにか面白いことができないかと考えたの。私、ホステスだけやっているわけじゃないのよ」

満足そうな笑み。

藍子は下唇を軽く嚙んだ。突拍子がなさすぎて、今後の展開が分からない。今はともかく静観するべきだろう。

「勘違いしないで欲しいんだけど、私は、あなたを下に見てなんかいないわよ。むしろ、尊敬している。たしかに、あなたが殺した父親やその友人、教師、同級生の処理の仕方は感心しない。でも、あなたは目障りな火の粉を振り払っただけ。当時は、その方法が稚拙だった。でも、今回の殺人については上出来よ」

そう言った千沙は手を挙げる。

再び、スクリーンの映像が切り替わった。

そこには、青柳祐介の遺体が映っていた。

「これが、始まりとなる殺人。あなたは、青柳祐介を殺すことで、辻町と接点を持つことを期待した。辻町がたまたま当番で、事件があったら動く立場にあることを知ったあなたは、たったそれだけの理由で人を殺した。事件を作った。正直、ぶっ飛んでいるわ。でも、それがもっとも合理的な選択ならば、それは、あなたにとっては正しい判断となる」千沙は続ける。

「有名なサイコパステストがあるわ。ある男が、母親の葬儀で見知らぬ女と出会った。男は女に惚れて、自分の運命の人だと確信し、たちまち恋に落ちてしまう。どうしてもあの女が欲しい。しかし、運悪く、連絡先を聞けなかった。葬儀が終わったあとは捜しようがない状況。数日後、男は自分の弟を殺してしまう。いったい、どうしてでしょう。答えはね、弟が死ねば、再び女が現れるかもしれないから」

言い終えた千沙は、一拍置いてから再び喋り出す。

「正直、サイコパスを馬鹿にしたテストよ。でも、それがもっとも合理的で有効で最速な手段なら、実行する可能性はある。あなたは、辻町に会いたくて青柳を殺した。もちろん、それ以外にも理由があるかもしれないけれど、そこまでは調べられなかったわ」

ほとんど正解だ。藍子は心の中で拍手を送った。

辻町に近づきたかった。青柳を殺して、不審な人物を目撃したと騙《かた》ったのは、それが大きな要因だった。しかし、それだけではない。生きている人間の、それも普通の人間とは違うサイコパスの頭の中を覗きたいという知的好奇心もあった。生きた状態の扁桃体を見たかった。その思いは日に日に増していった。もう、これ以上我慢できない。そう考えた矢先のことだったのだ。

要するにタイミングが良かった。だから藍子は、青柳を殺すことにした。

ただ、拘束には、男の力が必要だ。違法に入手したゲルセミウム・エレガンスは、あくまで抵抗を弱めるためのものだった。

だから、青柳を殺したときは戸塚を使った。戸塚は気が弱かったが、殺人衝動を持っていた。遺体に魅せられていた。藍子はそんな戸塚と一緒に青柳を襲って、開頭手術をしたのだ。

生きた人間の開頭手術は、忘れられない思い出となった。活動している脳。血液が循環し、生を主張している。藍子はそこに手を突っ込み、まだ活動を続けている扁桃体を切除した。

やはり、死体とは違う。

サイコパスの扁桃体は、もっと面白かった。

強いストレスがかかると、普通は一・五センチメートルの大きさの扁桃体が、三センチメートルほどに膨れ上がると文献で読んだことがある。しかし、青柳の扁桃体は五センチメートルを優に超えている。

生きたまま、意識のある状態で頭蓋骨を切り取られ、中身を漁られるのだ。なかなかお目にかかれないストレスだろう。そのせいで五センチメートルまで膨らんだのか、それとも、やはりサイコパスというのは、感情を感じ過ぎてしまうのか。

興味深い観察の後の、偽装工作も完璧だった。

青柳の家や、その周辺の防犯カメラの死角は把握していた。青柳との約束の時間の十時間前。藍子は塀を乗り越えて敷地内に侵入し、カメラの死角を歩いて玄関に至った。そして、インターホンを押さずに扉を叩いた。インターホンが壊れていると言って。

首尾よく招き入れられた藍子は、背後に隠れていた戸塚と共に襲撃し、死なない程度の損傷を与えてから、致死量に満たないゲルセミウム・エレガンスの乾燥粉末を飲ませた上で拘束し、作業に入ったのだ。

千沙は口を開く。

「青柳が殺されたのを聞いた私は、あなたの仕業だと思った。これ、ただの直感よ。だから、あなたの本性を暴くために、キリングクラブの中から、三人のゲストを選んだ。そして、役者《アクター》として辻町を置いて舞台を整えたの。この点に関しては、最初に辻町からヒントを出したんだけどね」

「ヒント？」

「そうよ」

——三人の選定は、キリングクラブの決定だ。俺はそれを確かめる行為者《アクター》に選ばれた。

千沙は、辻町の口真似をする。

たしかに、そんなことを言っていた気がする。つまりあのとき辻町が言ったのは、行為者《アクター》ではなく、役者《アクター》という意味だったのか。舞台の上に上がる道化だと、最初に宣言されていたということか。

千沙は楽しそうに笑う。

「まぁ、ヒントというよりも言葉遊びだから、あの時点で気づくとは思わなかった。そんな自分を責めないでね。そして、あなたが三人の男をどうするかは出たとこ勝負だったけれど、上手く獲物として見てくれた」

「ずいぶんと無計画ね」藍子は蔑むように言う。

「そもそも、ゲストをそんな風に使っていいわけ？」

「ここにいる全員は、了承しているわ。暇つぶしができればなんでもいいの。もちろん、ゲストだって黙ってやられているわけじゃない。火の粉が降りかかれば、全精力を持って振り払う。前にも似たような催しをしたけれど、その給仕、ゲストの反撃に遭って返り討ちにされていたわ。あなたは殺されずに、上手くやったわね。今回は結果として、ゲストの三人は殺された。つまり、彼らはキリングクラブには相応しくないということよ。ここにいるのは、捕食者だけ。食肉は不要」

千沙が手を挙げる。

画面が切り替わり、高瀬和彦が殺されるシーンが映る。ナイフで刺している、コインブラザーズの北芝の姿があった。高瀬に人生を壊された人間。協力者がいれば、喜んで復讐を手伝う人材。復讐者と手を組んだ藍子は、自らの素性を秘匿した。顔もまともに見せなかった。もちろん、電話やメールでのやり取りもせず、直接話をした。つまり、復讐者が逮捕されても、藍子には辿り着けない状態にしていた。

「あなたが行動を起こすことを見越して、キリングクラブは、ゲストの三人を監視した。もちろん、殺害シーンも撮ったわ」

「……どうして、こんな映像が」

素直な疑問だった。状況が把握できるほど鮮明。どうして、本人たちに気づかれずに撮ることができたのか。

千沙は、快感に身をよじるような動きをする。

「日本には、五百万台以上の防犯カメラがあってね。国民はどこに行っても監視されているの。運用責任者の管理の下、国民の権利を不当に侵害しないよう慎重を期していると謳っている防犯カメラだけど、キリングクラブが使いたいって言ったら、使えるの。今回、あなたの映像を撮るために、たくさんの防犯カメラの映像を繋ぎ合わせたわ。殺害シーンについては、事前にゲスト三人の部屋にカメラを仕込んでおいたの。どうしても難しい場所は、音だけ拾ったわ。辻町には、小型カメラのほかに、常に集音マイクを身につけてもらっていたし。

もちろん、それだけじゃない。キリングクラブには、あらゆる分野の成功者がゲストになっている。だから、こういった映像を撮ることだってできるの。今回は、警視庁の外事課にいるゲストに力を貸してもらったわ。彼らは日本にやってきた諸外国の防諜活動をしていて、いわゆる秘撮が得意なのね。もちろん、ここには優秀なプロデューサーもいるし、技術者だって揃っている。みんなが成功者であり、今回の暇つぶしに付き合ってもらった仲間」

高瀬和彦、中里真吾、國生明の三人が容疑者として提示された時点で、撮影体制が整えられていたということか。

「あなたは、辻町と一緒に捜査を始め、同時に殺害計画を立てていった」千沙は藍子の目を覗き込む。

「どうして、三人を殺害していったの？」

一瞬の間の後、藍子は口を開く。ここは、本心を吐露するのがいいだろう。

「サイコパスという人種の脳の中身を見たかったから」

「取り出した扁桃体は？」

「家に持ち帰って観察した後、手で千切ってトイレに流した」

「戸塚秋稔は？　あの人は、サイコパスじゃないでしょう？」

「生きているサイコパスの脳を見て、生きている普通の人間の脳を見ないと、その差は分からないから」

「……意外に学者肌なのね」

千沙は口角を上げる。弓が軋むような音が聞こえた気がした。

「でも、本当に、それだけ？」

核心を求める視線。

藍子は、肩をすくめる。吐き出したいという衝動に駆られ、その衝動に従うことにした。

「面白そうだから！　とってもとっても、素晴らしい答えね」

「面白そうだから」

「い、い、い、い、
千沙は満足そうな表情で頷いた。

「あなたと辻町の二人には、なるべく公平になるように配慮したつもりよ。私は、辻町に藍子の情報を一切与えなかった。辻町には、藍子と一緒に青柳を殺した犯人を捜して欲しいということと、容疑者三人の写真を渡しただけ。そうしたほうが、楽しい映像が取れそうだったから。辻町は刑事として優秀だから、いいところまでいった。でも、藍子が犯人だと気づくのが遅くなった上、命まで狙われた。あまり褒められたものじゃないけれど、藍子に殺されなかったから落第は免れた」

いつの間にか、千沙の横に辻町がいた。その顔には、なんの感情も浮かんでいなかった。

「辻町の行動は、すべて映像に残してある。いいえ、あらゆるものが残っているわ」

千沙が手を挙げる。

映像が流れ出した。

弁護士である中里真吾が、置鮎謙介に襲撃されるシーン。

画面が切り替わる。

踏切で電車に轢かれる医者の國生明。

画面が切り替わる。

戸塚秋稔が、藍子に殺されるシーン。

すべてに、藍子の姿が映し出されていた。

「ここに流れているのは、すべてリアル。退屈なフィクションではなく、映像の中で人が実際に死に、苦しんでいる。まさにリアリティーショー。これほどの娯楽は、なかなかないわよ。キリングクラブで、これらの映像を何回かに分割して上映していたの。ゲストからの出資額は、かなりのものよ。歴代一位に肉薄するくらい。まぁ、当事者である役者たちがいない時間を見計らわなければならないから、上映時間の調整にはけっこう苦慮したけど、それに見合うリターンは得られた……ちなみに、國生明は、人身事故という解釈で間違いないかしら」

その問いに、藍子は肩をすくめる。

「あいつの周りに利用できる人間がいないか探っているときに、偶然死んだの」

「そう。もし事故がなければ、もっと面白いものが見られたかもしれないのに、残念」

千沙は無邪気に喜んでいたが、やがて口を尖らせる。

「あなたに対して、不満がないわけじゃない。でも一つ聞きたいんだけど、戸塚秋稔だけ、どうして自分一人だけで殺したの？」

「そんなの」藍子は吐き捨てるように言う。

「利用する人間がいなかったからに決まってるでしょ。戸塚は罪の意識に苛まれて暴発しそうだった。出頭でもされたら、私だって巻き込まれる。早急に殺す必要があった。戸塚は、罪の意識で死にたがっていた。いや、殺されたがっていた。だから、私一人でやれると判断した。念のため、毒物は使ったけど。まぁ、生きている普通の人間の扁桃体も見たかったし、一石二鳥だった」

話を聞いていた千沙は、口を尖らせる。

「その点だけは感心しないわ。防犯カメラに、戸塚の家に出入りするあなたの映像が残っていたわよ。まぁ、顔は映っていなかったけどね。私はあなたに可能性を見出した。だから、あなたに有利になるように、嘘の目撃者を使って捜査を混乱させたんだからね。感謝してよ」

嘘の目撃者。

そういうことかと腑に落ちる。

藍子が殺したにもかかわらず、まったく違う犯人像が出来上がっていることを少なからず不審に思っていた。

「あと、三人を殺した犯行現場だけどね。証拠の隠滅を丁寧にやっていて感心したけど、完璧じゃなかった。あれでは、日本の警察を騙せないわ。だから、キリングクラブがしっかりとクリーニングしたのよ。面白い映像が撮れる前に警察に捕まったら、娯楽が台無しだから」

千沙は恩着せがましく言う。

そういうことかと藍子は納得する。犯行現場に証拠を残さないように細心の注意を払っていたが、絶対的な自信があったわけではなかった。靴跡を消し去り、指紋が残らないように注意した。全身の毛を剃り、髪の毛は落ちないように固めた。服は五年前に量販店で購入した服だったので、繊維が落ちても辿られる心配はないと思っていた。それでも、不測の事態が起きることは意識していた。

警察が犯行現場から微細な証拠を発見できなかったのは、キリングクラブが密かに動いていたからなのか。

「たしかに、あなたは詰めが甘かった。でも、それ以外は素晴らしいわ」千沙は祈るように両手を合わせる。

「人の殺意を上手く利用したことは賞賛に値するわ。あなたは殺害現場に居合わせ、冷静な視線で証拠隠滅をした。でも、それだけじゃなく、戦利品を奪い取り、第三者を犯人に仕立て上げる材料にした。素晴らしい機転。そのことを、辻町は見抜けなかった」千沙は値踏みするような視線を向けてくる。

「どうして、辻町を犯人にしようと思ったの？」

その問いを受けた藍子は、辻町を見た。

「……國生明のことを犯人だと断定した瞬間、つまらない男だと思っただけ。完全に興味がなくなった。だから、今までの殺人をすべて押し付けて殺して、自殺に見せかけようと思った」

「あれは、お前を油断させるための方便だった」

顔を歪めた辻町は、言い訳がましいことを呟く。千沙はそれを無視し、親しみのこもった顔を藍子に向けてきた。

「あなたは成長したわ。自分で殺人を犯すという方法だけではなく、人を使う方法も身につけ始めている。これは、成功するサイコパスの大事な資質なの」

呼吸を整えるように、千沙は胸に手を当てて肩を上下させる。

「サイコパスは、この世界で脅威とされてきた。この世界の大多数のノーマルは、サイコパスを遠ざけるか、排除してきたの。サイコパスを利用する権力者もいたみたいだけどね」

「……利用？」

「そう。そのいい例が、九世紀から十一世紀にかけての古代スカンジナビア人の〝猛戦士《ベルセルク》〟

と言われているわ。バイキングの戦士である猛戦士は、怒りに我を忘れた状態で戦ったらしいの。非常に残忍な方法を使って敵を撃破するんだけど、困ったことに、勢い余って味方も殺すのよね。だから、危険なエリートである猛戦士は、非常に強力で危険な駒だったという話……余談が過ぎたわね」千沙は咳払いをする。

「ともかく、今生き残っているサイコパスは最強の生物ではない。見た目はいたって普通の人間。圧倒的人数を占めるノーマルに攻撃されれば、ひとたまりもない小さな存在。でも、こうして我々は生き続け、世の中を支配している。理由は分かる？　それはね。我々が、ノーマルを騙しているからよ」

口元に手を当て、楽しそうな笑い声を上げる。

「あなたがやったことと同じ。殺意を持つ人間を利用して、目的を達成させるようなもの。こう言うと、馬鹿馬鹿しいとノーマルは思う。自分は操作されない。確固たる価値観で動いているし、ましてや、操られて殺人を犯すなんてあり得ない。騙されない。自分の頭で、すべてが分かっている。

まっっっったく！　馬鹿よね。ノーマルは騙されていることも知らなければ、己の価値観が誘導されたもので、本当は我々の思惑に侵されていることに気づきもしない。我々サイコパスが生きていけるのは、ノーマルの大多数を傘下に置いて、疑似的なマジョリティーの集団を形成しているからよ」

言い終えた千沙は、一度だけ手を叩く。空間が明るくなった。

「成功しているサイコパスは、決してサイコパスだと覚られない。でも、あなたが死に追いやった三人は、その点に欠けていた。欠陥だった。どこにでもいる普通の人間だと完全に信じ込ませる能力が劣っていた。だから、篩《ふるい》にかけたの。ここのゲストに相応しい人材かどうかをね」

そういう意図もあったのかと、腑に落ちた。

同時に、浮かんだ疑問。

「私はこれからどうなるの」藍子は訊ねる。

「警察に突き出す？　それとも、この場で殺す？」

千沙は、嗜虐的な笑みを浮かべる。

「後者ね。あなたは、辻町との勝負に勝てなかった。ここに敗者はいらない」

判決文を読み上げる裁判官のような威厳のある声だなと藍子は思う。

この状況では、逃げることは不可能だ。

つまり、残された道は一つしかなくなった。

「その判断は、時期尚早だと思う」藍子はスマートフォンを取り出し、頭の高さまで掲げる。

「この空間に、小さな爆弾を四つ仕掛けておいた。ここを破壊するには十分な量。通話ボタンを押せば起爆できるように設定済み。密閉空間で爆発が起これば、圧力によって大惨事になる」

二〇一五年十一月のパリ同時テロでも使われた過酸化アセトン《TATP》。欧米ではサタンの母と呼ばれているもので、市販薬で製造可能なものだ。

千沙は、僅かに目を見開いただけだった。

「そんな嘘に、私が引っかかるとでも？」嘲笑的な声。

「ここのセキュリティーは甘くないわ」

「本当だと気づいたときには、もう粉々になっているかもね。爆弾を作るなんて簡単。そして、キリングクラブの中には、掃除の行き届いていないエアポケットがあった。そこに、爆弾を仕掛けた」

藍子は口元を綻ばせる。

互いに睨み合う。

千沙の目に力は宿っていない。底知れない、虚ろな目が、じっとこちらを見ていた。

やがて、その瞳が、喜びに光り輝く。

「……私の負けね」言葉に反し、千沙は満足そうな顔をしていた。

「あなたの勝ち。こんなリターンの少ない賭けを受けるほど、私は馬鹿じゃない。はったりも、成功者の一要素よ」

千沙は楽しそうに顔を歪めた。

藍子は警戒心を解かなかったものの、この場を切り抜けたと感じた。

そしてなぜか、キリングクラブの扉の隣に飾られていた額縁を思い出し、そこに書かれていた文字を頭の中で再生する。


わたしは蛾に話しかけていた。この前の夕方のことだ。彼は電球に押し入って、われとわが身を焼き焦がそうとしていた。まったくきみたちときたら、どうしてこんな無茶をするんだい、とわたしは訊いた。

それがしきたりなんだ。われわれ蛾にとってはね。

あれが電球ではなく、ろうそくの炎だったら、今ごろきみは見苦しい燃えかすだぞ。分別というものがないのかね。

あるとも、と彼は言った。でもときどき、使うのが嫌になるんだ。型どおりにやるのに飽きて、美に焦がれ、興奮に焦がれる。炎は美しい。わかってはいるんだ。近づきすぎれば命はないと。でも、だからどうした。一瞬幸せを感じて、美とともに燃え尽きる。そのほうがましだ。生きながらえ、退屈しきって、自分の一生をくるっと丸めて放り出すよりは。人生なんてそんなもの。それよりはほんの一瞬でも、美とひとつになって消え失せるほうが、だらだらと生きながらえるよりましだ。気楽に生きて気楽に逝く。それがわれわれの生きかたさ。人間に似ているんだ。ひと昔前の、お上品になりすぎて楽しめなくなる前の人間に。

わたしが反論する前に、彼は達観して身を投げた。シガーライターのうえに。

わたし自身の望みは彼と違って、幸せは半分。寿命は二倍。


そうはいっても、わたしにも恋い焦がれるものはある。

彼がその身を焼き尽くしたいと願ったのと同じくらいに。


いい詩だなと思った藍子は、ふと疑問に思う。

「ドン・マーキスって、誰？」

詩の最後に書かれた名前を口にする。

意外そうに目を丸くした千沙は、赤い舌で唇を舐めた。

「アメリカの作家よ。ユーモア作家で『アーチーとメヒタベル』という作品を書いているわ。キリングクラブの扉の横に飾ってある額を見たでしょう？」

藍子が頷くと、千沙は目を細めた。

「成功者の内面には、身を滅ぼしてでも、美という炎に身を投じたいという気持ちが常にあるの。それを体現しつつ正気を保っているあなたは、ここに相応しいわ」

千沙の話を聞きながら、メヒタベル、という単語に聞き覚えがあった。

「メヒタベルって、なに？」

その問いに、千沙は近づいてきて、頰に触れてくる。藍子はそれを受け入れた。

「原作では猫なんだけど、ここでは蛾ということになっているの。キリングクラブでは、メヒタベルは猫よりも蛾のほうが適切だというわけ。とても賢い蛾。ちょっと酷いと思うけど、まぁ、仕方ないわ」

その回答で、記憶が呼び覚まされた。

「……メヒタベル」

たしか、辻町が前に言っていた言葉だ。キリングクラブの責任者の名前。

「千沙が、そう呼ばれている人物？」

「蛾は、わたし一人じゃない。メヒタベルと呼ばれている存在は、一人じゃない。ただ、『アーチーとメヒタベル』という題名にあるアーチーは、一人しかいない。ドン・マーキスは、アーチーを〝ゴキブリにして詩人〟と言っている。アーチーこそが、ここの絶対者」

「それは何者？」

「秘密。でも、この世界を作った人間であり、恣意的に動かしている人間」頰から手を離した千沙は、悪戯っぽく笑う。

要領を得ない回答。これ以上聞いても無駄だろう。質問を変える。

「この空間は、なんなの？」

「戦争のときに作られたものよ」千沙は天井を見上げた。

「かつては、あらゆる攻撃から守られるべき人間たちが逃げ込むシェルターだった。でも、今はキリングクラブが使っていて、我々が守られるべき存在になった」

ほっそりとした手を伸ばした千沙は、微笑を浮かべる。

「私も、あなたと同種よ。キリングクラブは、あなたを受け入れたの。我々と一緒に、暇つぶしをしましょう。大儲《キリング》けすることを得意とする成功者《サイコパス》と、人殺《キリング》しを完全にやってのける私《蛾》たちで、ここを楽しい空間にするの」

ホステスが数人、目に入った。彼女たちも、千沙と同種の雰囲気を帯びていた。今まで、よく隠していたなと感心する。

視線を下げ、千沙の手を見る。一瞬、その手が血塗られて見えた。

たしかに、暇つぶしになりそうだ。キリングクラブの人材は、自分を飽きさせないだろう。この世界は、それほど面白いものではない。だから、楽しいことを作り、それで暇つぶしをしなければならない。

ハーヴェイ・クレックレーの言葉にもある。

〝サイコパスは、自分が抗議すべき相手は小さな集団でも特定の組織でもイデオロギーでもなく、人生そのものだと考えている。人生にはこれといった深い意味も、いつまでも続く刺激もなく、あるのはただつかの間の、あまり大したことのないお楽しみ、ささいないらだちのうんざりするような繰り返し、それに退屈……多くの十代の若者、聖人、歴史をつくる政治家、その他著名な指導者や天才と同じように、心が波立っている。現状をなんとかしたいと思っている〟


ふと違和感が、藍子の胸の辺りに引っかかった。

これらの連続殺人事件の犯人は私?

たしかに、他人を誘導して協力者にした上で殺したのだから、私が犯人だ。瀕死の人間の頭の中をほじくったのだから、やはり殺人犯なのだろう。

ただ、どこか違うような気がした。

藍子の行動自体が、何者かに誘導されていたのではないかという感覚。誘導したのは、誰か。

ここの絶対者である〝アーチー〟なのか。

犯人は、我々を自由に動かせる奴だ。奴は、私や千沙たちを動かし、思い通りにさせた。他人に、殺人を肩代わりさせたようなものだ。腹立たしい。この空間の、どこかに奴はいるのだろうか。いや、いるはずだ。そう直感した。

周囲を見渡すが、それが誰だか分からない。安全な場所にいるに違いない。イラつく。
奴の思い通りになりになりたくないと本能が叫び声を上げる。
言いなりになるのは、つまらない。
そんなつまらない状態に押し込められるのなら——。
——いっそのこと、楽しもう。

その結論に満足のいった藍子は、微笑みを浮かべ、スマートフォンの通話ボタンを押した。

# エピローグ

辻町は、ゆっくりと歩き、周囲の気配を窺っていた。

巨大なシャンデリアの下で、華やかな人々が酒を飲み、談笑している。

サイコパスと呼ばれるカテゴリーの、もっとも有能な人間たち。世の中に退屈し、暇つぶしに金を稼ぎ、気を紛らわすために人を征服する人種。

そうすることで、殺人衝動を抑える選ばれた人々。

人殺し《キリング》よりも、大儲け《キリング》をする。

いや、人殺し《キリング》をしないために、大儲け《キリング》をしていると表現したほうが適切かもしれない。

彼らはキリングクラブに所属することで、数少ない仲間を見つけ、ようやく抑制されている。

辻町は、自身もこちら側の人間に近いという自覚はあるが、ゲストたちほど洗練されていないし、百人以上殺し、食人したアルバート・フィッシュ側でもない。

烏合《うごう》の衆である残りの98%の中で、まだましなほうのタイプだ。事実、辻町は人を殺したことがない。途中で邪魔になった刑事の香取も、監禁しただけだ。解放後、警察上層部の人間に言い含められた香取は、今も新宿警察署で仕事をしていた。

辻町同様、キリングクラブに勤める者は、程度の差こそあれ、サイコパスという大枠に収まっている人間たちだった。

目映い空間。すべてが輝いている。それに不釣り合いな、ゲストたちの暗い目。タイミングが悪ければ、火の中に飛び込みたいという衝動を持つ昏《くら》い色。

「調子はどう？」

声に振り向く。

いつの間にか、隣に千沙が立っていた。青いドレスを着て、装飾品を光らせている。毛の先一本一本まで気を配っていることが窺える。

「……あんたが俺を勝手に余興の出しにして以来、調子がいいよ」

殺人事件捜査のリアリティーショーは好評だったらしい。辻町は、頻繁にゲストから声をかけられるようになった。賞賛する声が半分。残りは嘲罵だ。

藍子のことを思い出す。

なかなかの逸材だった。藍子が犯人だという確信を持ってから捜査し、襲撃に遭うまでの間は、楽しいひと時だった。そして、キリングクラブを壊滅させようとする流れ。今まで、新しく入った給仕は、さまざまな余興に使われたが、あそこまで大胆な反撃を仕掛けてくる人間は藍子一人だけだった。

結局、キリングクラブはすべてを見抜いており、この場所が火の海になることはなかった。

もしなっていたら、どのような光景が広がっただろうか。

期待に身震いする。

今後、その光景を見ることができれば面白いなと思う。ゲストたちが炎に包まれる様は、興味深い。

「キリングクラブは、なくならないわ」

辻町の心の中にある異心を見つめるような視線を、千沙が向けてくる。彼女の素性は分からない。分かるのは、普通ではないということだけだ。

遠くのほうで、喊声《かんせい》があがる。その方向に目を向けると、男たちが、子供のようにはしゃいでいた。

「ねぇ」

千沙は、頭の中に直接息を吹きかけるような甘い声を出す。

「知っていると思うけど、給仕に、また一人欠員が出たの。誰か、面白そうな人いない？」

## 主な参考文献


『サイコパス　秘められた能力』ケヴィン・ダットン著（NHK出版）
『サイコパスに学ぶ成功法則』ケヴィン・ダットン、アンディ・マクナブ著（竹書房）
『脳外科医になって見えてきたこと』フランク・ヴァートシック・ジュニア著（草思社）
『他人を支配したがる人たち』ジョージ・サイモン著（草思社）
『診断名サイコパス―身近にひそむ異常人格者たち』ロバート・D・ヘア著（早川書房）
『良心をもたない人たち』マーサ・スタウト著（草思社）
『新しい葬送の技術　エンバーミング』公益社葬祭研究所著（現代書林）
『エンバーマー』橋爪謙一郎著（祥伝社）
『術式別決定版　脳神経外科手術とケア　パーフェクトガイド』小泉博靖・鈴木倫保監修（メディカ出版）
『脳神経外科速報　2015年7月号（第25巻7号）』（メディカ出版）
『脳の「がん」に挑む3つの新技術』金子貞男著（ポリッシュワーク）
『脳外科の話』神保実著（筑摩書房）


※ドン・マーキス『アーチーとメヒタベル』について、小林由香利氏の和訳を引用させていただきました。

この他、多くの書籍、インターネットホームページを参考にさせていただきました。
参考資料の主旨と本書の内容は、まったくの別のものです。

## 謝辞


本書の執筆にあたり、医師である南野成則氏に丁寧なご指摘、多大なご協力を賜りました。

ここに、心より感謝の意を表します。

〈著者紹介〉

石川智健　1985年、神奈川県生まれ。2011年に国際的小説アワード「ゴールデン・エレファント賞」第2回大賞を受賞。12年に同作品が日米韓で刊行され、作家デビューを果たす。現在は医療系企業に勤めながら、執筆活動に励んでいる。著書に「エウレカの確率」シリーズ、『60 誤判対策室』『ため息に溺れる』『小鳥冬馬の心像』『法廷外弁護士・相楽圭 はじまりはモヒートで』『もみ消しはスピーディーに』などがある。

本書は書き下ろしです。

キリングクラブ
2019年2月5日　第1刷発行

著　者　石川智健
発行者　見城 徹

発行所　株式会社 幻冬舎
〒151-0051 東京都渋谷区千駄ヶ谷4-9-7

電話：03(5411)6211(編集)
03(5411)6222(営業)
振替：00120-8-767643
印刷・製本所：株式会社 光邦

検印廃止


Printed in Japan
ISBN978-4-344-03422-8 C0093
幻冬舎ホームページアドレス　http://www.gentosha.co.jp/

この本に関するご意見・ご感想をメールでお寄せいただく場合は、comment@gentosha.co.jpまで。